Das Buch

Dante Barakuda, Sicherheitsbeauftragter des galaktischen Commonwealth, ist für die Ordnung im Protektorat Shilgat verantwortlich. Eineinhalb Jahre nach dem Untergang von Gashiri versucht Dante gemeinsam mit seinen Gefährten Nachimpfungen gegen die von den Anarchovegetariern ausgelöste Beulenpest vorzunehmen, die jetzt auch einen großen Teil der Bevölkerung von Shilgat befallen hat. In der Stadt Garidu erfährt er von einer ›Großen Maschine‹, die vor Jahrhunderten in den Bergen von Banyadir die Strahlen der Sonne einfing und in Energie umwandelte, mit der ganz Shilgat versorgt werden konnte. Offenbar plant nun einer der entkommenen Anarchovegetarier, der bereits ein großes Heer um sich geschart hat, den halben Planeten in die Luft zu sprengen. Verzweifelt kämpft Dante gegen den drohenden Untergang von Shilgat an.

Nach *Pasdan* und *Gashiri* schließt Gisbert Haefs mit *Banyadir* seine monumental angelegte *Barakuda*-Trilogie ab. Das phantastische historische Epos aus der Zeit nach dem Untergang der menschlichen Zivilisation strebt seinem Höhepunkt zu.

Der Autor

Gisbert Haefs (sprich: Haafs), geboren am 9. 1. 1950 in Wachtendonk am Niederrhein, studierte Anglistik und Romanistik und war während des Studiums Komponist, Chansonnier und Kneipier. Er lebt als Autor, Übersetzer und Herausgeber in Bad Godesberg.

Vom Autor sind im Wilhelm Heyne Verlag erschienen: *Das Doppelgrab in der Provence* (05/25), *Mörder und Marder* (05/45), *Und oben sitzt ein Rabe* (05/51), *Haffmans Krimi-Jahrband 1994* (05/65), *Hannibal* (01/8628), *Alexander* (01/8881), *Alexander in Asien* (01/8882), *Pasdan* (01/9146), *Gashiri* (01/9147).

GISBERT HAEFS

BANYADIR

Der 3. Roman
der Barakuda-Trilogie

WILHELM HEYNE VERLAG
MÜNCHEN

HEYNE ALLGEMEINE REIHE
Nr. 01/9148

Die 1986 in der Reihe Goldmann SF vierbändig erschienene Barakuda-Serie *(Die Waffenschmuggler von Shilgat, Die Mördermütter von Pasdan, Die Freihändler von Cadhras, Die Gipfel von Banyadir)* wurde für diese Neuausgabe als Trilogie gründlich bearbeitet.
Barakuda I: Pasdan enthält im Prinzip die früheren Bände 1 und 2,
Barakuda II: Gashiri den früheren Band 3,
Barakuda III: Banyadir den früheren Band 4.

Umwelthinweis:
Das Buch wurde auf
chlor- und säurefreiem Papier gedruckt.

Einzig berechtigte Taschenbuchausgabe
Wilhelm Heyne Verlag GmbH & Co. KG, München
Printed in Germany 1996
Umschlagillustration: Berthold Rodd, Düsseldorf
Landkarte: Alexandra Pesch
Umschlaggestaltung: Atelier Ingrid Schütz, München
Satz: Schaber Satz- und Datentechnik, Wels
Druck und Bindung: Ebner Ulm

ISBN 3-453-11637-2

Aus: Randwelten und Protektorate
Pym Bazhoglu (Atenoa, 442)

»... Die Landmassen des Nord- und Südkontinents sind am Äquator durch einen schmalen Isthmus verbunden. Auf beiden Kontinenten (sowie kleineren, eher unbedeutenden Inseln der Ozeane) leben die humanoiden Shil (= ›Menschen‹) als Nomaden bzw. in bizarren Stadtstaaten, die etwa dem irdischen Mittelalter entsprechen. Es ist ungeklärt, ob sie tatsächlich vor Jahrtausenden freiwillig eine technische Zivilisation aufgegeben haben ...

Bald nach der Entdeckung durch eine kartographische Expedition AD 2238 ging infolge des Zusammenbruchs der Erde der Kontakt verloren. Während der Wirren Jahrhunderte siedelten sich fünf Gruppen von Flüchtlingen auf Shilgat an. Zwei taten dies friedlich und bereicherten Fauna und Flora durch mitgebrachte Arten (Weide, Kudu, Axolotl, Kamel, Sauerampfer, Kaffee, Pferd etc.); sie vermischten sich mit den Shil und sind weitestgehend in der Urbevölkerung auf- bzw. untergegangen. Die drei übrigen Gruppen brachten Waffen und hermetische Weltanschauungen mit; sie siedelten und expandierten mittels Landnahme und Völkermord.

Nach der offiziellen Wiederentdeckung handelten die Shil mit dem Commonwealth der Menschheit das Shilgat-Abkommen aus (AD 2683/CT 198), durch das der Planet insgesamt zum Protektorat wurde. Aufgabe des in Cadhras, Isthmus, eingerichteten Gouvernements ist es, die Sektierer von Pasdan (Matriarchat, ›Heilige Mütter‹), Gashiri (Landkommunen, ›Anarchovegetarier‹) und Banyadir (Theokratie, ›Mathematische Mönche‹) an weiterer Ausbreitung zu hindern und die Shil vor jeder äußeren Beeinflussung (z. B. Technologietransfer, Missionierung) zu schützen.

Das Autonome Territorium des Isthmus verfügt über eigene Legislative, Exekutive und Jurisdiktion, unabhängig von den Einrichtungen des Gouvernements. Die antike Shil-Gründung

Cadhras liegt dort, wo die alte Handelsroute vom Nordkontinent mit den beiden aus Südosten (Langlava, Sa'orq, Kelgarla) und Südwesten (Losabu-Delta, Zheziri, Golgit) zusammentrifft. Zwei kleine Flüsse aus dem Zentrum des Isthmus, Sogga (Shil-Name Suqa) und Ylagas, münden hier wenige hundert Meter voneinander entfernt ins Binnenmeer; im Schwemmland östlich der von ihnen durchbrochenen Küstenhügel liegen die Marktgärten von Cadhras. Nördlich des Ylagas, auf den Hügeln, befindet sich das Palais der Gouverneure. Im Stadtkern zwischen den Flüssen liegen Konservenfabriken, die Gebäude der Territorialen Administration und Wohn- bzw. Geschäftsviertel; südlich des Sogga weitere Wohn- und Werkgebiete, die zum Fischerviertel um den alten Hafen abfallen. Südlich der langen, nach Westen vorspringenden Bucht mit Hotels und Sandstränden liegt der einzige Raumhafen des Planeten; Landungen andernorts sind illegal (Satellitenkontrolle). Im Raumhafenkomplex sind die meisten Sekretariate des Gouvernements untergebracht; die kleine Garnison von Cadhras (Gebäude südlich des Raumhafens; dort auch der Fusionsmeiler, der den Isthmus mit Strom versorgt) besitzt nur wenige Gleiter. Mit Ausnahme der wichtigsten Gouvernements-Einrichtungen gilt die Techniksperre auch für den Isthmus …«

I

Unterhalb von Golgit, am Ende des breiten Sees, stürzten die Wassermassen des Huagilera auf einer Breite von fast einem Kilometer senkrecht in die Tiefe. Am Fuß der dreihundert Meter kochte es milchig zwischen den bläulichen Basaltklippen. Die untergehende Sonne färbte den Gischtvorhang und ließ vom Westufer den konischen Schatten eines Gipfels hineinwachsen.

Elzo Savinnik schaltete auf Weitwinkel und schmatzte. »Hoffentlich wird das was.« Der umgebaute Aufklärungsrobot bewegte den Kugelkopf langsam von links nach rechts.

»Bei dem Licht müßte es eigentlich eine Delikatesse werden. Wenn man es mag.« Barakuda blickte über die Schulter zurück; dann griff er ins Steuerrad und schob den Fahrtregler hoch. Vorsichtig brachte er das Boot aus der reißenden Strömung in das ruhigere Uferwasser.

»Und morgen wollen Sie über diese Berge?« Der Reiseschriftsteller deutete auf die steilen schattigen Ausläufer des Massivs.

»Nicht ganz. Es gibt da einen gangbaren Paß, am Ende eines Tals. Alles halb so wild.«

Saravyi räusperte sich. »Ein Ausflug für junge Leute. Ich werde an Bord bleiben und mich des Alters erfreuen.« Er lehnte an der Backbordreling und blickte zum Ostufer, wo der dichte Farnwald in der Abendsonne lag. »Außerdem kenne ich Golgit und das Wahlverfahren.«

Savinnik schaltete den Robot ab. »Ich kenne Golgit nicht«, sagte er. »Aber ich habe noch immer Muskelkater von der Kraxelei bei Kiotliq. Können Sie die kleine Kamera mitnehmen, Barakuda?«

Dante wiegte den Kopf. »Und hinterher schreiben Sie irgendeinen Unsinn über Golgit, ohne dagewesen zu sein?«

Savinnik kicherte. »Sie dürfen das Manuskript korrigieren. Bringen Sie ein paar schöne Bilder mit, ein bißchen interessanten Ton, und mal sehen, was ich daraus machen kann.«

Valdir Töröcsik hatte sich nach dem Schauspiel des Wasserfalls wieder dem Medikrobot zugewandt, der an unerklärlichen Bewegungsstörungen litt. »Wer geht dann überhaupt mit?« Er fuchtelte mit einem Stift und deutete auf seinen Kollegen, der sich nahe dem Aufgang zum Sonnendeck in einem Liegestuhl fläzte und die Stirn runzelte. »Bogai und ich und die Robots, wir müssen ja. Sie sind als Führer unentbehrlich, Dante. Wer noch? Sieht nach einer sehr kleinen Expedition aus.«

»Generelles Abschlaffen, schätze ich.« Nardini stand von der dritten Stufe der Treppe auf. Er hängte das rechte Auge an Barakuda; mit dem linken schien er das vorbeigleitende Ufer abzusuchen. »Ich bin auch für einen Ruhetag. – Weib, komm, Suppe kochen.« Er zog die ehemalige *suldá* Marsila Bodrelur vom Deck hoch und schob sie vor sich her in die Kombüse.

Seit dem Untergang von Gashiri waren eineinhalb Jahre vergangen. In sechs Standardmonaten endete die Quarantäne-Blockade des Planeten. Für eine endgültige Bilanz war es zu früh, aber es gab Grund zur Hoffnung. Die erste Seuchenwaffe der Anarchovegetarier, das Breitband-Antisteroid, war mit den Handelsgütern, die es enthielten, in viele Gebiete von Shilgat gelangt; manche waren sehr stark, andere kaum betroffen. Die zweite Waffe, der kurz *alangra-II* genannte Erreger der Explosiven Beulenpest, hatte vor allem in den Gebieten um das äquatoriale Binnenmeer viele Opfer gefordert, ebenso in den Berglanden, die an Gashiri grenzten. Und in Gashiri selbst. Das vom Team des Laborschiffs entwickelte Gegenmittel hinterließ an der Stelle der Injektion – meistens am Oberarm – eine häßliche wulstförmige Narbe, die gleichzeitig als eine Art Impfnachweis diente. Die Blockadeflotte des Commonwealth hatte Gleiter, Medikrobots und einige

Freiwillige – Ärzte und Pfleger – abgestellt, die bis zum Ende der Quarantäne auf Shilgat bleiben mußten. Zwei Jahre betrug die Lebensdauer der Erreger aus mutiertem *alangra*.

Das Shilgat-Abkommen hätte strenggenommen den massiven Einsatz technischer Hilfsmittel untersagt, aber nach dem Ende der Anarchovegetarischen Union hatten die Vertreter der Shilgebiete das Abkommen gekündigt und diese Form der Hilfe erbeten. Monatelang waren die Gleiter mit Ärzten und Robots auf dem Doppelkontinent und den Inseln des Planeten unterwegs gewesen. Sogar Banyadir, die letzte Sektierer-Enklave, hatte Hilfe angenommen, sich danach aber wieder abgeschottet.

Dante Barakuda und die anderen Überlebenden der verkauften Transport- und Passage-Gesellschaft TraPaSoc hatten einen Teil ihres makabren Goldbergs sinnvoll investiert. Ein kompakter Wasserstoff-Helium-Meiler, geliefert von der Blockadeflotte, war in ein Fischerboot eingebaut worden. Barakuda und seine Gefährtin Begheli, René Nardini, Marsila Bodrelur, zwei Shil und zwei Mischlinge aus dem aufgelösten Protektorat, alle erfahren im Umgang mit Maschinen und Schiffen, sowie die Wissenschaftler Valdir Töröcsik und Nazim Bogai aus dem Laborschiff, das bis zum Ende der Quarantäne auf Shilgat bleiben mußte, waren von der Ostküste des Isthmus nach Süden gefahren. In Küstenstädten und erreichbaren Ballungsgebieten an Flüssen wollten sie Nachimpfungen und Kontrollbesuche vornehmen. Sie hatten die Fischerdörfer südlich des Protektorats besucht, später die Hauptstadt des ehemaligen Königreichs des Südens, Kelgarla. Dann befuhren sie den zwischen Südkontinent und Antarktis liegenden Ausläufer des großen Lysangrischen Ozeans; an der Taggasee lag die uralte Stadt Sa'orq, und dort war Saravyi an Bord gekommen. Sie hatten das weltabgeschiedene Kiotliq besucht und waren dann den Huagilera aufwärts gefahren, bis zum Katarakt von Golgit. Seit Anfang der Fahrt war auch Elzo Savinnik dabei; der Autor hatte zu Beginn der Gashiri-

Krise Urlaub auf der Touristeninsel Huasiringa gemacht und beschlossen, nach Verhängung der Quarantäne die Zwangslage kreativ zu nutzen.

Zwei Meilen südlich des Wasserfalls steuerte Barakuda das Boot in die zuvor ausgesuchte kleine Bucht. T'unga sprang an Land und wickelte das Tau um einen Eisenbaum. Der frühere Agent des Sekretariats für Sicherheit war wie Nardini und Bodrelur durch die gräßlichen Narben der Beulenpest entstellt. Nach dem Ende von Gashiri hatte er den Dienst quittiert und fast ein Jahr lang bei den Sprengkommandos mitgearbeitet, in jener Gruppe, bei der auch die ehemaligen *suldaus* und TraPaSoc-Mitglieder Sten Timoara und Kara Kikuyo arbeiteten. Im Lauf der Jahrhunderte war von den AVs ein bis zu vierfach gestaffeltes System von Grenzfestungen mit Verliesen angelegt worden. Die Sprengungen waren noch längst nicht beendet.

Nardini und Peloy, einer der Mulis aus Cadhras, kletterten ebenfalls an Land. Sie schleppten Eimer und holten Frischwasser aus dem kleinen Bach, der hier in den Huagilera mündete. Nardini hatte freiwillig den Küchendienst für die ganze Reisedauer übernommen; seit er und Marsila Bodrelur sich zusammengetan hatten, sang er weniger und war umgänglicher als früher.

Barakuda schaltete den Antrieb aus und half Begheli beim Tischdecken. Es war ein kühler Herbstabend; das Achterdeck zwischen Kombüse und Steuer bot etwas mehr Schutz vor dem Wind als das Sonnendeck. Savinnik hockte auf der Reling und spielte mit dem Kasten der Fernsteuerung. Im Halbdunkel richtete der Aufklärungsrobot glimmende Augen auf Begheli.

»Bilden Sie sich nicht ein, ich wollte Sie abbilden, Dante«, sagte Savinnik. »Aber von Ihnen, gnädige Frau, kann ich nicht genug bekommen. Auf den Film, meine ich.«

Begheli lächelte. »Versprechen Sie mir etwas?«

»Kommt drauf an.«

»Morgen will ich mir einen ruhigen Tag machen, baden und in der Sonne liegen.«

Savinnik ächzte theatralisch. »Und dabei darf ich keine Aufnahmen machen?«

»Das wäre sehr rücksichtsvoll, ja.«

»Ach ja. Rücksichtsvoll. Na denn.«

Beim Abendessen – es gab P'aodhu-Stew, Safranreis, kandierte Früchte und leichten trockenen Sampawein – erzählte Saravyi Schelmenanekdoten aus den ungeschichtlichen Annalen von Sa'orq. An den Hängen des vom Bach ausgewaschenen kleinen Tals flackerte Feuermoos, Wasser plätscherte gegen den Bootsrumpf und raschelte zwischen den tiefhängenden Zweigen einer Blutweide, und über allem lag der schwere, süßliche Duft des Strauchs, den die Shil *mongur*, die Cadhrassi *cinnamongo* nannten.

Plötzlich sagte Saravyi: »Bevor wir uns in ersprießlichem Geplauder verlieren – ich glaube, wir sollten Wachen aufstellen. Noch nicht, aber später, für die Nacht.«

Barakuda studierte das runzlige Gesicht des Greises, der nicht gealtert zu sein schien, seit sie vor Jahren zusammen durch die Steppe geritten waren. »Hast du Gründe?«

Saravyi hob die Schultern. »Ein Gefühl. Ich habe in letzter Zeit viele Gefühle.«

»Ich mag deine Gefühle nicht, Freund.« Barakuda schob den Teller fort und zündete sich eine Zigarette an. »Immer, wenn du Gefühle hast, passiert etwas.«

Saravyi nickte. »Deshalb sollten wir Wachen aufstellen. Vielleicht ist es nichts, aber … Ich kann sowieso nicht schlafen. Ich werde wachen.«

Savinnik gähnte. »Ich wache mit – wenn Sie mir beim Wachen Geschichten erzählen.«

»Versprechen Sie ihm nichts, Saravyi«, sagte Nazim Bogai. »Sonst wachen wir am Ende alle, nur um Ihre Geschichten zu hören.«

»Da wir gerade dabei sind …«, murmelte Savinnik. Er

stand auf, verschwand im Niedergang zu den Kajüten und kehrte mit einer Tasche zurück. Töröcsik und Yagur, der zweite Shil, räumten den Tisch ab. Savinnik steckte einen Filzstift hinter sein rechtes Ohr und wühlte in den Papieren und Fotos, die er aus der Tasche gezogen hatte. Dann schaltete er das kleine Tongerät ein. »Das ist der erste Abend vor Anker, gewissermaßen«, sagte er, als wolle er sich entschuldigen. »Bisher war immer soviel zu erledigen ... Ich habe viele Fragen. Darf ich?«

Saravyi nickte. Barakuda runzelte die Stirn, nickte dann aber auch.

»Also, ich weiß nicht so recht, was ich mit dem ganzen Material anfangen soll«, sagte Savinnik.

»Verbrennen«, schlug T'unga vor.

»Pah. Das hier ist ja nur ein Teil. Ich stelle mir das im Moment so vor – entweder wird es ein Buch über Shilgat allgemein, mit Anekdoten und schönen Bildern und so, oder eine Geschichte der beiden Krisen, Pasdan und Gashiri, mit Blick auf Hintergründe und Nebenschauplätze, und mit den Biographien der wichtigsten Personen.« Er blickte Barakuda an, fast vorwurfsvoll. »Wenn nicht ein paar von denen so überaus zurückhaltend wären, könnte ich viel weiter sein.«

Dante hob sein Weinglas; Begheli betrachtete ihn amüsiert. »Was wollen Sie mit Biographien?« sagte Barakuda. »Die Ereignisse sind wichtig, die Personen austauschbar. Bis auf Saravyi, natürlich.«

Der alte Shil verzog keine Miene. Er starrte zum Feuermoos hinüber und schien dem aufgeregten Lärm der zahllosen Zimtschrillen im Gesträuch zu lauschen.

Savinnik klopfte auf den Papierstapel und nahm den Filzstift, um ihn wie eine Waffe auf Barakuda zu deuten. »Damit untertreiben Sie, Mann. Was ist mit Ihnen und der Gouverneurin, den Frauen und Männern der Garnison, nicht zu reden von den Fürsten der Banyashil und der Königin von Kelgarla?«

»Sie sprechen von nichtexistenten Amtsträgern«, sagte

Dante. »Die Ämter galten dem Notfall. Nach Pasdan ist das Fürstentum der Banyashil erloschen, nach Gashiri die Königinnenwürde von Kelgarla.«

»Ich weiß, ich weiß. Sie haben mir ja genug Vorträge gehalten. Aber verstehen Sie – die nackten Fakten sind fein und aufregend, nur reichen sie nicht aus. Ich brauche Personen aus Fleisch und Blut, mit denen sich die Leser identifizieren können.«

Barakuda blickte auf den Fluß hinaus, in dessen Wasser Sterne glitzerten. »Ich glaube, Sie sollten bei einer Planetenbeschreibung bleiben. Die meisten Leser werden ohnehin Schwierigkeiten haben, sich mit sich selbst zu identifizieren; wozu dann noch mit anderen?«

Savinnik seufzte und schob ihm einen Zettel hin. »Da. Ihre Daten, soweit ich sie hier und da habe zusammentragen können. Was soll man damit anfangen? Es ist zu dünn, viel zu dünn.«

Dante nahm das Blatt und überflog es ohne großes Interesse. *Dante Barakuda, geb. 14-6-425 CT auf Kolchis, Myrna IV, Praesepe-Sektor; Eltern?; Waisenhaus in Corvina (Kolchis-Süd, Bez. DCXVI) bis 436; Internat Tyrgonai Corvina, bis 443; Commonwealth-Flotte (Risikokommando der Abwehr); bei Einsatz gegen Diktatur auf Tartagal als* legat *verwundet (452); Beförderung* – kapitán – *und Versetzung zum Raumhafendienst, Abwehrzentrale, Atenoa, Gaia. Nach Unfalltod seiner Frau 459 Versetzung nach Shilgat, dort als* tribún *im Sonderdienst Leiter des Sekretariats für Sicherheit; koordinierte 466 Aktionen gegen Banditen und Matriarchat, dabei erneut verwundet; 467 nach Ende der Pasdan-Krise ausgeschieden mit Rang und Abfindung eines* supraetor; *gründete mit ehemaligen* suldás *und* suldaus *Karawanengesellschaft TraPaSoc in Shont[illegible], Cadhras-Nord; sorgte Ende 467/Anfang 468 (?) für Aufdeckung der Gashiri-Pläne; Teilnahme an Zerstörung von Tag'gashir'dir 468.*

Barakuda schob das Blatt zurück und schnitt eine Grimasse. »Viel zu viel. Lassen Sie mich da raus.«

Savinnik schüttelte heftig den Kopf. »Ich denke nicht daran. Und es ist viel zu wenig. Ich wüßte zum

Beispiel gern, woher Ihre Narbe stammt, und was mit Ihrer Kindheit und den Eltern ist, und ob die Daten stimmen …«

Barakuda legte den Zeigefinger an die Narbe, die zwischen Auge und Mundwinkel über die linke Wange lief. »Ein Souvenir von Tartagal. Und was die Daten angeht – ich kann Ihnen nicht viel sagen.«

»Sie werden doch mehr über Ihre eigene Vergangenheit wissen als das, was da steht!«

Begheli legte die Hand auf Dantes Unterarm. »Weiß er bestimmt. Das heißt aber nicht, daß irgendwer etwas davon erfahren muß. Nicht mal ich weiß viel mehr als Sie.« Dann lächelte sie und setzte hinzu: »Wozu auch?«

»Und die Daten aus der jüngsten Zeit kriegen Sie vom Gouvernement.« Barakuda blickte Begheli in die Augen und zwinkerte. »Ich war während der Gashiri-Krise lange Zeit auf einem Sklavenschiff. Meine Erinnerungen daran beziehen sich, wenn überhaupt, auf den Sa'orqi-Kalender, und ich habe keine Lust, das alles in Commonwealthzeit umzurechnen.«*

Savinnik hob die Hände und ließ sie wieder fallen.

»Fragen Sie Saravyi, wenn Sie mit ihm Wache halten«, sagte Barakuda. »Er weiß alles, was es zu wissen gibt, und wenn Sie unbedingt einen Helden aufbauen wollen, nehmen Sie ihn. *Er* hat nämlich alles ›koordiniert‹, wie Sie sagen, und er wäre auch ohne das Gouvernement mit Pasdan und Gashin fertig geworden.«

---

* Die Shil, an einer genauen Bemessung des allgemeinen Verfalls nicht interessiert, dulden die Commonwealth-Stunde zu 100 Minuten zu 100 Sekunden. Shilgat dreht sich in 23 Stunden einmal um die eigene Achse und umkreist die Sonne Shalga in 388 Tagen. Das Jahr besteht aus [illegible] Jahreszeiten (Früh-, Mitt-, Spät-, Endzeit) zu je 97 Tagen. Die Commonwealth-Zeitrechnung basiert auf der Rotation der Hauptwelt Gaia; das Standardjahr hat 324 Tage (12 Monate zu 27 Tagen) zu je 25 Stunden. Der 1. Januar 2501 AD fiel mit dem Mitsommertag auf Gaia zusammen, der zum 1. Januar 1 CT erklärt wurde. Aus Sturheit und Nostalgie behielt die dem Commonwealth zugehörige Erde ihre alte Rechnung bei.

Saravyi starrte immer noch zum Land. »Da war ein Schatten auf dem Feuermoos«, sagte er. »Dante Barakuda, du redest wirr. Laß dir etwas Albernes einfallen, nicht nur Wirres. Wenn es ausreichend albern ist, sorge ich dafür, daß du als erster Cadhrassi in die Annalen von Sa'orq aufgenommen wirst.«

»Was hast du eigentlich in Sa'orq gemacht, alter Mann?«

Saravyi blinzelte. »Gelesen.«

Barakuda legte den Kopf schräg. »Suchst du schon wieder Informationen aus der Frühzeit eures Volkes? Oder noch immer?«

»Beides. Weder noch. Wie du willst.« Saravyi schloß die Augen. Die Zimtschrillen schwiegen für einen Moment, und als er weitersprach, hallte seine Stimme über das Wasser der Bucht. »Es gibt da etwas unter Banyadir …« Er öffnete die Augen, horchte dem Klang seiner Stimme nach und schüttelte den Kopf. Leiser sagte er: »Aber es ist hier nicht die Zeit noch der Ort für derlei Reden.«

Später lagen sie einander in den Armen. Als Dante das Fenster der Kajüte öffnete und im Stehen eine Zigarette rauchte, genoß er die kühle Nachtluft auf seinem verschwitzten Körper. Begheli wickelte sich in die Decke. Im Widerschein des Feuermooses schien ihre olivrosa Mischlingshaut zu brennen.

»Liebe, Ruhe und Reisen«, sagte sie halblaut. »Keine Krisen; keine Konflikte, außer den kleinen alltäglichen. Ich glaube, so gefällt mir das Leben.«

Dante legte die Hand an ihre Wange. »Wir haben noch ein paar Jahrzehnte davon vor uns. Ruhe und Reisen jedenfalls.«

Sie murmelte etwas Unverständliches.

»Na ja, du bist fünfzehn Jahre jünger als ich«, sagte Dante. »Außerdem halten Frauen sich sowieso länger.«

Die leichte Brise brachte undeutliche Stimmen vom Ufer. Barakuda spähte mit zusammengekniffenen Augen hinaus. »Saravyis Märchen- und Geisterstunde«, sagte er dann. »Ich glaube, er hält Savinnik einen Vortrag über die Weltanschauung der Kiotliqi. – Was meint er bloß mit ›unter Banyadir gibt es etwas‹?«

Begheli sog Luft durch die Zähne. »Er wird es dir schon noch sagen. Bitte, keine großen Unternehmungen zur Rettung der Welt mehr.«

Aus: Nachgelassene Fragmente, *Elzo Savinnik; aus Notizen und Bändern zusammengestellt und herausgegeben von X. Faringi, Atenoa 472.*

»… Die Sprache der Shil erlaubt keine Realitätszuweisung bei immateriellen Begriffen; nur faßbare Gegenstände – oder zweifelsfrei wahrzunehmende wie die nicht anfaßbare Sonne Shalga – werden mit normalen Substantiven bezeichnet. Alle spekulativ-weltanschaulichen Termini hingegen werden, abgestuft nach dem Grad ihrer Unmöglichkeit, durch Fügungen von Potential- oder Irrealpräfixen (bzw. -suffixen) und Substantiven angedeutet.

… Abgesehen von den defunkten Notfalls-Einrichtungen (Fürsten der Banyashil, Königin von Kelgarla) gab es in der überschaubaren Vergangenheit keine Strukturen, die sich auf Konzepte wie Regierungen oder dergleichen gründen. Alltägliche Verrichtungen (Straßenreinigung, Absprachen von Handwerkern in Zünften o. ä.) sind eine Sache; sie gelten als real, da jedem unmittelbar zugänglich. Aber schon eine Feuerwehr wäre ein Potentialgebilde, da es ja nirgendwo dauernd brennt, und da im Brandfall einfach der Nächststehende löscht. Die Vorstellung einer ständig mit ›Gesetzen‹ oder ›Zukunftsplanung‹ befaßten Regierung ist völlig absurd.

… Daher dienen alle (und es sind zahllose) von den Shil erfundenen politischen bzw. weltanschaulichen Systeme (weder ist der Shil ein zoon politikon, *noch bedarf die faßbare Welt abstrahierender Anschauung!) einzig der Verblüffung und Zerstreuung … Aus gleichen oder ähnlichen Gegebenheiten erwachsen dabei die abstrusesten Gegensätze. Während z. B. in Arameq am Binnenmeer alles auf den Fisch ausgerichtet ist (die Zunfträte heißen ›Kiemen‹, sie tagen in der ›Reuse‹, Wächter sind ›Schuppen‹, ohnmächtiges Stadtoberhaupt ist der Fischfisch, der gemäß einer aus dem Maul des Großen Fisches einmal aufgestiegenen Luftblase immer Ubba-bul heißt), ist die Küstenstadt Kiotliq an der Taggasee allem abhold, was mit*

Meer und Fisch zu tun hat – allerdings verehrend abhold. Einige Reiseeindrücke und Fotos:

... Der Weg von Sa'orq ist kaum gangbar, wird nicht gepflegt und außerdem durch Kullus erschwert, eine seltsame Sorte von Aasvögeln des Hochlands, die in ihrer Dummheit Schlafende nicht von Toten unterscheiden können; dies gilt für Tier und Mensch gleichermaßen. Da die Reise etwa acht Tage lang durch Kullu-Gebiet führt, die Tiere spitze Schnäbel haben und chronische Schlaflosigkeit auf Shilgat nicht endemisch ist, verschmähen die Händler die Strecke Sa'orq–Kiotliq.

... Die Stadt ist Hauptort eines von der Welt nahezu völlig abgeschlossenen Gebiets; sie liegt an der Spitze einer breiten Mündungsbucht. Der Bhartotandi entspringt im Hochland und frißt sich durch unzugängliche Schluchten südwärts. Verstärkt durch mehrere kleine Nebenflüsse, hat er nahe der Küste ein breites, fruchtbares Tal geschaffen, das vom Binnenland aus nicht zu erreichen ist.

Die Tagesreise vom Paß zur Stadt führte uns durch Salzmarschen und Lagunen am Meer entlang über einen mit großen Brocken und Geröll aufgeschütteten, durch Pfosten und Knüppel befestigten Damm. Gehöfte und – seltener – kleine Ortschaften standen auf Pfählen im grauen Marschland neben dem Damm. Schwarze Punkte näherten sich uns hüpfend von den Pfahlbauten.

Die Marschen waren allenthalben mit Pfosten gekennzeichnet, die offenbar halbwegs begehbare Strecken markierten. An diesen Pfosten entlang hüpften Kinder und Erwachsene mit verblüffender Geschwindigkeit zum Damm und folgten der Karawane. Als sie nahe genug gekommen waren, sahen wir, daß sie unter die Füße ovale Schilde geschnallt hatten, die ihnen halfen, nicht im Morast zu versinken. Mit langen Stangen, die etwa einen halben Meter oberhalb des Unterendes ebenfalls eine kleine Platte aufwiesen, bewegten sie sich wie Stabweitspringer vorwärts, ohne zu versinken oder jemals die Balance zu verlieren.

In der Nähe der ersten größeren Ansammlung von Pfahlbauten, offenbar ein Vorort von Kiotliq, entdeckten wir mehrere runde Plattformen aus Holz. Sie lagen zwischen massigen Pfo-

sten unbefestigt auf dem schwankenden Boden; bei höherem Wasserstand oder einer Überflutung konnten sie zwischen den Pfosten steigen.

Die Leute von der hüpfenden Eskorte steuerten diese Plattformen an, legten Fußschilde und Stakstangen ab und liefen auf Stegen weiter, die zwischen den Pfosten ebenfalls auf dem feuchten Grund lagen und schwankten.

Der steinige Weg entfernte sich vom Meer. Die eigentliche Stadt Kiotliq liegt zu Füßen der Berge auf einem vorgeschobenen Felsplateau und besteht – abgesehen von den Vororten – aus normalen Holz- und Steinhäusern. Über den Türen und neben den Fenstern der Untergeschosse sind Reliefs und Statuen, Bilder und Objekte zu sehen. Es wimmelt da von gräßlichen Fischdämonen, die aus klebrig malmenden Seen heraus auf den Betrachter starren; in ihren geöffneten Rachen drohen nadelfein zugeschliffene Zähne oder aber Barten, die züngelnde Schlangen sind. Über einer Eingangstür wälzt sich eine monströse Muräne; man erwartet unwillkürlich, jeden Augenblick die Tür zusammenbrechen zu sehen. Am nächsten Haus zerdrückt eine Eisscholle, auf der ein Seedrache sitzt und an einem menschlichen Bein nagt, die angedeuteten Trümmer eines Boots. Die Tür eines Ladens, dessen Auslage verschiedene Hölzer, ein Terrarium und Honigtöpfe zeigt, ist von Brechern eingerahmt, die über dem Eintretenden zusammenzuschlagen und ihn zu vernichten drohen (Fotos 17-29). Daneben findet sich ein besonders häßliches Seeungeheuer am Portiko, eine Mischung aus Igelfisch und Flügelschlange, mit einem glotzenden Auge, zwei Zungen, Sägezähnen und einem Geißelschwanz.

… Die Kiotliqi haben beschlossen, ihre Ahnen seien über See von einer versunkenen Insel im Lysangrischen Ozean hierher gekommen. Bei dieser Reise wurden sie angeblich von Fischen, Tang und Wellen in selbstloser Freundlichkeit unterstützt; zum Dank haben sie geschworen, die Geschöpfe des Meeres und das Meer selbst nie wieder zu behelligen. Also stellen sie die hilfreichen Meeresbewohner als Ungeheuer dar. Kein Bewohner von Kiotliq und Umgebung kann schwimmen. Diese Menschen leben am Meer und an der Mündung eines Flusses, fischen manchmal mit Netzen, die sie an langen Stangen befestigt

haben, gehen dabei aber weder ins Wasser, noch bauen sie etwa Boote. Sie essen auch den Fisch nicht, den sie fangen, sondern werfen ihn wieder zurück. Das macht auch den Handel mit ihnen so schwierig. Es wäre kein Problem, Kiotliq von See her anzulaufen, aber davon wollen sie nichts wissen. Alles hat über Land zu geschehen …

… ›Seevergeuder‹ ist ein Schimpfwort für jene, die das Meer nicht in Abscheu ehren, sondern durch Gleichgültigkeit oder gar Nutzung schmähen – also alle Nicht-Kiotliqi … Einer der vielen Sammelbegriffe für Ekelhaftes oder Belastendes ist ›Würgetang‹; auch sagt man ›eher sollen mir Flossen sprießen, als daß ich …‹. Der in einem demonstrativ defekten, kieloben liegenden Steinboot tagende Rat besteht aus ›Bodenbürgen‹; diese ehrende Bezeichnung für alle, die in Abkehr vom göttlichen Meer dem profanen Boden schmähend huldigen, gilt per extensionem *auch für Kiotliqi, die den Rat für überflüssig halten …«*

II

Eine Stunde vor Sonnenaufgang erzählte Saravyi noch immer. Der alte Mann winkte, als sie dem Bach talauf folgten. Barakuda klopfte auf die Tasche mit dem kleinen Aufnahmegerät, und Savinnik klatschte.

Talsilaq ging voran. Der stämmige, wortkarge Muli hatte einige Zeit zum technischen Personal einer der zahlreichen Wanderbühnen von Golgit gehört und behauptete, die Gegend zu kennen. Barakuda kannte sie nur flüchtig und vom Überfliegen in seiner Zeit als Sekretär für Sicherheit. Der Weg führte zwischen dem Bach und den Feuermoos-Flächen aufwärts zu einem kleinen Paß, hinter dem eine auch von Karawanen benutzte Nord-Süd-Straße verlief. T'unga ging am Ende der Gruppe; in der Mitte schwebten drei Medikrobots. Ihre Antigrav-Aggregate reichten nicht aus, Menschen als ›Marschgepäck‹ zu tragen. Die beiden Wissenschaftler debattierten halblaut über das graugrüne Feuermoos und den unerforschten Vorgang der Selbstzündung. Tagsüber speicherten die Pflanzen Sonnenlicht und Hitze. Das Moos gedieh nur auf sauren Böden, denen es Mineralsalze und andere Elemente entzog; bis zum mittleren Frühjahr erreichten die Kissen eine Höhe von fast eineinhalb Metern. In kalten Jahren bestand immer die Gefahr der Petrifizierung; erst bei Tagestemperaturen über 21,4° C konnten die Pflanzen genug Energie speichern, um jenen Vorgang einzuleiten, den die Commonwealth-Biologen einigermaßen hilflos als ›para-osmotische Reduktions-Verbrennung‹ bezeichneten. Die gespeicherte Energie verflüssigte bestimmte aufgenommene Mineralstoffe zu Säuren, die die Moossubstanz angriffen und die übrigen Mineralien zersetzten. Das Zersetzungsprodukt, ein klebriges, ätzendes Koagulat, wurde abermals zersetzt und in einer kalten Gasflamme abgegeben. Die Selbstzündung fand statt, wenn die Lufttemperatur nach Sonnenuntergang unter 18,2° C absank; wie sie funktionierte, war rätselhaft. Bis zum Herbstende schrumpften die Moose zu einem wenige Zentimeter dicken Teppich zusammen. Die Shil nutzten sie, um übersäuerte Böden zu sanieren, wobei in kälteren Gebieten abgeflämmt werden mußte.

Als sie den kleinen Paß erreichten, ging die Sonne auf. Die Nord-Süd-Route jenseits der Berge war schon zu dieser Stunde belebt; die Wahl in Golgit lockte mit ihren Begleiterscheinungen Shil aus dem ganzen Einzugsgebiet der Stadt an.

»Verstehen Sie jetzt, weshalb ich in den letzten Tagen ein bißchen zur Eile gedrängt habe?«

Töröcsik klopfte Barakuda auf die Schulter. »Alles klar, Chef.« Er grinste. »Ein schöner Morgen und ein feines Schauspiel. Und wenn die alle in Golgit sind, haben wir es mit dem Überprüfen der Impfnarben leichter. Dann sind sie alle zusammen.«

Zwei Stunden nach Sonnenaufgang kamen sie zur Stadt. Diesseits der Katarakte hatte der Huagilera ein weites Tal zum See gemacht; Golgit nahm den größten Teil des Westufers und der Berghänge ein. Mehrere Seilbahnen, getrieben von großen Schwungrädern, in denen P'aodhus stumpfsinnig vor sich hintrotteten, verbanden die Unterstadt mit dem neueren Viertel der Wohlhabenden, das auf einem Plateau lag.

»Wie viele Einwohner hat das Labyrinth hier?« Bogai bestaunte eine Gruppe von Shil in grellrosa Gewändern. Die dunkle Olivhaut der Gesichter war mit komplizierten, ebenfalls grellrosafarbenen Mustern bemalt. Die Gruppe ging fast im Gleichschritt, bahnte sich einen Weg durch das Gewimmel in den engen Kopfsteingassen und reagierte weder durch Gesten noch durch eine Regung der versteinerten Mienen auf die Umgebung. »Und was sind das für Leute?«

Barakuda hob die Achseln. »Ich schätze, Golgit hat etwa hunderttausend Einwohner, aber im Moment sind viele Besucher aus dem Umland hier. Und die kann ich nicht einordnen. Talsilaq, diese grellrosa Gruppe da vorn, kennst du sie?«

Der Muli wiegte den Kopf. »Kennen ist zuviel gesagt. Ich habe von ihnen gehört. Sie wohnen in einem fast unzugänglichen Nebental, weiter im Süden.« Den Gerüchten zufolge hielten die Bewohner des Tals alles Menschliche, repräsentiert durch die (Haut-)Farbe Oliv, für minderwertig und verehrten statt dessen die ›Gegenfarbe‹ Rosa. Sie hatten rosafarbene Häuser, zogen rosafarbene Pflanzen, merzten alle Grüntöne in ihrem Tal aus und hatten es sogar geschafft, aus den braungrünen, zottigen P'aodhus eine rosa Büffelrasse zu züchten.

Die meisten Häuser von Golgit bestanden aus Basaltfundamenten, einem steinernen Erdgeschoß und weiteren Stockwerken aus Holz und Lehmziegeln. Auf dem Plateau blitzten weiße Gebäude in der Morgensonne; ein mit stinkenden Algen beladener Karren rumpelte aus einer Nebengasse zum Marktplatz.

»Ein Leckerbissen«, sagte Talsilaq. »Am Seeufer gibt es gläserne Unterwassergärten, in denen das Zeug gezogen wird, *amthi'stai.* – Ich glaube, das hier ist der beste Platz.«

Der Markt lag zu Füßen der Felswand, auf der sich die Paläste erhoben. Der Hauptzugang zum Marktplatz war leicht zu überblicken und mühelos abzusperren.

»Hier könnte man gut einen Impfpaß einrichten.« Töröcsik schüttelte den Kopf und kicherte. »Das war nicht beabsichtigt. Ist aber ein gutes Wort.«

Barakuda bat um Geduld. Er ließ die anderen mit den Robots zurück und ging zum Gebäude der Zünfte, wo er ein kurzes Gespräch mit einigen alten Frauen führte, die er noch aus seiner Amtszeit kannte. Sie billigten seine Vorschläge, wenn auch keine Fälle von Explosiver Beulenpest aufgetreten seien, wie sie versicherten. Dante nahm es erleichtert zur Kenntnis.

T'unga und Talsilaq schafften Tische herbei, mit denen der Durchgang bis auf einen engen ›Paß‹ blockiert wurde. Bogai und Töröcsik aktivierten die Medikrobots. Zwei der

Zunftfrauen stellten sich neben die Tische, um im Fall von Mißmutsäußerungen angehaltener Shil Erklärungen abzugeben. Das Verfahren war einfach und schnell durchführbar: Alle Passanten wurden gebeten, die Oberarme zu entblößen. Wer eine Impfnarbe hatte, konnte sofort weitergehen; die übrigen – es waren wenige – erhielten eine Injektion und den Rat, sich über eine kleine Entzündung mit Narbenbildung nicht aufzuregen.

Mit Savinniks Kamera wanderte Barakuda eine Weile durch den Ort. Dann begab er sich zur Residentin des Noch-Gouvernements. Das Gebäude der Vertretung von Cadhras lag auf einem kleinen Hügel am Seeufer. Von der blumengesäumten Terrasse bot sich ein prächtiger Blick über Stadt und See.

Die Residentin begrüßte ihn freundlich und ließ Kaffee auf die Terrasse bringen. »Sie segeln jetzt also um den Planeten und impfen? Interessant. Ich hätte nicht gedacht, Sie jemals bei einer so vergleichsweise ruhigen Tätigkeit zu sehen.«

Barakuda lächelte knapp. »Wissen Sie, nach den Ereignissen der letzten Jahre kann ein bißchen Ruhe nicht schaden. Zumal keiner weiß, was nach dem Ende der Quarantäne geschieht.«

Sie nickte; ein wenig traurig, wie es schien. »Ja. Wir werden das alles hier wohl aufgeben und abziehen, wenn sich an dem Beschluß nichts mehr ändert.«

»Gibt es etwas Neues in Cadhras? Ich habe seit zwanzig Tagen nichts gehört.«

Sie überlegte. Barakuda betrachtete die kleine, energische Frau. Die Residentin war Anfang Fünfzig und vertrat das Gouvernement seit sieben Jahren in Golgit. Dante wußte, daß sie den Planeten und seine Bewohner liebte. Und daß sie, wie so viele, bald zwischen Shilgat und dem Commonwealth wählen mußte.

»Ich glaube, in den letzten Tagen ist nichts passiert. Die Erfassung geht weiter, ebenso die Entschädigungsberechnungen. Nach den neuesten Zahlen werden etwa vierzig Prozent das Territorium verlassen.«

Gegen den Widerstand des ehemaligen Banyashilfürsten Gortahork und des alten Saravyi hatten die Shilvölker das Shilgat-Abkommen gekündigt. Außer der Erkenntnis, daß man notfalls auch ohne Hilfe von Cadhras die Krisen um Pasdan und Gashiri hätte bewältigen können, war die Einschätzung der letzten Sektierer in Banyadir entscheidend gewesen: Die ›Mathematischen Mönche‹ stellten keine Gefahr dar; ihr Land war von hohen Bergen eingeschlossen. Sie mochten dort in Ewigkeit ihre Halluzinationen pflegen.

Unmittelbar würde sich wenig ändern. Im Palais der Gouverneure würde bald ein Kommissar sitzen; anstelle des Gouvernements würde das Kommissariat den Raumhafen und die sonstigen Anlagen verwalten, den Passagier- und Frachtverkehr mit anderen Welten überwachen und den Kultur- bzw. Technologie-Transfer unterbinden. Aber mit dem Ende des Protektorats endete auch der Einfluß von Gadhras; anders als die Gouverneure würden die Kommissare außerhalb der ihnen unterstehenden Anlagen keinerlei Befugnisse besitzen, nicht einmal in der Stadt Cadhras – falls nicht neue Beschlüsse winzige Änderungen ergaben. In den beiden Krisen war die letzte Gouverneurin praktisch Beherrscherin des Planeten gewesen; der zu ernennende Kommissar wäre nur ein Botschafter mit gewissen Vollmachten. Das Autonome Territorium des Isthmus wurde aufgelöst; die Bewohner konnten entweder bleiben oder mußten sich, wenn sie weiterhin Bürger des Commonwealth mit Rechten und Pflichten sein wollten, auf anderen Welten ansiedeln. Wegen der von vornherein offengelassenen Möglichkeit der Kündigung des Abkommens hatte es im Isthmus nie privaten Grundbesitz gegeben; das Land war von den Shilvölkern widerruflich zur Verfügung gestellt und von den Commonwealth-Behörden an Bauern, Unternehmer und Privatleute verpachtet worden. Nun hatte sich das Commonwealth verpflichtet, denen, die Shilgat verlassen wollten, auf anderen Welten für eine Übergangszeit von zehn Jahren ähnliche Ackerflächen pachtweise zur Verfügung zu stellen beziehungsweise bei der Anmietung von Wohn- und Nutzgebäuden zu helfen.

»Was werden Sie machen, Madame?«

Die Residentin hob die Hände. »Ich weiß es nicht. Es wird kaum möglich sein zu bleiben ...«

»Das Kommissariat wird genauso Botschafter brauchen wie das Gouvernement.«

»Natürlich. Aber es gibt vor allem zwei Probleme; von den zahllosen anderen nicht zu reden. Geld und Beziehungen.«

Barakuda nickte. »Sie haben natürlich recht. Aber ich würde nicht zu schwarz sehen. Erfahrung sollte auf jeden Fall zählen.«

Ob ein Kommissar oder eine Kommissarin die bisherigen Residenten übernahm oder neue Leute ernannte, war eines der beiden Probleme. Das zweite war wichtiger. Bisher hatte das Gouvernement sich ausschließlich aus Zolleinnahmen finanziert – zehn Prozent vom Warenwert aller Güter, die den Raumhafen passierten. Durch den Exodus eines Teils der Bevölkerung und die nicht kalkulierbaren Entwicklungen des interstellaren Fracht- und Personenverkehrs nach Shilgat würde sich die Lage ändern. Zunächst stand noch nicht fest, ob ein Kommissariat überhaupt Zoll erheben durfte; selbst wenn ja, blieb zweifelhaft, ob die Höhe der Einnahmen nach dem ›Wandel‹ ausreichen würde, die bisherigen Abteilungen des Gouvernements beizubehalten.

»Wir können es ohnehin nicht ändern und müssen abwarten. Was haben Sie denn vor?«

Barakuda blickte über den See. Fischerboote mit fünfeckigen Segeln; Laubenflöße, üppig bewachsen, auf denen Paare oder Ausflugsgruppen den See genossen; ein Schwarm fliegender Plattfische, der sogenannten *pinyapadis* oder Flatterflundern; die Spitze des Kristalldoms, der das unterseeische Amüsierviertel überwölbte. Unterhalb der Terrasse standen Laokoon-Feigen mit verschränktem Geäst; daneben Zinnobersträucher und Kissen von Nimmergrün, süßer *cinnamongo,* junge Blutweiden, in denen eine orangefiedrige *shimsel* hockte und ihren Pentatriller ausstieß, und würzige Minz-Ulmen.

»Ich werde bleiben.«

Auf dem Weg von der Residenz zum Markt schlenderte Barakuda durch das Handwerkerviertel. Bei einem Lederwerker sah er einen sauber gearbeiteten, mit grünen Halbedelsteinen verzierten Umhängebeutel, den er für Begheli kaufte. Nebenan gab es einen Schlosser, der gleichzeitig allen möglichen metallischen Krimskrams – geflickte Töpfe, alte Zierleisten, kleine gußeiserne Dämonenfiguren, Nägel, Zahnzangen – in Kästen unsortiert feilbot. Dante wühlte, eher zerstreut, eine Weile darin herum; eine halbe Stunde später hatte er acht kleine Metallzylinder mit Ausbuchtungen und Stiften gefunden. Sie erinnerten ihn an seltsame Schlüssel. Hoch im Norden, in der Blutgrafschaft Vagaván, hatte einst ein irrer Baumeister, dessen Gebäude ausnahmslos auf Primzahlen basierten, einen Palazzo mit einem Dreiundzwanzigeck als Grundriß errichtet. In diesem Palazzo, in dem es 23 Räume gab und alle Treppen 23 Stufen hatten, wohnte seit Bestehen des Gouvernements der jeweilige Resident von Cadhras. Im Keller (im 23. Kellerraum) gab es eine 23eckige Tür mit 23 Schlössern, und in zweieinhalb Jahrhunderten hatten die Residenten 16 Schlüssel zusammengetragen. Es fehlten 7 – hier hatte er nun 8 gefunden, die den gesuchten ähnelten; einer, der ihm vor einiger Zeit in die Hände gefallen war, lag noch in seiner Wohnung in Shontar. Wahrscheinlich paßten sie nicht in die Schlösser; außerdem war einer überzählig. Aber es wäre ja möglich. Der Schlosser wußte nichts über die Herkunft der Zylinder und überließ sie Dante billig.

Schließlich erwarb er bei einem Buchdrucker noch drei in Bockleder gebundene Werke, gedruckt mit beweglichen Eisenholzlettern auf Büttenpapier: eine *Sammlung hypothetischer Tatsachen von ersprießlicher Nutzlosigkeit,* vollkommen bizarre Einfälle, Notizen und Anekdoten eines dem verschwiegenen Drucker angeblich unbekannten

Autors; eine Serie von Mystifikationen und philosophischen Vexierspielen unter dem Titel *Katalog unbewohnbarer Gedanken;* sowie lakonische Erzählungen eines berühmten Autors namens Durdary aus Sa'orq, *Trockene Geschichten vom Fluß.* Durdarys Buch kostete 25 Foldar, die beiden anderen je 10. Barakuda, der nicht mehr genug Shilgeld bei sich trug, legte 90 Drachmen hin. Er steckte die Bücher und Schlüssel in den Beutel und machte sich auf zum Markt, um das Ende der Wahldebatten mitzubekommen.

Die Wahl des neuen Stadtsklaven fiel in eine Zeit der Besorgnis. Die Besitzer hatten jene Frauen und Männer nominiert, die ihnen in neun der üblichen zehn Jahre* mit auffallender Wirksamkeit und Intelligenz gedient hatten. Delegierte aus den Dörfern, Bergnestern und Städten des Bereichs, der sich viertausend Kilometer von Nord nach Süd und fünfhundert von West nach Ost erstreckte und Hochebenen, Bergketten, Moore, Wüsten und Wälder umfaßte, waren wie jedes Jahr in Golgit zusammengekommen, zu Markt, Volksbelustigung, Götterschmähung und Sklavenwahl, aber über allem lag noch der Schatten der Ereignisse von Gashiri. Eine alte, erfahrene Schmäherin mit sprödem Greisinnenbart und ungeheuerlichem Wortschatz mutmaßte, die Prinzipien der Akausalität**

---

* Sklaverei ist ein ökonomischer bzw. Straf-Zustand auf Shilgat. Auf dem Südkontinent beträgt seine Dauer üblicherweise zehn Jahre; Sklaven und Käufer schließen häufig einen Kontrakt, in dem der Sklave Verzicht auf Fluchtversuche garantiert, der Käufer sich verpflichtet, sein Eigentum gut zu behandeln und für jeden Arbeitstag eine bestimmte Summe (meistens 0,25 bis 0,5 Foldar) zurückzulegen; die Gesamtsumme steht am Ende der Zeit dem Sklaven zu. Der Kontrakt garantiert dem Käufer eine dauerhafte Arbeitskraft zu geringen Kosten, dem Sklaven gute Behandlung sowie Bewegungsfreiheit innerhalb der Stadt- oder Landesgrenzen.

** Auf Tagga- bzw. Banyashilgu sehr kompliziertes Wort; besteht aus elf verschliffenen und zusammengefügten Wurzeln sowie der Verneinung *nu;* wörtlich übersetzt etwa: »Nicht-potential-Wirkung-von-potential-Ursache-unkenntlich-beide-GroßesChaos-gliedernd-irreal.«

drohten zu Ordnung zu werden; das fruchtbare Chaos sei nur dadurch zu gewinnen, daß man Konzessionen an die fiktive Kausalität mache und die nichtexistenten Gottheiten in ausreichendem Maße beschimpfe. Dies sei in den vergangenen Jahren vernachlässigt worden, und Früh- und Fehlgeburten seien die angemessene Strafe, eine das Große Chaos pervertierende Unzufälligkeit.

Manche stimmten ihr zu; andere hingegen brachten gewichtige Einwände vor. Wenn, so sagte ein stimmbrüchiges Milchgesicht, die Schmähung nichtexistenter Gottheiten das Große Chaos an einer Stelle schwäche, indem sie darin einen geballten Kausalbereich erfinde, so bewirke dies keineswegs, wie angenommen, an einer anderen Stelle einen besonders wirksamen Akausalbereich, der den Schmähenden zugute komme. Diese Annahme setze ein inneres Auswiegen im Großen Chaos voraus, das dadurch zu einer Form von Ordnung werde – eine offenkundige Absurdität. Vielmehr sei bezeichnend für das Große Chaos eben jegliches Fehlen von Kausalität, daher diene die Schmähung nichtexistenter Gottheiten lediglich der Befriedigung ansonsten nicht kanalisierbarer Sprachtriebe.

Dem hielt ein nervöser Schmäher entgegen, die Annahme, das Chaos sei ein Chaos, stelle bereits eine unzulässige Strukturierung des Unstrukturierbaren dar; indem nämlich gesagt werde, es gebe keine übergeordneten Kausalmechanismen, definiere man das Große Chaos als zuverlässig regellos. Diese Zuverlässigkeit, das kalkulierbare Fehlen jeder Kausalität, die regelmäßige Regellosigkeit mache aber aus dem Chaos bereits eine Art Antiordnung*, die ihrerseits von tyrannischer Striktheit sei. Der

* Etwa: »Irreal-nicht-GroßesChaos-gliedern-widerlegen-irreal«; einer der wichtigsten Aspekte der Debatten in Golgit ist zweifellos, daß dort agglutinierende Wortakrobatik in einer Weise betrieben wird, die aus den geformten Langwörtern schon fast reale Objekte macht, welche als luzides Halluzinogen zur Hintertreibung aller Logik logisch verwendet werden.

junge Vorredner übersehe das eigentliche Problem: Im Chaos gebe es keinerlei Gesetzmäßigkeit, nicht einmal die der dauerhaften Akausalität. Vielmehr sei die Akausalität in sich abermals akausal, so daß sie auf der untersten wahrnehmbaren Ebene durchaus den Anschein von Symmetrie annehmen könne. Und auch die Akausalität der Akausalität sei akausal, und so weiter.

Während die Debatten mit ersprießlicher Fruchtlosigkeit wucherten, unterzogen sich die nominierten Sklavinnen und Sklaven dem strengen Ausleseverfahren, das körperliche Belastbarkeit ebenso testete wie geistige Beweglichkeit und Wissen. Schließlich blieben zwei Kandidaten übrig, ein vor Jahren aus Vagaván ausgestoßener Mann mittleren Alters, und eine 28jährige Bilshil von einer der großen Inseln im Pangotischen Ozean. Zunächst galt der Banyashil wegen seiner größeren Lebenserfahrung als Favorit, wenngleich einige der Delegierten von Anfang an die jüngere Bilshil vorzogen. Schließlich hatte sie, zog man die bisher abgedienten neun Jahre und vielleicht ein weiteres halbes Jahr für den Transport von ihrer Insel zu den Korsaren und weiter nach Golgit von den 28 Jahren ab, ihr Verbrechen bereits mit 18 Jahren verübt; man sah dies als überzeugenden Beweis ihrer frühentwickelten politischen Fähigkeiten an. Im Verlauf des großen Streitgesprächs vor einigen tausend Delegierten, die gelegentlich Fragen stellten oder Vorwürfe äußerten, wirkte die Bilshil weitaus standfester als der Banyashil, der auch in neun Jahren der Sklaverei keineswegs alle Illusionen über die Beschaffenheit des Menschen abgelegt hatte. Zum Schluß wählten die Delegierten nahezu einstimmig die Frau von den Inseln zur neuen Stadtsklavin. Ein Jahr lang sollte sie »Unrecht mildern, Recht zügeln, Macht entbehren und den Shil der Berglande Anordnungen ersparen«, wie es in der alten Formel hieß.

Kisijian übernahm von ihrem Vorgänger, einem alten Mischling aus Banyadir, den Eisenkragen des Amts. Der alte Mann erhielt 1800 Foldar von seinem ehemaligen Besitzer – angesammelter Sklavenlohn aus neun Jahren – und zahlte von dieser Summe 500 Foldar in die Kasse von Golgit: den Preis für ein Jahr im höchsten Amt. Die Delegierten dankten ihm für seine maßvolle Zurückhaltung und unaufdringliche Amtsführung; er habe in vorbildlicher Weise darauf verzichtet, die Bewohner der Berglande zu belästigen, die ihm nun zehn Tage gewährten, in welcher Frist er das Land auf immer zu verlassen habe.

Am Nachmittag beendeten sie die Impfaktion. Genau 118 Injektionen hatten die Robots gezählt; T'unga berichtete, elf Grellrosashil seien darunter gewesen. Barakuda beschloß, dem Gouvernement die Entsendung eines Gleiters in das entlegene Tal zu empfehlen, da es offenbar bei den planetenweiten Vorbeugemaßnahmen übersehen worden war.

In einem kleinen Lokal am Hafen aßen sie Bratfisch in scharfer Tunke; die beiden Wissenschaftler verzichteten auf die Algenbeilage. Am Nebentisch saß Kisijian; freie Verpflegung gehörte zu den Privilegien ihres neuen Amts, wie (zumindest anfangs) Einsamkeit zu den Lasten. Dante lud sie an den größeren Tisch ein. Sie erzählte einige abstruse Anekdoten aus ihrer Sklavenzeit, erkundigte sich bei T'unga nach seinen Narben und den Gefühlen, die er ihnen gegenüber empfand, und bemerkte schließlich, sie käme am Ende ihrer Stadtsklavenzeit gern einmal nach Cadhras. »Ich weiß aber nicht, ob man innerhalb von zehn Tagen das Land Golgit in einer Richtung verlassen kann, die nach Cadhras führt.«

»Du solltest über den Fluß setzen«, sagte Talsilaq. Er dachte einen Moment nach. »Mit guten Pferden kann man es in acht Tagen bis zur Grenze nach Sa'orq schaffen.«

»Eine Tagesreise vor der Grenze«, sagte T'unga ohne besonderen Nachdruck, »gibt es ein kleines Karawanserail. Heute ist der vierunddreißigste Tag der Spätzeit. Vielleicht werde ich am Zweiundvierzigsten dort sein. Nächstes Jahr.«

Kisijian lächelte. Ihre herben Züge hellten sich entschieden auf. »Ihr wollt weiterreisen – oder kann ich euch mit den gastlichen Gemächern der Stadtsklavin locken? Ein paar Tage wenigstens?«

Dante spitzte den Mund. »Wir werden sicherlich noch einen halben Tag in der kleinen Bucht bleiben. Aber dann müssen wir weiter.«

T'unga nickte. »Bis gegen Mittag werde ich dort sein.«

»Wie weit ist es von Cadhras bis Banyadir?« sagte Kisijian plötzlich.

»Sehr weit. Fast so weit wie von hier bis Cadhras. Warum?«

Sie zögerte. »Ach, es ist nichts. Nur ein dummer Traum.«

»Du träumst?« T'unga hob die Brauen.

Sie winkte ab. »Keine Sorge. Nein, einer meiner bisherigen Mitsklaven. Er hat vor zwei Jahren, bevor jemand etwas wußte, geträumt, daß böse Dinge aus Gashiri über uns kommen würden. Vor einigen Nächten nun träumte er von einer malmenden Lawine aus Banyadir. Jedenfalls war es ein hohes Bergland, und dort stand in seinem Traum die Sonne mittags links von ihm. Er hatte einen Felsen betrachtet, hinter dem sie morgens aufgegangen war.«

»Also Norden«, murmelte Barakuda.

»Ja. Ein hohes Bergland im Norden.«

»Das war aber eine jähe und lakonische Romanze.« Töröcsik regulierte die Projektorleistung eines schief schwebenden Medikrobots. Sie passierten die letzten Häuser der Stadt. »Und wenn Sie uns nicht so getreten hätten, daß wir ein bißchen Shilgu lernen, hätte ich nichts davon mitgekriegt.«

Barakuda lächelte zerstreut; er dachte an Saravyis kryptische Äußerungen über etwas unter Banyadir und an den Traum des Sklaven; er nahm sich vor, den alten Mann auszuquetschen. Soweit Saravyi sich ausquetschen ließ.

Talsilaq, der wieder voranging, drehte sich halb um und grinste. »Es gibt eine nette alte Geschichte; aus Golazin, glaube ich. Unter den Passagieren einer Fähre sind auch eine junge Frau und ein junger Mann. Sie haben einander nie gesehen; die Überfahrt dauert vielleicht fünf Minuten, und während dieser Zeit sitzen sie einander gegenüber. Der Mann betrachtet die Frau. Sie ist anregend. Sie trägt Kleidung aus P'aodhu-Leder; der Schnitt ähnelt dem, der bei einem bestimmten Banyashil-Stamm nahe Vagaván üblich ist, und dem entsprechen auch gewisse Ornamente. Aber die Taschen der Jacke sind nicht verschließbar; es handelt sich also um das nachempfundene Produkt eines Schneiders, nicht um Kleidung, wie man sie trägt, wenn man zu Pferd zu reisen pflegt. In der Stadt gibt es nur drei Schneider, die P'aodhu-Leder so kunstvoll verarbeiten können, und alle drei sind sehr teuer. Die Frau hat feine, aber kräftige Finger mit kurzen Nägeln; die Nägel der Zeigefinger sind rötlich verfärbt, ebenso die beiden Fingerspitzen. Sie trägt hochhackige Stiefel mit sehr dicken Sohlen, fast eine Handbreit dick, und die Sohlen und Absätze sind *nicht* verfärbt. Vermutlich, denkt sich der Mann, arbeitet sie als Aufseherin in der Quetsche.«

»Wo?« Bogai blickte ihn fragend an.

»Ach so, das können Sie nicht wissen. In Golazin werden Purpurquallen verarbeitet; sie sind selten und finden sich vor allem vor der Golzain-Mündung. Sie werden mit bloßen Füßen zertreten, deshalb Quetsche. Aufseher tragen dort hohe Schuhe; sie prüfen die Qualität der gewonnenen Farbe, indem sie Schwämme in eine Purpurlache tauchen und dann mit dem Zeigefinger ausdrücken. – Die Lederkleidung ist makellos; also ist die Aufseherin vermutlich unverheiratet. Erstens wegen der Eitelkeit, zweitens wegen des Geldes. Eine Aufseherin verdient genug, um sich vieles zu leisten; wenn sie aber einen Mann und vielleicht Kinder hätte, trüge sie kaum für den simplen Heimweg Extrakleidung und ungefärbte Extraschuhe, die nur deshalb so hoch sind, weil sie sich an flache nicht mehr gewöhnen kann.«

»Mach das kürzer«, sagte Barakuda. Er kannte die Geschichte und wußte, daß sie so, wie Talsilaq begonnen hatte, bis zum nächsten Nachmittag dauern würde.

Talsilaq zwinkerte. »Na gut. Also, durch bloßes Hinschauen und Nachdenken ermittelt der Mann, daß diese hübsche junge Frau reich, unabhängig, ledig und leichtlebig ist, daß sie vermutlich in einer bestimmten Hafenstraße wohnt, in einem Haus, dessen Garten zum Strand abfällt und seitlich an einen Bootsschuppen stößt. Der Schuppen gehört einem Freund von ihm, und dieser Freund will den Schuppen verkaufen.

Inzwischen hat die junge Frau den Mann betrachtet. Er gefällt ihr, sieht gut aus, trägt am Kragen seiner Arbeitsjacke einen Streifen Polarfell, und so weiter und so weiter. Sie ermittelt durch Denken, daß er nicht gerade arm ist, eine bestimmte Sorte begehrter und teurer Fässer aus Spezialholz herstellt und längst ins Geschäft mit Fischerbooten und Fisch einsteigen will, um sich auszudehnen. Zu expandieren – sagt man das? Ah ja. Expandieren ist aber schwierig, weil in der alten engen Stadt kein Platz für neue Gebäude ist. Es gibt da einen Schuppen, in dem kleine Boote repariert werden, neben ihrem Garten. Sie liebt den Garten, vor allem den unteren Teil, in dem sie seltene Blumen und Früchte zieht. Wenn der junge Mann nun den Schuppen kaufen sollte, der bald zum Verkauf stehen wird, dann wird er den Schuppen ausbauen wollen, denn für seine Zwecke ist er zu klein. Ausbauen kann er ihn nur, wenn er einen Teil des Gartens bekommt, und zwar den mit den seltenen Pflanzen. Nun gefällt ihr der Junge aber so gut, daß sie genau weiß, nach einer ersten Nacht wird es viele weitere geben, und irgendwann wird sie, nur um ihm eine Freude zu machen, die Beete aufgeben und ihn den Schuppen ausbauen lassen, er wird weniger Zeit für sie haben, weil er mehr Zeit ins expandierende Geschäft stecken muß, und dann wird es ihr leid tun um die Pflanzen.«

»Sie könnte«, warf Töröcsik unbewegten Gesichts ein, »den Schuppen doch selbst kaufen und da unten am

Strand, im eigenen Garten, eine Purpurquetsche aufmachen.«

Talsilaq nickte begeistert. »Gut, gut. Das ist der zweite Teil ihrer Überlegungen. Seiner übrigens auch. Er will da einsteigen, mit den Booten, die er im vergrößerten Schuppen bauen möchte.«

»Aber dann ist doch kein Platz mehr für eine Quetsche.«

»Doch, doch; man braucht noch ein bißchen mehr vom Garten. Als die Fähre mit den beiden jungen Leuten am Ziel anlegt, ist der junge Mann so weit, daß er die Frau sehr anziehend findet, den Schuppen ausbauen und eine Purpurquetsche einrichten will. Sie dagegen – die Frau, nicht die Quetsche – findet ihn zwar aufregend, sieht aber im Geiste den ganzen Garten und den Strand von Werkschuppen bedeckt, aus denen es nach Purpurquallen und Pech für Boote stinkt, und in ihrem Haus sind Arbeiter einquartiert.«

»Und?« sagte Bogai. »Wie geht's weiter?«

Talsilaq grinste. »Ganz einfach. Sie steigen aus; der Mann bleibt vor ihr stehen, legt die Hand auf sein Herz und sagt: ›Ja?‹ Und sie wirft ihm eine Kußhand zu und sagt ›Leider nein‹.«

Bogai brummte. Töröcsik nickte und pfiff eine atonale Sequenz. Dann sagte er: »Es stellt sich jetzt also die Frage, was T'unga und Kisijian sich alles gedacht haben.«

Talsilaq gluckste. »Ich denke mir da was.«

Kurz nach Sonnenuntergang begann in der Bucht das Feuermoos zu brennen; zwar war die Lufttemperatur zu hoch für die Selbstzündung, aber in Bachnähe hatten sich dank des fließenden Wassers Kältenischen gebildet, in denen die Pflanzen sich entzünden konnten. Es war ein phantastisches Bild; im Zwielicht hüpften Flämmchen hangaufwärts und steckten einander an.

Barakuda blieb am Ufer stehen. »Da stimmt was nicht«, sagte er.

Vor ihnen lag, festgemacht wie zuvor, das Boot. An Bord regte sich nichts, keine Lampe war entzündet. Über die Reling hing ein Arm, und die Bordwand darunter wies eine dunkle Spur auf.

Töröcsik legte die Hand auf Barakudas Schulter und blickte ihm ins aschgraue Gesicht. »Moment, übereilen Sie nichts«, murmelte er. Er winkte Bogai herbei; mit wenigen Handgriffen änderten sie das Schwebeprogramm der Robots.

Während Talsilaq das kleine Beiboot heranholte, schwebten die Robots zum Achterdeck des Schiffs und landeten.

Nichts geschah. Töröcsik und Bogai stiegen ins Boot und griffen wortlos zu den Rudern. Talsilaq bedachte Barakuda mit einem langen Blick; dann zog er sein Messer und hielt es wurfbereit. Barakuda stand im Heck; unter der eisigen Taubheit, die über ihn kroch wie ein Seenebel, fühlte er sich nackt und schutzlos und dachte an die Tage, da er als Sekretär für Sicherheit eine der wenigen Feuerwaffen auf Shilgat hatte tragen können.

Talsilaq spähte über die Reling; das Ruderboot knirschte an der Bordwand entlang. »Nichts«, flüsterte der Muli. Dann lauter: »Ich gehe.«

Sekunden später – oder Stunden, so schien es Dante – tauchte er aus dem Niedergang wieder auf. »Nichts. Kommt. Aber ...« Er schwieg und starrte irgendwohin: Barakuda sah zunächst nicht, um was es ging. Er zog sich an den Sprossen der Leiter hoch.

Elzo Savinnik lag in einer Blutlache, mit drei Pfeilen im Rücken. Die rechte Hand umklammerte die Fernsteuerung des umgebauten Aufklärungsrobots. Eher unbewußt registrierte Barakuda, daß der Kugelkopf mit den glimmenden Augen sich unentwegt hin und her, hin und her drehte.

Peloy saß auf den Decksplanken, mit dem Rücken an die Steuerbordreling gelehnt. Er hatte einen Pfeil in der Brust und einen im linken Auge. Yagur war mit vier Pfeilen förmlich an die Kombüsenwand genagelt; eine Hand umklammerte noch den Schaft des Geschosses, das ihm durch die seitliche Halsmuskulatur gedrungen war.

Der Arm über der Backbordreling gehörte Saravyi. Saravyis Rumpf. Der Kopf des klugen, undurchsichtigen, unersetzlichen alten Mannes lag auf einem Tablett, auf dem Tisch, an dem sie gestern zu Abend gegessen hatten.

Talsilaq hielt Barakuda fest. »Geh nicht rein.« Er schüttelte ihn. »Geh nicht rein.«

Bogai stieg ins Schiffsinnere; Töröcsik stellte sich in den Niedergang.

Als Barakuda nickte, ließ Talsilaq ihn los. Dante wandte sich ab, ging zum Heck und starrte in die Nacht, die über ihn hereinbrach. Einige Zeit später kam er zu sich, als das Holz der Reling unter seinen verkrampften Fingern zu knirschen begann. Sein Mund schmeckte salzig vom Blut der zerbissenen Unterlippe. Mit dem Hemdsärmel trocknete er Augen und Wangen; dann wandte er sich um. Töröcsik hatte das Schiff durchstöbert und ein paar Schaufeln gefunden, über deren Sinn und Herkunft Barakuda nachzudenken versuchte.

III

Der Medikrobot schwebte an Land, mit der Nachricht für die Residentin. Talsilaq hatte gehen wollen, aber die Mörder mochten irgendwo in der Dunkelheit warten. Barakuda steuerte das Boot zur Flußmitte, weg vom Ufer und von den Gräbern, weg von einem möglichen Überfall.

Als der Anker fiel, schaltete Dante den Antrieb aus und blieb am Ruder stehen. In ihm dachte etwas, sah dem Rest seines Körpers bei der fortschreitenden Versteinerung zu. Er fühlte sich leer, unfähig zu Aktionen oder Reaktionen. Wie in einem fortgesetzten Albtraum erschienen Schauplätze und Gesichter in seinem Kopf, vergingen, erschienen erneut und vermischten sich. Atenoa, die Hauptstadt, eine Einkaufszone; die Frau, mit der er hatte leben wollen, zermalmt unter einem defekten Frachtgleiter. Begheli in Cadhras, lächelnd, hinter dem Tresen im *Meeresleuchten*. Eine kreisförmige Geisterbahn, ein Endlosband, eine Möbiusschleife mit rasenden Bildern, die wiederkehrten, sich verwandelten, einander überlagerten und deformierten.

Bogai hatte die Tonspur gelöscht. »Keine substantielle Information«, murmelte er. »Sie haben nicht viel gesprochen.« Er sah Dante nicht an, und Dante stellte keine Fragen.

Der Film begann abrupt; Savinnik hatte sterbend den Robot aktiviert. Die Mörder waren längst an Bord; wie sie unbemerkt dorthin gekommen waren, blieb ungeklärt. Nach etwa fünf Minuten schaltete Bogai ab.

»Das geht so weiter, bis sie von Bord gehen. Und den ganzen leeren Tag, bis wir ankommen.«

Barakuda schloß die Augen, lehnte sich zurück und tastete nach seinen Zigaretten. Die entsetzlichen Bilder, scharf und farbig, hatten ihn aufgewühlt, die Kruste aufgebrochen. Was sich darunter regte, war ihm unbekannt, aber er konnte es sofort identifizieren. Haß.

»Können Sie mit den Bildern etwas anfangen?« sagte Töröcsik leise.

Dante nickte und öffnete die Augen wieder. »Zuviel.« Er hustete und spülte den Mund mit Sampawein, aber der Geschmack blieb.

Es mochten noch mehr Personen dabeigewesen sein, die auf dem Film nicht zu sehen waren, aber die acht Leute waren deutlich erkennbar. Ein Shil, dem die ersten Glieder der beiden kleinen Finger fehlten: So markierte man in den Bergregionen von Sa'orq Geächtete. Drei Mischlinge ohne besondere Kennzeichen, aber mit unvergeßlichen Gesichtern. Und vier fahlbraune Männer aus Gashiri. Die in den Labors der Anarchovegetarischen Union entwickelten Immunpräparate aus mutiertem *alangra* hatten bei den Behandelten die Pigmentierung verändert, eine Nebenwirkung, die dem Serum aus Cadhras zum Glück fehlte.

Drei der Männer kannte Barakuda nicht, aber auch ihre Gesichter würde er nicht vergessen. Den vierten kannte er um so besser. »Shevshan«, sagte er mit zusammengebissenen Zähnen.

Talsilaq nickte, als ob er sagen wollte: Das habe ich erwartet. Die beiden Wissenschaftler konnten mit dem Namen nichts anfangen.

»Er war in der anonymen Führungskaste der AVU«, sagte Barakuda. »Er hat die Handelsdelegationen geleitet, die das Breitband-Antisteroid in allen möglichen Waren um das Binnenmeer herum verteilt haben. Am Ende war er in der geheimen Zentrale in Tag'gashir'dir.«

»Wie ist er denn entkommen?«

»Mit uns.« Dante lachte bitter. »Als wir mit den furchtbaren Shil-Waffen die Kuppel versiegelt hatten, aus der die AVs ihre dritte Seuchenwaffe hochjagen wollten, sind wir losgerannt, weil wir ja wußten, was kommen würde. Er hat als einziger der AVs richtig reagiert, ist hinter uns hergelaufen und hat den letzten Robotgleiter noch erreicht. Über einem Bergsee ist er abgesprungen.« Dann erinnerte er sich, daß Begheli ihn gewarnt hatte: Shevshan könne versuchen, sich zu rächen. Er hatte die Warnung mit Schulterzucken quittiert.

In der langen einsamen Nacht, deren Geräusche er nicht wahrnahm, saß er auf dem Achterdeck und grübelte. Vielleicht, fand er, hätte er doch nachsehen sollen, was mit René und vor allem Begheli und Marsila im Schiffsinneren geschehen war, denn die Realität konnte auch nicht gräßlicher gewesen sein als die Bilder, die sein Gehirn produzierte.

Im Morgengrauen brachte er das Schiff wieder in die Bucht und ruderte mit Talsilaq an Land. Sie hatten sich mit Messern und Bratspießen notdürftig bewaffnet.

In Ufernähe fanden sie Spuren; sie führten flußabwärts. Die Mörder hatten sich immer in der Deckung von Bäumen und Sträuchern bewegt. Anderthalb Kilometer weiter südlich entdeckte der Muli eine vom Fluß aus nicht einsehbare Bucht; das Ufer war hier dicht mit Blutweiden bestanden, deren Zweige ins Wasser hingen und einen Vorhang bildeten. Die Bucht selbst, wenn man sie so nennen konnte, war oval und höchstens 500 Quadratmeter groß. Im feuchten Boden der Böschung war der Abdruck eines Kiels konserviert. Barakuda schob die Weidenzweige beiseite und glaubte, im Morgenlicht am fernen Ostufer des Huagilera ein Ruderboot liegen zu sehen.

In dem kleinen Taleinschnitt landeinwärts fanden sich Lagerspuren; Talsilaq behauptete, nachdem er einige Zeit hier und da den Boden untersucht hatte, es seien neun Pferde gewesen. Die Reiter hatten kein Feuer gemacht; Barakuda wühlte an einer Stelle, die frisch umgegraben schien, und förderte Obstreste sowie fettiges Papier zutage, wie man es in Gashiri zum Einwickeln von *panyám** verwendete.

---

* Dauernahrung aus verschiedenen Getreidesorten, Obstextrakten und Pflanzenfetten; nahr-, aber nicht besonders schmackhaft.

Talsilaq verschwand landeinwärts und tauchte nach ein paar Minuten wieder auf. »Neun Pferde. Sie sind talauf geritten, zu den Bergen. Wahrscheinlich gibt es da irgendwo einen kleinen Pfad oder Paß. Das bringt sie auf die Nord-Süd-Route.«

Barakuda wies mit dem Daumen hinter sich. »Und das Boot?«

Talsilaq hob die Achseln. »Vielleicht waren es zehn oder fünfzehn Leute. Neun sind jedenfalls zur Straße geritten. Und vorher von der Straße gekommen.«

Beim Rückweg flußaufwärts setzte er nach langem Schweigen hinzu: »Das macht natürlich die Verfolgung schwierig. Die Sache mit dem Boot, meine ich. Was hast du vor?«

Barakuda blieb stehen. Trotz Schlafmangels fühlte er sich körperlich gut, war aber inwendig noch immer betäubt. Er suchte in seinem Gedächtnis nach Worten, die er sonst sofort zur Verfügung gehabt hätte. Langsam sagte er auf Banyashilgu: »Acht Personen, deren Gesichter ich kenne, belasten den Boden der Welt. Shilgat wird sich leichter drehen, wenn diese und vielleicht einige andere keine Last mehr sind.«

Talsilaq nickte. »Mein Messer dein Diener«, sagte er, ebenfalls auf Banyashilgu.

Pferde grasten in Ufernähe. Die Residentin war persönlich gekommen, mit einem einheimischen Sekretär; sie hatte Kisijian und T'unga geweckt und mitgebracht. Die neue Stadtsklavin stand am Ufer und redete mit einigen Shil, berittenen Bütteln der Zünfte von Golgit.

»Neun Reiter«, sagte sie statt einer Begrüßung. »Sie haben gestern gegen Mittag die Nord-Süd-Straße überquert und den Weg genommen, der zum Andhangi-Paß führt. Man hat sie nahe der Raststation von Uq-Algal'ai gesehen. Vier von ihnen sind aus Gashiri.« Sie deutete auf die grasenden Pferde, an deren Sattelknäufen Proviantbeutel hingen. »Eine Leihgabe von Golgit.«

Es waren vier Pferde. Barakuda räusperte sich. »Danke

für die schnelle Hilfe, Kisijian. Wer ist der vierte, der mitreitet?«

Kisijian wies auf das Schiff. T'unga erschien an der Reling, winkte knapp und sprang ins Ruderboot, um ihn an Bord zu holen. Als Barakuda sich auf die nächste Ruderbank setzte, ließ T'unga die Riemen los, beugte sich vor und legte die Hände leicht an Dantes Oberarme.

Die Residentin drückte ihm stumm die Hand; ihr Golgi'shil-Sekretär verneigte sich. Mit einem Becher Kaffee in der Hand tauchte ein etwa 30jähriger, kräftiger Shil aus der Kombüse auf. Er trug strapazierte Lederkleidung und eine schrägsitzende grau-grüne Kappe; seine linke Ohrmuschel fehlte.

»Zhazyro«, sagte Barakuda erstaunt und erfreut. »Woher kommst du?«

Der Mann gehörte zu den Kundschaftern, die das Sicherheitssekretariat in Cadhras überall auf dem Planeten unterhielt; er wies nach hinten und lächelte. »Aus der Kombüse, Chef.« Dann wurde er ernst und ging vom Galaktein zum Banyashilgu über. »Schwarzer Horst des Kummervogels in meinem Gedärm.«

»Cadhras ist informiert«, sagte die Residentin. »McVitie wird gegen Mittag eintreffen.«

Dante nickte. »Dann wird sie mich nicht finden. Die Mörder haben einen Tag Vorsprung.«

»Wollen Sie hinterher? Natürlich, dumme Frage. Aber wäre das nicht sinnvoller mit einem Gleiter zu machen?«

Zhazyro sagte: »Unmöglich.«

»Erstens, weil ich nicht mehr dem Gouvernement angehöre und keinen Gleiter bekommen werde«, sagte Barakuda. »Und zweitens wegen des Geländes. Die berühmte Nadel im Heuhaufen – man muß schon in den Heuhaufen kriechen, wenn man sie finden will; aus der Luft ist das hoffnungslos.«

Über den Andhangi-Paß führte eine kleine alte, kaum benutzte Handelsstraße nach Nordwesten. Jenseits der Bergkette fiel sie steil ab und durchquerte eine ausgedehnte Sumpflandschaft. Es folgte ein Dschungelgürtel, dann ein bewaldetes Plateau, danach, hinter einer weiteren Bergkette, der tausend mal tausend Kilometer große urweltliche Farndschungel von Tushura, der im Westen bis zum Küstengebirge nahe Bu'ndai reichte, im Norden stetig anstieg und erst jenseits der Taggabahn* endete.

»Wer gute Augen hat, kann dort Pferdespuren finden; wer sich nicht vor den seltsamen Tieren fürchtet und die Bewohner dieser Gegenden fragen kann, der erfährt vielleicht, ob jemand vorbeigeritten ist. Aber aus der Luft ist nichts zu machen. Man kann wochenlang in jede Richtung durch den Dschungel reiten, ohne einmal die Sonne durch das Laub zu sehen. Da drüben können die neun jederzeit die Richtung ändern und zum Beispiel ungesehen nach Nordosten reiten, während ein Gleiter sie im Nordwesten sucht. Können Sie McVitie einige Dinge ausrichten?«

Die Residentin wies auf Zhazyro. Der Shil setzte den Kaffeebecher ab und zog ein kleines Funkgerät aus der Jacke.

»Natürlich.« Barakuda ärgerte sich über sich selbst. Töröcsik brachte ihm Kaffee und Braten. Nach kurzem Gespräch mit Sarela McVitie suchte Dante die Dinge zusammen, die er mitnehmen wollte, händigte Töröcsik und Bogai den Rest aus, einschließlich des Beutels mit Büchern und Schlüsseln, und ruderte mit der Residentin, T'unga, Talsilaq und Zhazyro an Land.

Kisijian hockte auf einem umgestürzten Stamm. Ihr herbes Gesicht zeigte keine Regung, als T'unga gewollt spöttisch sagte: »Also nächstes Jahr nachmittags kurz vor der Grenze.« Sie nestelte nur einmal am Sklavenkragen ihres Amts, als ob sie ihn abstreifen und mitreiten wollte.

Sie ging mit ihnen zu den Pferden. Die Residentin holte ein Päckchen aus ihrer Satteltasche und reichte es Barakuda. Es enthielt Notmedikamente, Verbandszeug,

---

* Taggabahn: Fast ausschließlich mit Gefälle arbeitendes uraltes Verkehrssystem; reicht über 8000 Kilometer von Langlava im zentralen Hochland nach Bu'ndai an der Westküste.

schmerzstillende Mittel und ein kleines Gerät zur automatischen Analyse zweifelhafter Nahrungsmittel und Getränke.

Als Barakuda aufsaß, kam Kisijian zu ihm und klopfte auf ein dickes, in Ölhaut eingeschlagenes Bündel hinter Dantes Sattel. »Das«, sagte sie, »ist keine Leihgabe von Golgit, sondern ein persönliches Geschenk der Stadtsklavin. Seht hinein, wenn ihr rastet, und stattet euren Dank durch geziemende Verwendung ab.«

Kurz vor Sonnenuntergang kamen sie auf das kleine Plateau unterhalb des Andhangi-Passes, wo der Gleiter wartete. Sarela hatte an Bord Kaffee gekocht und ein Essen vorbereitet. Sie legte zur Begrüßung ihre Wange an Barakudas, und Dante hielt sie einen Moment in den Armen. Ehe Sarela seine Nachfolge im Sicherheitssekretariat angetreten hatte, war sie Leutnantin der Marineinfanterie gewesen, zu Zeiten, da Marsila Bodrelur und René Nardini noch der Garnison angehörten; mit Begheli hatte sie eine Art kühler Freundschaft verbunden, und ihr besonderes Verhältnis zum alten Saravyi, der sie »meine liebste Nenntochter« genannt und ihr die Steppe des Nordens gezeigt hatte, machte sie nun zur Hinterbliebenen.

Beim Essen redeten sie von anderen Dingen. Sarela hatte eine Notbesatzung – zwei ältere Shil-Fischer und eine der seefahrenden Stieftöchter des alten Sergeanten Bondak mit ihrem derzeitigen Gefährten, ebenfalls einem Fischer – zum Huagilera geflogen; sie sollten zusammen mit Bogai und Töröcsik das Schiff zurück zum Isthmus bringen. In Cadhras gab es wenig Neues; Sarela berichtete von der allgemeinen Exodus-Stimmung und dem Versuch des Gouvernements, in dieser Lage und bei fortdauernder Quarantäne eine Art Normalität aufrechtzuerhalten.

Nach dem Essen ging T'unga zu den Sätteln und kam mit dem Ölhaut-Bündel zurück. Es enthielt Waffen: einen schlichten, scharfen Krummdolch in weicher

Scheide; ein auch als Machete verwendbares, zweischneidiges Kurzschwert; einen Bogen aus *saglodi*-Holz, mit verschließbarem Lederköcher, in dem 50 Pfeile steckten; und eine Schleuder – Stahlfedern, Gummiriemen und drahtbesetztes Lederstück –, mit der Stahlwürfel verschossen werden konnten, die rasiermesserscharfe Kanten und Stacheln aufwiesen. Der zugehörige Draht-Leder-Beutel enthielt hundert Würfel.

»Das erinnert mich daran ...«, murmelte Sarela. Sie ging zum Gleiter und holte ebenfalls ein Bündel, das sie Dante reichte. Die beiden Karabiner darin stammten nicht aus der Garnison, sondern aus den vor Jahren auf abenteuerlichen Wegen nach Shilgat geschmuggelten Arsenalen der Banditen des Nordens. Die Pistole dagegen war Regierungsgut.

»Mehr war nicht möglich. Die Karabiner und die Munition habe ich vor drei Tagen im Norden bei Biyang einigen Shil abgenommen. Da treiben sich noch immer Reste von Nobregas Horden herum.«

Außerdem enthielt das Bündel ein Funkgerät, noch eine Notapotheke, einen schweren Lederbeutel und einen Briefumschlag mit den Insignien des Gouvernements.

»Der Beutel ist von deinen Leuten. Für Wegzehrung und sonstige Reisekosten, nehme ich an. Learoyd wollte sofort mitkommen, hat sich dann aber von mir am Palais absetzen lassen, um irgendwas mit der Gouverneurin zu bereden. Von ihr ist der Umschlag. Ich weiß nicht, was drin ist.«

Der Beutel enthielt hundert goldene Talentmünzen – zehntausend Drachmen oder fünftausend Foldar, mehr als genug für eine kleine Expedition. Dante öffnete den Umschlag. Er fürchtete, ein offiziöses Kondolenzschreiben zu finden, mußte sich dann aber eingestehen, daß er Lydia Hsiang unterschätzt hatte. Er fand einen Grashalm, drei verflochtene, schwarzgefärbte P'aodhu-Haare, einen flachen, runden Kiesel, grün, mit einem Loch in der Mitte, und ein paar aschblonde Haare, die von einer dunkelgrünen Paste zusammengehalten wurden. Er legte den Umschlag mit den Gegenständen auf den Klapptisch, unter das Windlicht.

T'unga und Zhazyro, beide Banyashil aus dem Protektorat, wechselten einen Blick; T'unga pfiff leise.

»Erleuchtet mich«, sagten Sarela und Talsilaq gleichzeitig. Der Mischling war unter Cadhrassi aufgewachsen und kannte nicht alle Feinheiten der Objektsymbolik des Nordens.

»Der Halm steht für Haßgras«, sagte Dante langsam. Er war fast gerührt. »Wenn ein Mörder gerichtet wird und man seinen Leichnam den Aasvögeln überläßt, wird das Gras, das um das Skelett wächst, Haßgras genannt. Schwarzgefärbte P'aodhu-Haare bedeuten zornige Anteilnahme an einem schlimmen Verlust.« Er verschwieg, daß *drei* dieser Haare die Anteilnahme einer liebevollen Person bezeichneten; T'unga zwinkerte kaum merklich.

»Der grüne Kiesel, Stein und Wasser, ist Kind von Shilgat und steht normalerweise für Shil. Rund ist vollkommen, sehr wichtig, also ein bedeutender Shil; flach heißt ›aus den Ebenen‹. Das Loch bedeutet ›Tod‹, Verlust, Lücke – und zwar eine zu schließende Lücke. Also: Ein bedeutender Shil aus den Ebenen ist getötet worden, töte den Mörder. Das sagt der Stein. Die Haare stammen vom Kopf der Gouverneurin, vom Haupt; und sie sind zusammengeklebt mit verarbeitetem Taumeltang, wie ihn die Heiler für Narkosen verwenden. Die Person, die sich durch die Haare zu erkennen gibt, gehört also den Häuptern und Heilern an und ist berechtigt, den Tötungsbefehl zu geben.«

»Die Form des Taumeltangs«, sagte Zhazyro. »Sie leidet Schmerz, der betäubt werden muß, indem der Empfänger dem Befehl gehorcht.«

Sarela klickte mit der Zunge und wiegte den Kopf. Ihre Augen waren groß und voll Verwunderung. »Sie erstaunt mich immer wieder«, sagte sie. »Obwohl … es ist ja nicht gerade eine Anweisung, wie sie einer Gouverneurin im Dienst des zivilisierten Commonwealth ansteht.«

Dante lächelte müde. »Nicht zu reden von gewissen Sekretärinnen, deren Aufgabe es ist, alle modernen Waffen auf Shilgat zu konfiszieren, nicht zu verteilen.«

»Seit wann ist Ihre Exzellenz denn eine von den Heilern und Häuptern?«

»Seit Saravyi uns damals zum geheimen Konklave geladen und angeordnet hat, daß man uns Zugang zu den Annalen von Sa'orq gewährt.«

T'unga und Zhazyro blickten Barakuda an, als sähen sie ihren früheren Vorgesetzten zum ersten Mal.

»Du auch?« sagte T'unga.

Am Morgen, ehe sie sich verabschiedeten, brüteten Dante und Sarela eine Weile über Karten. Woher die Überlebenden der AV-Führung gewußt hatten, wo Barakuda zu finden war, würde vermutlich nicht zu klären sein, war aber kein großes Rätsel. Natürlich hatte die AVU, meist mit Hilfe der überall unauffälligen Mischlinge, ein verzweigtes Informationssystem besessen, das nach dem Untergang des Zentrums führungslos, aber keineswegs zerstört war. Und in Cadhras, Kelgarla und Sa'orq wußten viele, daß Barakuda mit einem Boot unterwegs war und zur Wahl in Golgit sein wollte. Alles andere ergab sich daraus.

»Ich wüßte bloß gern, wie viele es wirklich waren. Und was es mit dem Ruderboot auf sich hat.« Dante markierte die Stelle auf der Karte.

Sarela kaute auf einem Grashalm. »Ich glaube nicht, daß ich da viel finde, aber ich werde nachsehen«, sagte sie ohne Begeisterung.

Mittags rasteten sie auf einem Plateau knapp oberhalb des Sumpflandes, das unsichtbar blieb. Unter der kräftigen Herbstsonne war bis zum Horizont (der nur zu vermuten war) eine Dunstschicht über dem feuchten Land entstanden; das Plateau mochte Gestade eines phantastischen Ozeans aus graugrünen Gasen sein. Zhazyro murmelte etwas von einer Mischung aus alter Watte und schimmeliger P'aodhu-Milch. Barakudas Gedanken kreisten um zwei mutmaßliche Werte: 45° C und 95% Luftfeuchtigkeit. Er schüttelte sich.

Es war eine grünbraune, schwankende, schmatzende Hölle. Dante wunderte sich nicht mehr, daß die alte kleine Handelsroute seit langem unbenutzt war; er fragte sich, wieso jemals einer gemeint hatte, hier entlangziehen zu müssen.

Der Weg war mit Stangen markiert, die so weit auseinander standen, daß sie im Dunst kaum auszumachen waren. Manchmal ritten sie über aufgeschüttetes Geröll, dann über kurze Strecken relativ festen, feuchten Grasbodens, dann über etwas, das wie zusammengebackene P'aodhu-Fladen aussah und roch; hin und wieder wurde der Weg zum Knüppeldamm, der unter den Pferden in voller Breite schwankte und sank. Sehr schnell waren Männer und Tiere schweißgebadet. Barakuda fühlte sich, als ob ihm jemand den Kopf mit einem heißen, nassen Gazewickel verbunden hätte, durch den kaum Luft zu holen war.

Rechts und links erstreckte sich, soweit sichtbar, eine breiige Masse, in der gelegentlich Blasen aufstiegen, blubberten und platzten; es stank nach Schwefel und allen nur denkbaren Varianten der Fäulnis. Auf der alten Welt Shilgat gab es längst keinen Vulkanismus mehr; Barakuda fragte sich, welche Prozesse in diesem Sud aus Wasser, Erde und tausend anderen Substanzen ablaufen mochten.

Talsilaq hatte in seiner Zeit in Golgit Geschichten über das Sumpfland gehört. Im Winter, behauptete er, sei es noch unangenehmer. »Dauernebel, und wenn es ganz kalt wird, gefriert die obere Sumpfschicht und knirscht pausenlos, wenn jemand über den Weg reitet und den Boden niederdrückt. Außerdem können sich dann die Tiere und Pflanzen besser bewegen.«

Als Barakuda sich genauer erkundigte, ritten sie über eine Geröllstrecke. Talsilaq stieg kurz ab, nahm einen Stein und warf ihn in etwas, das aussah wie ein Moosfleck. Der Fleck warf sofort Wellen, zog sich um den Stein zusammen und versank im Sumpf. »Eine der netten

Pflanzen«, sagte der Mischling. »Genau, wie ich es in den Geschichten gehört habe. An Tieren soll es zum Beispiel einen fleischfressenden Tausendfüßler geben, fünfzehn Schritt lang. Er hat einen leichten Bauchpanzer mit eingeschlossenen Luftkammern und sinkt nur mit den Beinen ein.«

»Frißt er Passanten?« sagte Dante unwillkürlich auf Galaktein.

Talsilaq nickte. »Und im Winter muß er wie ein trampelnder Pfeil über das Sumpfeis zischen. Wenn auch die Hälfte der Beine einbricht, der Rest reicht, um weiterzukommen.«

Einige Zeit später setzte er düster hinzu: »Und Baumschlangen. Da zum Beispiel.« Er wies auf eines der seltsamen Gewächse, die wie riesige Kohlstrünke allenthalben aus dem Sumpf ragten, sich mit Auslegerwurzeln an den aufgeschütteten Weg klammerten und in vier bis fünf Meter Höhe einen schirmartigen Geästkreis aufwiesen. An diesen Ästen oder Zweigen hing jeweils ein großes lappiges Blatt. Kurz vor den Reitern schien ein Blatt ausgebeult zu sein; es war jenes, auf das Talsilaq deutete. Als sie fast darunter waren, sahen sie, daß die Beule der Kopf einer blattfarbenen Schlange war. Talsilaq zog den Bogen aus seinem Bündel, stellte sich in den Steigbügeln auf und berührte das Blatt mit dem Holz. Die Schlange ließ sich fallen, ringelte sich auf dem Weg zusammen und verschwand blitzschnell im Sumpf. Das Blatt war dort, wo sie gelegen und gelauert hatte, gerillt.

»Die Biester sondern eine ätzende Flüssigkeit ab, mit der sie die Beute töten oder, bei größeren Tieren und Menschen, betäuben. Dann essen sie sie.«

»Also deswegen schaust du dauernd nach oben.« Barakuda schlug den Kragen hoch und setzte den Lederhut wieder auf, den er in den Nacken geschoben hatte.

Als es dunkel wurde, begannen die Spitzen der Markierungsstäbe grünlich zu glitzern. Sie waren mit einer phosphoreszierenden Flüssigkeit bestrichen.

»Wer reitet oder läuft denn nachts hier unter den

Schlangenbäumen lang?« T'unga verzog das Gesicht. Sie alle fühlten sich unwohl.

Talsilaq hob die Schultern. »Wir, im Moment. Und irgendeinen Sinn wird die Markierung schon haben.«

Sie hielten Ausschau nach einem Rastplatz, aber soweit überhaupt noch etwas zu sehen war, gab es nur Sumpf, den schmalen Weg und die ›Schlangenbäume‹.

Müde ritten sie immer weiter, auf müden Pferden. Plötzlich verbreiterte sich der Weg; durch das dunstige Dunkel, das bestenfalls auf 40° C abgekühlt war, sahen sie Lichter.

Die Shil, die hier auf einer Sumpfinsel lebten, wirkten beinahe mondän; Barakuda, der in dieser Umgebung eine Gruppe mit bizarren, hermetischen Weltphantasien erwartet hatte, war fast enttäuscht, als man den Männern Unterkunft und Bewirtung in Pfahlhütten anbot. Die Pferde wurden auf eine von Palisaden umgebene Weide getrieben, auf der einige der unvermeidlichen P'aodhus grasten.

Von der Dorfältesten hörten sie, am vergangenen Abend seien waghalsige Nachtreiter vorübergekommen, neun an der Zahl. Sie hätten ein kurzes Mahl zu sich genommen, Hüte gekauft und seien weitergeritten.

Was es mit den Hüten auf sich hatte, sahen sie am Morgen. Es handelte sich um Kopfbedeckungen, die sich nach oben zu fast einen Meter durchmessenden Scheiben verbreiterten; an der Oberfläche waren sie mit winzigen scharfen Nägeln besetzt. »Gut gegen Schlangen«, sagte ein alter Mann lakonisch.

Das Dorf lebte unter anderem durch den Verkauf von Silber- und Eisenfolien nach Golgit. Irgendwo in den Tiefen der heißen Sumpfteile wurden die Metalle aus dem Boden gekocht und stiegen an die Oberfläche, wo sie erkalteten und Folien bildeten. Da der Sumpf zu zäh für Boote und zu weich für Fußgänger war, hatten die Shil ein besonderes Fortbewegungsmittel entwickelt: Sumpfräder. Auf einen fünf Meter durchmessenden Doppelrahmen aus Schilf, Bambus und leichtem Hohlholz wurden breite, dünne Hartholzbretter gebunden. Die Erz-Ernter gingen damit wie auf Panzerketten über den Sumpf; es gab sogar Wettrennen. Die *tsaldans* genannten ›Tausendfüßler‹, versicherten die Leute, hausten tiefer im Sumpfland, nicht so nah am Rand, wo zu viele Menschen lebten. »In den nächsten Tagen, bis ihr den Sumpf verlaßt, werdet ihr genug *tsaldans* zu sehen bekommen.« Acht Tage würden sie wohl brauchen, um das Sumpfland zu durchqueren, aber überall gebe es gastliche Inseln. Acht Tage für einen Fußgänger, genauer; man solle aber mit dem Galoppieren vorsichtig sein, da der Weg dies nicht immer zulasse – man könnte leicht versinken.

Nach Barakudas Meinung handelte es sich um trostreiche Auskünfte; der Trost darin erschien ihm jedoch zweifelhaft. Immerhin: Dante hatte gut und fest geschlafen und fühlte sich einigermaßen fähig, weiterzureiten. Innerlich war er auf die Reise ohnehin gut eingestimmt, und das Ziel, Verfolgung und Rache, rückte weiter fort, wurde zweitrangig. Im Moment zählte, daß er eine gewisse Verwandtschaft empfand; das dunstige, schwüle, feindselige Sumpfland war ein ziemlich getreues Abbild seines Gemüts.

Nachdem sie sich mit Foldar für Gastfreundschaft und die Überlassung von Schlangenhüten bedankt hatten, sattelten sie die Pferde und brachen auf.

IV

Zwischen den Hügeln, die das Sumpfland vom Dschungelgürtel trennten, gab es Gras, eine Quelle und Lagerspuren. Barakuda traute den AVs alles zu; er schöpfte Wasser in den Analysator und war erst beruhigt, als die Untersuchung nichts ergab.

T'unga und Zhazyro beschäftigten sich mit den Spuren. Im Sumpf hatten die vier viel Zeit verloren; an den zahlreichen Gabelungen der Sumpfroute mußte man immer wieder stundenlang in die eine oder andere Richtung reiten, bis man ein Stück härteren Wegs fand, wo sich Spuren nicht sofort im Schlick verloren. Die neun Reiter hatten jedoch ihr Anfangstempo nicht durchhalten können; auch sie waren nicht jede Nacht durchgeritten, sondern in Pfahldörfern eingekehrt. Und sie hatten zweimal die Richtung gewechselt. Zunächst waren sie von der grob nordwestlich, Richtung Küste und Bu'ndai führenden Hauptroute abgewichen, nach Nord-Nordwest; verlängerte man die Strecke, konnte man bis zur Küste des Binnenmeers, knapp östlich der Meerenge von Pasdan, etliche tausend Kilometer zurücklegen, ohne bedeutende, dichtbesiedelte Gebiete zu berühren. An einer der nächsten Gabelungen hatten die Mörder dann abermals die Route verlassen; nun waren sie fast genau nach Norden geritten, als ob sie irgendwo westlich von Gashiri ans Meer wollten.

»Sie haben hier die letzte Nacht verbracht«, sagte T'unga; Zhazyro nickte und ergänzte: »Acht bis zehn Stunden, mehr Vorsprung haben sie nicht mehr.«

Barakuda blinzelte in die Nachmittagssonne. »Was schlagt ihr vor? Weiterreiten oder eine lange Pause?«

»In einer Stunde sind wir durch die Hügel und im Dschungel«, murmelte T'unga. »Der Gürtel ist hier schmal, aber einen Tag werden wir wohl brauchen.«

Barakuda breitete die Karte des Südkontinents aus. Die Hügelkette zog sich in langem Bogen von Norden nach Südwesten um das Sumpfland. Der Dschungelgürtel verbreiterte sich weiter westlich; vor ihnen lag der nordöstlichste Zipfel, die schmalste Stelle. Das Plateau mit dem ausgedehnten Wald war ebenfalls im Westen breiter als vor ihnen, aber die Verlängerung der augenblicklichen Route führte durch die größtmögliche Ausdehnung des Farn-Urwalds.

»Was wollen die bloß da? – Egal. Wir rasten. Morgen früh geht es in den Dschungel. Was wir hier an Zeit verlieren, können wir auf dem Plateau wieder aufholen. Ich habe keine Lust, im Dschungel zu übernachten. Wenn es nicht sein muß.«

Am Spätnachmittag des nächsten Tages ließen sie das heiße, menschenfeindliche Dickicht hinter sich. Beim Aufstieg zum Plateau, auf einer Fels- und Geröllstrecke, summte Barakudas Funkgerät. Zhazyro, der voranritt, griff in seine Brusttasche, schaltete aber nach einem Blick über die Schulter zu Dante sein Gerät nicht ein. Barakuda meldete sich.

»Biologische Forschungsexpedition. Wir haben uns verflogen. Bitte Position durchgeben.« Es war die Stimme von Yasuhiro Kakoiannis. Dante grinste und beschrieb die weitere Umgebung.

»Das war Yasus Idee. Hsiang hat gelacht, aber dann hat sie den Antrag gebilligt und abgezeichnet.« Terence Learoyd lächelte; die Narben der Explosiven Beulenpest machten sein Gesicht zur gräßlichen Fratze.

»Wir haben einen der großen Gleiter gekriegt. Falls wir exotische Tiere finden. Pferde, zum Beispiel.«

Dante zwinkerte Toyami zu; die ehemalige Agentin hatte ein wenig zugenommen, aber nichts von ihrer Geschmeidigkeit verloren. Learoyd schaute ihr nach, als sie zum Gleiter ging, um Decken und eine weitere Flasche Rum zu holen. Toyami hatte, wie sie behauptete, immer schon eine Schwäche für ältere Männer gehabt, und diese spezielle Schwäche namens Terence dauerte nun schon eineinhalb Jahre.

Die beiden alten Soldaten hatten Grüße auszurichten. »Pa'aira und Shulamit halten die Stellung, und Bondak läßt grüßen. Sten und Kara wissen noch nichts. Sie sprengen Gashiri in die Luft. Das wird noch ein bißchen dauern.« Kakoiannis sagte das, als hielte er die Sprengkommandos für eine besonders erstrebenswerte Form des Gruppenurlaubs. Seit er nicht mehr der Garnison angehörte, hatte er sich verändert. Vor dreißig Jahren war er 18jährig zur Flotte gegangen, unter dem angenommenen Namen, den er noch immer trug. Über seinen Hintergrund war nur bekannt, daß er einer vornehmen Familie entstammte und erstklassige Bildung genossen hatte. Aus welchen Gründen er einfacher *suldau* statt Offizier oder Politiker geworden war, wußte niemand. Er war immer durch besonders gepflegtes Aussehen aufgefallen; gleichzeitig hatte er sich um gewöhnliche Sprache bemüht und seine Bildung verheimlicht. Der Kontrast war geblieben: Die messerscharfen Bügelfalten gehörten der Vergangenheit an, aber er bekannte sich neuerdings dazu, Bücher gelesen zu haben.

Learoyd nahm die Flasche entgegen und goß Rum in seinen Kaffeebecher. Ob das Destillat *alangra-I* enthielt, war gleichgültig, da sie alle längst geschädigt waren.

Terence hob den Becher. »Auf abwesende Freunde«, sagte er halblaut. Er trank. »Was hast du nun vor, Chef?«

Barakuda breitete die Arme aus. »Schwer zu sagen. Ich habe Zweifel, was die Flugtauglichkeit der Pferde angeht. Außerdem können die Verbrecher im Wald jederzeit die Richtung ändern, und von oben sehen wir nichts. Andererseits ...« Er überlegte. Man könnte an einer Stelle im Wald landen, Spuren suchen und dann weiter beraten.

Der Gleiter gehörte zu den schweren Transportmitteln,

war robotgesteuert, ließ sich aber auch manuell bedienen. Mit solchen Gleitern hatten die Schiffe der Blockadeflotte Medikamente und andere benötigte Güter aus dem Orbit auf den Planeten gebracht. Bis zum Ende der Quarantäne mußten sie auf Shilgat bleiben. Da das Abkommen suspendiert war, nahm man es in Cadhras mit gewissen Vorschriften nicht mehr so genau, und wer würde später in einem Amt in Atenoa, der Hauptstadt der Welten, bei der Meldung stutzen, ein Mann namens Yasuhiro Kakoiannis habe einen Gleiter beantragt, um Fauna und Flora der unzugänglichen Gebiete im Zentrum des Südkontinents zu erforschen? Zumal der Antragsteller auf Zuschüsse verzichtet hatte und folglich keine Ergebnisse nachweisen mußte?

Nach Sonnenaufgang verbrachten sie eine Stunde damit, die Pferde auf die Ladefläche des Gleiters zu bringen und einigermaßen sicher anzubinden. Kakoiannis übernahm die Steuerung; er ließ das Gefährt sanft steigen. Die unruhigen Tiere konnten sich mit ihren zusammengehobbelten Beinen kaum bewegen; trotzdem gelang es ihnen, auszuschlagen. Sie schnaubten und wieherten, und selbst der Robotpilot, den Kakoiannis bald zuschaltete, hatte Schwierigkeiten, den Gleiter einigermaßen stabil zu halten. Die Schwankungen und die harten Rucke, mit denen sie wieder abgefangen wurden, machten die Tiere noch unruhiger.

Sie hatten bestenfalls hundert Kilometer hinter sich gebracht, als Barakuda kopfschüttelnd aufgab. Kakoiannis nickte; es war kein erholsamer Flug, alle waren nervös und schweißgebadet.

Toyami, die seit dem Passieren des Trenngebirges den Wald durch das Fernglas beobachtet hatte, wies schräg voraus nach Nordosten. »Da ist eine Art Lichtung, und eine dünne Rauchsäule.«

Es war ein Jäger- und Holzfällerlager mit Behelfshütten. Ein Hinkender, der die Fellbestände hütete und ohne Eile Essen vorbereitete, lud sie zu heißer Brühe ein und sagte, die große Nordstraße verlaufe etwa 20 Meilen* weiter im Westen. Die Pferde blieben auf der Ladefläche, bis sie sich beruhigt hatten; eher konnte niemand es wagen, die Fußfesseln zu lösen. Als die Tiere endlich vom Gleiter sprangen und sich auf der kleinen Lichtung verteilten, flogen Learoyd und T'unga los.

Nach einer Stunde kehrten sie zurück. »Spuren«, sagte der Shil. »Sie haben immer noch einen kleinen Vorsprung; wahrscheinlich kommen sie kurz vor Sonnenuntergang in die Berge. Morgen sind sie im Farn.«

»Wie weit ist das?« Talsilaq blickte zu den Pferden. »Schaffen wir das getrennt?«

Barakuda studierte die Karte. »Nicht zu machen. Von hier aus brauchen wir mit den Pferden mindestens einen Tag, wahrscheinlich länger.« Er kaute auf der Unterlippe. »Man könnte natürlich die Pferde hierlassen, hinfliegen und später zurückkommen.«

Der hinkende Waldshil rümpfte die Nase. »Ich hüte keine Pferde.« Er spuckte aus. »Eines dieser bösartigen Tiere hat mich abgeworfen und mir das Bein gebrochen. Nein, ich will nicht mit Pferden alleinbleiben.«

Zhazyro hob die Hand. »Außerdem – wer sagt uns, daß die Verbrecher nicht eine halbe Stunde früher da sind, als wir annehmen? Sie brauchen nur eine längere Galoppstrecke einzulegen. Dann hängen wir mit dem Gleiter über dem Farndschungel, durch den man nichts sehen kann, und wünschen uns, wir hätten die Pferde dabei.«

Am Nachmittag machten sie einen erneuten Versuch. Diesmal brauchten sie noch länger, um die Tiere auf die Ladefläche zu bekommen. »Letzter Versuch«, sagte Barakuda leise.

Sie flogen langsam und relativ niedrig, aber unter dem dichten Laubdach des Waldes waren keine Bewegungen von Tieren oder Menschen zu erkennen. Höhe und Tempo hatten keinen mäßigenden Einfluß auf die Pferde.

---

* Meile: tausend Mannslängen, etwa 1,75 km.

Wieder und wieder jaulten die Aggregate auf, um Schwankungen auszugleichen oder den Gleiter, der zu kippen und zu trudeln drohte, stabil zu halten.

»Ich gehe höher. Vielleicht hilft das«, sagte Kakoiannis schließlich entnervt.

Es half aber nicht. Sie hatten etwa zwei Drittel der Strecke zu den Grenzbergen zurückgelegt, als es einem der Pferde gelang, sich loszureißen. Dabei demolierte das Tier einen Teil der Gleiterverkleidung. Das linke Ohr war halb abgerissen, am Kopfriemen baumelte der Haken samt einem Stück Innenbordwand; das Pferd schrie und trampelte, hüpfte mit den verbundenen Beinen auf der Stelle. Toyami wollte auf die Ladefläche klettern, aber Dante hielt sie zurück,

»Das hat keinen Sinn; du holst dir den Tod. Bleib sitzen. Yasu, schneller! Wir müssen die Berge erreichen.«

Learoyd zog Toyami zurück, die trotz Dantes Worten einen Beruhigungsversuch unternehmen wollte. Der Gleiter tanzte; die Insassen der halboffenen, von der Ladefläche nur durch eine Zwischenbordwand getrennten Kabine hielten sich fest, so gut es ging.

»Feiner Mist«, schrie Learoyd. »Da ist nicht nur die Wand zu Bruch gegangen.«

Barakuda wandte sich um. An dem Stück Bordwand, das vom Kopf des rasenden Pferdes hing, war manchmal, wenn die Bewegungen des Tieres und des Gleiters überhaupt einen Blick auf die Unterseite des Metalls zuließen, ein Stück Leitung zu sehen.

Der Lärm von Pferd, Fahrtwind und belasteten Aggregaten wurde immer lauter. Kakoiannis hantierte an den Kontrollen und schrie plötzlich: »Verdammt! Aussetzer!« Gleichzeitig begann der Gleiter trudelnd an Höhe zu verlieren.

Das Pferd hatte sich bei seinen Sprüngen inzwischen umgedreht, schnappte nach den anderen Tieren, die wieherten und trampelten, und geriet mit dem Hinterbein an die offene Stelle der Innenwand. Blutend, und vor Schmerz, Wut und Furcht halb wahnsinnig, tat es einen Satz zum Heck. Die Rißwunde am Bein endete oberhalb der Fesseln. Schien oberhalb der Fesseln zu enden, die bei dem Satz platzten. Barakuda starrte auf die Ladefläche und sah, wie in Zeitlupe oder einem bösen Traum, daß die Seile sich zerfaserten, auflösten, abfielen. Er wollte die Pistole ziehen, aber die wilden Stöße des Gleiters schleuderten Talsilaq gegen seinen Arm und quer über seinen Schoß. Das Pferd keilte aus, drehte sich halb, rammte das gesunde Hinterbein gegen eine andere Stelle der Innenwand, die knirschend nachgab, wieherte, warf den Kopf zurück, drängte sich zwischen zwei anderen Tieren hindurch und verschwand mit einem weiten Sprung über die Heckwand. Der Bug des Gleiters sackte ab; Talsilaq stieß einen seltsamen Laut aus, als er gegen den Rükken von Kakoiannis geworfen wurde. Zhazyro krachte in die Kontrollen, lag sekundenlang auf Kakoiannis rechtem Arm; seine Stiefelspitze traf Learoyds Kinn. Kakoiannis schrie vor Schmerz, versuchte verzweifelt, mit der linken Hand irgendwelche Hebel zu erreichen. Aus den Augenwinkeln sah Barakuda Baumwipfel auf sich zurasen; der Gleiter hing mit der Backbordseite nach unten. Die drei Pferde rutschten über die Ladefläche. Toyami, Talsilaq und Learoyd lagen fast auf Dante. Kakoiannis stieß ein langes, gurgelndes »Aaahhh« aus; Holz zersplitterte am Panzerglas, dann rissen dickere Äste die Sichtkuppel auf, überschütteten die Insassen mit Holz- und Glasteilchen. Der Gleiter hüpfte, schien sich noch einmal auf- und ausrichten zu wollen, wurde langsamer, krachte mit der Breitseite durch mehrere Baumwipfel, riß eine Schneise in das Laubdach des Waldes, landete auf der Backbordkante, schleifte über den Waldboden, hob sich zuckend in die Luft und rammte mit dem Bug einen Baumstamm. Die Rückwand der Kabine wurde eingedrückt, als der Aufprall die Pferde nach vorn warf.

Unter das Schreien der Pferde, Ächzen der Menschen und Knirschen des Metalls mischte sich die nölende

Stimme des Robotpiloten. »Mayday, Mayday.« Kakoiannis fluchte, legte einen Hebel um, die Stimme schwieg.

T'unga war als einziger weder verletzt noch eingeklemmt. Er kletterte vorsichtig über Banktrümmer und zog den bewußtlosen Zhazyro aus den Resten der Kontrollen.

Der Gleiter ein Wrack; Zhazyro und Learoyd bewußtlos; Kakoiannis' rechter Unterarm gebrochen; Talsilaqs Brust gequetscht zwischen ausgebeulter Rückwand und Vorderbanklehne; Toyami, Learoyd und Barakuda eingeklemmt zwischen Rückwand und Backbordausstieg. T'unga handelte schnell, aber besonnen. Zunächst wickelte er ein Stück Tuch, das er aus seinem Hemd gerissen hatte, um Yasuhiros Arm und half dem wachsbleichen Mann aus der Kabine. Dann zertrümmerte er den Rand der Lehne. Talsilaq half, so gut er konnte; er hatte Schmerzen beim Atmen.

»Jetzt wird es schwierig«, sagte T'unga ruhig.

Barakuda fletschte die Zähne. »Kümmert euch um die Pferde. Hier ist es nicht sehr bequem, aber wir werden nicht gleich draufgehen.« Toyami murmelte etwas Unverständliches. Dante, sie und Learoyd konnten nicht aus eigener Kraft freikommen, waren aber auch nicht unmittelbar gefährdet.

Eines der Tiere schrie unausgesetzt. T'unga zog sich am Rand der Ladefläche hoch. »Beinbruch«, sagte er. »Mist, verdammter.« Die beiden übrigen Pferde schienen mit Abschürfungen davongekommen zu sein; sie waren beinahe ruhig, fast schicksalsergeben, bis auf Schnauben und Wiehern.

T'unga und Talsilaq brauchten mehrere Minuten, um eine der verkeilten Stauraum-Klappen zu öffnen. »Kannst du schießen?« sagte der Shil.

Talsilaq brachte ein gequältes Grinsen zustande. »Besser als lachen«, knurrte er.

T'unga reichte ihm einen der Karabiner und verschränkte die Hände vor dem Bauch. Talsilaq stieg hoch, legte den Karabiner auf die Umrandung der Ladefläche und schoß zweimal. Die Schüsse peitschten durch den Wald.

Während Talsilaq eine der Notapotheken nahm und in der Nähe des Gleiters nach geeigneten Stöcken für eine Armschiene suchte, kletterte T'unga auf die Ladefläche und befreite die beiden noch lebenden Tiere von ihren Beinfesseln. Als er die Heckklappe öffnete, sprangen sie ab und liefen unter den Bäumen herum, blieben aber in der Nähe.

Zhazyro regte sich. Er sah schlimm aus, blutete aus mehreren Schnittwunden am Kopf, doch schien alles nur oberflächlich zu sein. T'unga stützte ihn; Zhazyro saß und lehnte mit dem Rücken an der Gleiterwand, nahe bei Kakoiannis, über den Talsilaq sich beugte.

Mit einem der Karabiner stemmte T'unga die Lehne der teilweise zertrümmerten, zusammengedrückten Vorderbank weit genug auf, daß Toyami sich ins Freie zwängen konnte. Barakuda hatte nun ausreichend Platz, um durchzuatmen und den Kopf von Terence Learoyd auf seinen Schoß zu betten.

Toyami stand noch in den Resten der Kabine. Plötzlich schrie sie »Achtung!« und hechtete hinaus. Sie landete auf dem Waldboden an der Backbordseite; mit einer schnellen Rolle kam sie neben der geöffneten Stauraumklappe zu liegen.

Der Absturz und die beiden Gnadenschüsse waren weit zu hören gewesen. Aus dem Wald brachen Reiter hervor; sie ritten freihändig und hielten gespannte Bögen. Barakuda sah nichts; er zog nur Schlüsse aus Toyamis Schrei und den Geräuschen und duckte sich. T'unga, der mit dem Karabiner weitere Schlupflöcher aufzustemmen versuchte, ließ sich in die Kabinentrümmer fallen, riß die Waffe hoch und begann zu feuern. Pfeile zischten über die vom Gleiter eröffnete Lichtung. Zhazyro legte langsam eine Hand an das Geschoß, das in seine Brust eingedrungen war, als wollte er es herausziehen. Er vollendete die Bewegung nie. Zwei Pfeile trafen Talsilaq in den Rücken; der Mischling brach über Kakoiannis zusammen, deckte ihn sterbend mit seinem Körper. Toyami wühlte blind im Stauraum des Gleiters, fand jedoch nicht den zweiten Karabiner, sondern nur eine der Schleudern. Es schien stundenlang zu dauern, bis sie den Beutel mit Stahlwürfeln geöffnet hatte.

Die neun Reiter umkreisten das Wrack und überschütteten alles mit einem Pfeilhagel. Sie waren gute Schützen; zwischen dem Abschuß des ersten Pfeils und dem Spannen der Sehne zum nächsten Schuß lagen nur Sekunden. T'unga feuerte rasend schnell; einer der Reiter stürzte gellend von seinem Tier, ein zweiter ließ den Bogen fallen und faßte nach seiner linken Schulter. Toyami kam mit der unvertrauten Waffe gut zurecht; bereits der fünfte Versuch glückte. Das scharfkantige Stahlstück zerfetzte die Stirn eines weiteren Reiters.

Einer, vermutlich der Anführer, stieß einen Pfiff aus; die sieben Überlebenden verschwanden unter den Bäumen. Toyami sprang auf, rannte hinterher und schickte noch einen Stahlwürfel ins Dickicht, der nichts mehr ausrichtete. Die beiden verstörten Pferde und die zwei reiterlosen Tiere schlossen sich der Kavalkade an, kehrten aber nach einiger Zeit zurück.

Sie hoben zwei Gräber aus. In eines legten sie Talsilaq und Zhazyro; in das andere die beiden toten Verbrecher, einen Mischling und einen Mann aus Gashiri.

»Es ging so schnell«, sagte T'unga. »Ich habe nicht gesehen, ob Shevshan dabei war.«

»Wo soll er sonst sein?« sagte Barakuda müde.

Toyami trieb die vier Pferde zusammen und band die Zügel an Äste; dann half sie T'unga und Barakuda, den Gleiter leerzuräumen und mit abgebrochenen Zweigen und transportablen Trümmerteilen notdürftig einen kleinen Schutzwall an der Backbordwand des Wracks zu errichten. Learoyd saß bleich am Fuß eines Eisenbaums und hielt sich den Kopf. Neben ihm stand, ebenso bleich, Kakoiannis, den geschienten Arm in einer Schlinge; er hielt

Dantes Pistole in der Linken und lauschte in den Wald hinein, aber die Mörder kamen nicht zurück.

Die Funkanlage des Gleiters war nicht mehr zu reparieren. Bei Zhazyros Flug durch die Kabine war auch sein Funkgerät zu Bruch gegangen. Barakuda untersuchte seines, das letzte verbliebene. Es hatte in einer Satteltasche gesteckt, und die Pferde hatten in der Panik auf der Ladefläche auch unter den Sätteln gewütet. Aber das Gerät schien nur oberflächlich beschädigt zu sein.

Dante rief Cadhras, erhielt keine Antwort, stellte nacheinander mehrere Frequenzen ein. Er hörte Teile eines bedeutungslosen Funkgesprächs, aber niemand reagierte auf seine Anrufe. Der Empfänger funktionierte, aber offenbar war der Sendeteil defekt.

Learoyd rappelte sich langsam auf. Er stand schwankend unter dem Eisenbaum, blickte auf die Gräber, die Gleitertrümmer, dann schaute er Barakuda an und schüttelte traurig den Kopf. Dante nickte.

Aus: Memoiren, *Lydia Hsiang, Atenoa, Gaia, 501*

»... Im Hafen lag ein Schiff mit seltsamen Aufbauten; an einem der Nebentische erläuterte ein Shil der Zuhörerschar – in der Hauptsache Touristen – die Herkunft des Boots. ›Ein Traner aus Garidu, südlich von Kap Atlas, am Pangotik. Die Leute da sind merkwürdig. Sie haben sich darauf spezialisiert, die großen nuhars zu *fangen. Sie kochen sie aus und transportieren den Tran in riesigen Fässern unter Deck. Der Rest der Fische wird über Bord gekippt. Aus dem Tran machen sie alles, was man sich nur denken kann. Medizin, Getränke, Dung; ziemlich ekelhaft. Die Pötte stinken entsetzlich. Die Schaufelräder sind für schlechten Wind; in Garidu wird man bei Vergehen gegen bestimmte Tabus zu unterschiedlich langen Trampelstrafen verurteilt. Die Verbrecher stecken unter Deck auf diesen Schiffen und müssen bei Windstille in Laufkäfigen, na ja, eben trampeln.‹*

... Anscheinend sind in Garidu Duftstoffe jeder Art nur dann hinnehmbar, wenn sie zu tranigen und tranähnlich riechenden Substanzen verarbeitet werden können. Entsprechend gelten feinere Odeurs als anrüchig, wenn nicht gar als verwerfliche Aphrodisiaka, deren Verbreitung von den Behörden bekämpft wird. Die konservativen Asketen des Stadtrats unterhalten eine Gilde von Schnüfflern, deren Aufgabe es ist, illegitime Düfte auszuforschen und ihre Besitzer oder Absonderer hinter Gitter bzw. auf die Trampelschiffe zu bringen. Der Shil berichtete von einem Nomaden, der an einer schlimmen Magenkrankheit litt und besonders strenge Blähungen hatte. Bei einem kurzen Geschäftsbesuch – es ging um einen Handel mit Pferdeäpfeln – in Garidu wurde er beim Passieren des Heiligen Tran-Tores beschnüffelt und verhaftet wegen Verstoßes gegen die Sekret-Dekrete.

›Er trampelt seit vier Jahren‹, behauptete der Shil unter allgemeiner Begeisterung, ›obwohl sein Magen durch die maritime Schonkost längst geheilt ist ...‹«

V

An der Taggabahn ließen sie Kakoiannis zurück. Sie hatten nur vier Pferde, und für Yasuhiros Arm waren lange Galoppstrecken zu schmerzhaft.

»Keine Sorge«, sagte er. Sie schoben den leichten Wagen aus dem Hangar der Farnstation. »Proviant und Wasser reichen bis Zheziri oder Gashiri, und da gibt's genug Leute, die mir weiterhelfen.«

Die Häupter und Heiler des Südkontinents hatten die alten Straßen von Kelgarla nach Gashiri wieder geöffnet; sie brauchten diese Verbindungen, um ihre Arbeit in der zerstörten AV-Union tun zu können – Umsiedlung, Umerziehung der Kommunarden, Wiederaufbau zerstörter Strukturen. Man konnte damit rechnen, nahe der Station im Süden Gashiris auch Leute aus Cadhras anzutreffen.

Nördlich des Farndschungels lag menschenleeres, hohes Ödland. Die Spuren der sieben Mörder wurden frischer, als Toyami, Barakuda, Learoyd und T'unga wieder scharf reiten konnten. Der Shil schätzte, daß zweieinhalb Tage sie voneinander trennten. Über das Ziel des Ritts gab es noch immer keine Klarheit. Gashiri wäre sinnvoll gewesen; in dem dort herrschenden Durcheinander mochten die sieben Flüchtigen unauffindbar verschwinden. Aber sie ritten nicht nach Nordosten.

In den Bergen am Nordrand des Ödlands entsprangen drei Ströme. Zwei vereinigten sich bald und bildeten den weiten Arugusee, aus dem fünf kleinere Flüsse nach Norden und Osten abflossen. Zwei von diesen durchbrachen die Grenzberge von Gashiri und wurden zu Nebenflüssen des großen Gashigar; die drei übrigen mündeten weiter nördlich ins Binnenmeer.

Lediglich der dritte der Bergströme floß nach Westen, und ausgerechnet diesem schienen die sieben Flüchtigen gefolgt zu sein.

»Es wird jetzt schwierig mit den Spuren«, sagte Barakuda. Sie kampierten an der Nordseite der Berge, am Oberlauf des nach Westen fließenden Grua. Shilgat näherte sich seinem sonnenfernsten Punkt, die Endzeit hatte begonnen, und in etwa 1500 Meter Höhe war es selbst in Äquatornähe nachts ungemütlich. Ihr Feuer flackerte an einer windgeschützten Stelle zwischen großen Blöcken, die aus einem spornartigen Bergausläufer stammen mußten. Learoyd füllte die Becher zum zweiten Mal mit Tee, und Barakuda beschwerte die Ecken der Karte mit Steinen.

»Achtzig Tage und dreitausendfünfhundert Kilometer seit Golgit«, murmelte Toyami, die sich über Dantes Schulter beugte. »Ihr habt einiges hinter euch. Wir beide ein bißchen weniger, aber allmählich reicht es.«

»Wie hättest du es denn gern?« Learoyd lächelte.

»Ah, manchmal wünsche ich mir, ich könnte einen ganzen Tag lang irgendwo liegen. Oder wenigstens zu Fuß gehen. Einmal nicht reiten wie eine Wahnsinnige.«

»Die Pferde können das bestimmt nachempfinden«, sagte Dante. »Leider wird es jetzt sowieso langsamer.« Er legte den Finger auf die Karte. »Wir kommen in dichter bewohnte Gebiete.«

Nördlich der Berge begann das vom Grua und den anderen Flüssen bewässerte und zum Teil angeschwemmte fruchtbare Flachland der Arugushil. Es gab kleine Orte, vor allem an den Flüssen und ihren Mündungen, aber auch am Arugusee weiter östlich. Daneben fanden sich Weiler, einsame Gehöfte, wandernde Hirtensippen mit ihren Tieren, am Oberlauf des Grua auch Holzfäller, die ihre Flöße bis in die große Transtadt Garidu schickten, wo der Grua in den Pangotik mündete; außerdem kleine Handelstrupps und Wanderdörfer*.

* Die ›eigentlichen‹ Arugushil, zu denen fast alle Heiler und Häupter der Gegend (darunter die jeweiligen Obleute) gehören, leben in von bis zu zwanzig P'aodhus gezogenen Rollhäusern; sie halten sich für vegetabilen Ursprungs und fürchten, bei langem Aufenthalt am gleichen Ort Wurzeln und Blätter zu treiben.

»Sieht so aus, als ob sie nach Garidu wollten, oder?« T'unga schüttelte den Kopf. »Bloß wozu? Da stinkt es immer. Aber seit die Korallkorsaren keinen Ärger mehr machen, kann man von da bis Kap Tagga und weiter segeln. Nach Norden sowieso.«*

Barakuda kniff die Augen zusammen. »Du meinst ...?«

»Ich sehe sonst keinen Grund. Aber vielleicht schwenken sie ja noch mal und reiten wieder nach Süden. Alles nur, um uns an der Nase herumzuführen. Vielleicht sind wir zu Beginn der Frühzeit wieder in Golgit, immer noch auf ihren Spuren.«

Am nächsten Tag trafen sie eine Gruppe von Holzfällern und hörten, die Flüchtigen hätten sich nach der Entfernung bis Garidu erkundigt. Aber auch das mochte eine bewußte Irreführung sein.

Die Verfolgung wurde schwierig. Immer wieder verloren sich die Spuren auf den belebteren Straßen; als das Flachland erreicht war, mußten sie sich ganz auf Aussagen von Arugushil verlassen. Sieben Pferde unter all den Huf-, Fuß- und Karrenspuren der Westroute am Grua-Ufer waren nicht mehr auszumachen.

Am dreißigsten Tag der Endzeit erreichten sie Garidu. Die Stadt lag zu beiden Seiten der Gruamündung am Pangotik; drei Holzbrücken auf Steinsockeln verbanden die Stadtteile. Ein symbolischer Wall, bestehend aus Stangen und hoch angebrachten Querstreben, war um die Stadt gezogen worden; selbst Einheimische, die unmittelbar innerhalb der ›Mauer‹ wohnten, durften nur durch die Stadttore ein- und ausgehen. Einer Geschichte zufolge waren vor Jahrhunderten einmal Belagerer an dieser Befestigung gescheitert.

---

* Die Transchiffe und Händler von Garidu verkehren auf dem gesamten nördlichen Pangotik, bis hinauf nach Vagaván im Westen des Nordkontinents, sowie im Binnenmeer; ferner suchen sie sogar jene entlegenen Inseln auf, die die imaginäre Trennlinie zwischen Pangotischem und Lysangrischem Ozean bilden, »auf der Rückseite der Welt«.

Barakuda vermutete, daß sie eher vor dem Gestank geflohen waren. Garidu war einer der wenigen großen Orte des Planeten, die er nie besucht hatte; die Berichte des dortigen Residenten hatten ihm völlig gereicht. Alles, was nicht tranig oder ranzig war, galt als unzulässig; und je ranziger, desto förderlicher für das Gemeinwohl. Die Stein-, Ziegel- und Fachwerkhäuser schienen durchtränkt von dem, was die Bewohner herstellten und aus allen Poren abgaben.

Am Trantor wurden Dante, Toyami, Learoyd und T'unga inspiziert. Die Wachen, die der Gilde der Schnüffler angehörten, betrachteten sie mißtrauisch und mißmutig. Nach der langen Zeit im Sattel, seltenem Wäschewechsel und höchst unregelmäßigen Bädern in Flüssen rochen die vier Reisenden zwar selbst für Garidus Maßstäbe nicht mehr anstößig, aber längst nicht passabel. Barakuda und Terence waren jedoch eindeutig Cadhrassi, und obwohl Cadhras weit und das Protektorat beendet war, mochte man sich nicht allzusehr auf Prinzipien versteifen, von denen man durchaus wußte, daß sie örtlich, wechselhaft und irrelevant für das Funktionieren des Großen Chaos waren. Barakuda erkundigte sich, ob außer ihnen viele andere Fremde nach Garidu gekommen seien, in jüngster Zeit.

»Sieben Ruchlose, vorgestern«, sagte der Wächter. »Drei wie du, aber fahlbraun, die anderen Shil und Mischwerk. Was? Nein, wo sie sich aufhalten, davon ist mir nichts nasegewiß.«

Der Resident von Cadhras wohnte in einem alten Haus auf einem Hügel nördlich des Hafens, dem Seewind ausgesetzt. Während sie durch die engen Gassen und das Gequirle der Stadt dorthin ritten, erörterten sie den Ursprung der Weltsicht von Garidu, die sich erstaunlich lange gehalten hatte. Meistens verloren die Bewohner einer Gegend nach wenigen Generationen die Lust am überkommenen Weltspiel und erfanden ein neues, möglichst noch phantastischeres und ebenso unwesentliches. In Garidu verfocht man das Prinzip des Gewaltigen Trans seit mindestens fünf Jahrhunderten. Barakuda vermutete, daß das fruchtbare Küstenland an Übervölkerung gelitten hatte und die Bewohner der Gegend sich zwangsweise mit den Tranfischen, den großen *nuhars*, zu befassen begannen, da sie sonst nichts Außerordentliches für den planetaren Handel liefern konnten. Aus dem doppelten Zwang, die Geburtenzahl zu beschränken (die Heiler, in der Mehrzahl Wanderdörfler, kannten andere Mittel, aber die Beziehungen zwischen ihnen und den seßhaften ›Sitzlingen‹ waren gespannt) und Tran zu verarbeiten, mochte sich die Verehrung abstoßender Gerüche und die Verfolgung aller ruchbaren Aphrodisiaka ergeben haben.

T'unga, der schon einmal, allerdings ungern und kurz, in Garidu gewesen war, machte auf zahlreiche besondere Gari'shil in den Straßen und auf den Plätzen der Nordstadt aufmerksam. Sie trugen, Frauen wie Männer, Gazesäckchen mit einer Art Atemfilter vor der Nase; an einer Stelle nahe der ›Stadtmauer‹ sah Toyami, die sich halb im Sattel umgedreht hatte, sogar Leute bedenkenlos die symbolische Wallanlage durchqueren.

»Zeit für einen Wandel.« T'unga rümpfte die Nase. »Es wäre wirklich nicht schlecht. Vor ein paar Jahren hätte man die Beutelträger und Walldurchquerer zumindest symbolisch bestraft. Es scheint alles lockerer geworden zu sein.«

»Hoffentlich entwickeln sie nicht als nächstes System etwas noch Anrüchigeres«, sagte Barakuda.

»Was haben denn diese Säckchen zu bedeuten? Abgesehen von besserer Luft?« sagte Learoyd.

T'unga kicherte. »Sie heißen ›Fortpflanzer‹. In Garidu ist die Ein-Kind-Familie erwünscht. Jungvermählte dürfen, damit sie wenigstens nicht gleich den Gefallen aneinander verlieren, dreißig Tage lang, in den sogenannten Tändeltagen, diese Dinger tragen. Aber eigentlich nur, wenn sie allein sind. Auf der Straße sah man das früher selten.«

»Und nach diesen dreißig Tagen?«

T'unga hob die Schultern. »Dann sollte eine Zeugung

stattgefunden haben. Man nimmt die Dinger wieder ab und ist hinfort der gegenseitigen Rüchnis* ausgesetzt.«

Der Resident von Cadhras, ein hagerer alter Mann mit Stockschnupfen, bestätigte die Mutmaßungen über einen bevorstehenden Fall der spezifischen Weltsicht. Sie saßen im Widerschein des Sonnenuntergangs auf der Terrasse über dem Pangotischen Ozean, tranken Kaffee und genossen den Seewind.

»Was aber Ihre Suche angeht, da sehe ich Probleme.« Der alte Herr faltete die Hände vor dem Bauch und wiegte den Kopf. »Es ist jetzt die gute Jahreszeit für den *nuhar*-Fang. Jeden Tag laufen viele Schiffe ein und aus. Wenn diejenigen, die Sie finden wollen, tatsächlich nach Garidu gekommen sind, dann doch wohl, um sich hier einzuschiffen. Sei es als zahlende Passagiere oder als Arbeitskräfte, notfalls auch Trampler. Allein gestern – und Sie sagten doch, die Leute sind vorgestern angekommen, nicht wahr? –, also, allein gestern sind mindestens vierzig Schiffe ausgelaufen, davon sicherlich die Hälfte nach Norden. Wahrscheinlich eher drei Viertel.«

»Die Sekretärin für Sicherheit hat im Moment nicht viel zu tun«, sagte Barakuda. Er hatte inzwischen mit Cadhras gesprochen und dabei auch erfahren, daß Yasuhiro Kakoiannis über Gashiri heil heimgekommen war. »Sie fliegt morgen früh mit einem schnellen Gleiter los und kann am frühen Nachmittag hier sein. Vielleicht sollten wir bis dahin nicht nur herumsitzen, sondern Spuren suchen. Haben Sie einen Vorschlag?«

Der Resident lächelte. »Pferdefleisch ist als Alternative zum ewigen Fisch sehr begehrt. Wenn die Verbrecher an Bord eines Schiffes gehen oder gegangen sind, können sie jedenfalls die Reittiere nicht mitnehmen. Sie sollten sich in

---

* Das Shilgu-Wort *dag'fiyarna* setzt sich zusammen aus *dagai,* zwingen; *firna* (aus *firaai,* riechen), das Riechen, und dem Potential-Infix *ya;* wörtlich etwa: Zwangs-Potential-Riechen; d. h., Zwang zur Aufnahme von Gerüchen, deren Einstufung als angenehm oder unangenehm dem einzelnen überlassen bleibt.

den Schlachtereien des Hafens erkundigen. Vielleicht hat einer gerade sieben Pferde gekauft.«

»Können Sie uns hier unterbringen?«

Der Resident nickte. »Übrigens wäre es wohl sinnvoll, wenn ich Ihnen einen Begleiter mitgäbe. Einen, der seinen Weg durch Garidu blind kennt.«

Der alte Mann stützte sich auf einen Stock. Er hieß Laviso, war blind und hatte jahrelang als Schnüffler gearbeitet. Toyami und Learoyd blieben in der Residenz, während Dante, T'unga und Laviso loszogen.

Nach Sonnenuntergang wurden in Garidu die Tranampeln entzündet. Sie blakten und stanken; ihr diffuses Licht erhellte die Gassen kaum, vermehrte jedoch die Schatten. In den Werkstätten, Läden und Garküchen wurde noch gearbeitet. Dante kaufte ein anrüchiges Buch bei einem Drucker, dessen Haus aus Walbein, *nuhar*-Schuppen und Untersee-Ried gebaut war und über die Stadtgrenze zu lehnen schien.

»Es wird nicht umfallen«, sagte der Drucker; er rieb die Hände am grünlichen Kittel und blinzelte in die Tranflamme. »Der Wall hält es ja.«

Barakuda nickte nur. Das Buch war auf dünnen Blättern gedruckt, einer Art Pergament auf der Basis gekochter, verleimter und abgeschabter Riesenschuppen. Die Lettern, die der Drucker verwendete, waren wie überall aus Eisenholz geschnitten; die Druckfarbe gewann der Mann, indem er Fischgalle, P'aodhu-Blut, verdickten Tran und verschiedene Pflanzen zerstampfte, kochte, durchseihte und mit einem Sud aus zerquetschten und aufgekochten Pechwanzen versetzte. Der Titel des Buchs war *Ruchlose Begebenheiten nebst Vorschlägen für eine nasale Wunschwelt*.

»Eine Mischung aus Anekdoten und ketzerischen Empfehlungen, das Leben in Garidu zu verändern«, sagte der Drucker.

»Und du druckst Ketzerisches?«

Der Mann blickte Barakuda an und hob die Schultern.

»Alle Ansichten sind gleich richtig, gleich falsch und gleich wertvoll«, sagte er gleichgültig.

Der alte Schnüffler ging vor ihnen her, bedächtig, mit geblähten Nasenflügeln. Im Hafen an der Nordseite der Gruamündung lagen viele Schiffe. Der Abendhimmel gab eben noch genug Licht, um die Verschiedenheit der Typen wahrnehmen zu können. Es waren kleine Küstenboote darunter, Fischkutter und Fähren zu den vorgelagerten Inseln, aber auch große Schiffe für den Hochseefang und Segler ohne Vorrichtungen für das Ausschwenken von Netzen, vermutlich Passagierschiffe; daneben lagen dickbäuchige Frachtsegler, und an den entfernten Molen sah man undeutlich einige Traner oder ›Trampler‹ mit ihren großen Schaufelrädern und birnenförmigen Schloten. Aus den Hafenkneipen drangen Gerüche, die Dante vage an einen widerwärtigen Transchnaps erinnerten, den man in Arameq am Binnenmeer destillierte.

»Ah, die Vielfalt der Essenzen!« Der Alte holte tief Luft.

»Riechst du eine Vielfalt?« T'unga schüttelte sich. »Ich rieche nur eine dicke, geschichtete Widerwärtigkeit. Bah.«

Laviso blieb zwischen zwei Tavernen stehen, wandte langsam den Kopf hierhin und dorthin und begann zu murmeln. Es war eine Inventur, eine Analyse. Barakuda traute seinen Ohren kaum.

»In der linken Schänke werden herrliche Würste gebraten, *sagua'li*-Därme, gefüllt mit geraspelten Blättern der Bitterbeize, die in Lake gelegen haben, gehackten Schlickwürmern, Fleisch von den Klemenmuskeln des *hagut'ai* und *sagua'li*-Hirn, das einige Zehntage in Trantunke und einem Sud aus Zwiebeln, Lauch und Wermut mariniert wurde. Ein Junge, vielleicht elf und noch ohne Körperhaar, bringt einen Teller mit zwei, nein, drei Würsten zum ersten Tisch neben der Tür. Dort sitzen drei Männer. Einer ist vielleicht fünfzig Jahre alt, trägt ein blaues Gewand, hat keine Schuhe an seinen großen ungewaschenen Füßen und trinkt Sampasaft. Er ist Krabbenfischer und hat schadhafte Zähne. Der zweite ...«

T'unga ging zum Eingang, schaute, kam zurück und nickte Barakuda zu; dabei machte er große Augen. Dante faßte den Greis sanft am Ellenbogen.

»Ich verneige mich in Ehrfurcht vor deiner Kunst«, sagte er.

Der Schnüffler seufzte. »Ach, es ist nichts, Freund des Residenten. Nur der Schatten alter Kenntnisse. Vor acht oder zehn Jahren hätte ich dir die Haarfarbe des Jungen, die Qualität seiner Unterwäsche und die Sauberkeit seiner Nägel nennen können. Auch die Länge der Bartstoppeln auf der Wange des dritten Mannes am Tisch, der eine Suppe aus Tang, Muscheln und *hagut'ai*-Flossen löffelt.«

Über die mittlere Brücke wechselten sie zum Südhafen. Auch dort fand Laviso keinen Pferdehauch. Die Schlachtereien waren längst geschlossen, aber der alte Mann versicherte jedesmal, auch in der, vor der sie eben stünden, seien in den letzten zwei Zehntagen keine Pferde verarbeitet worden. Nach einem Rundgang durch die wirren Gassen und Gäßchen des Stadtteils wanderten sie ein Stück flußaufwärts. Plötzlich sog der Alte aufgeregt Luft ein und faßte nach Dantes Schulter.

»Da vorn«, sagte er.

Sie hatten einen Umschlagplatz mit Lagerhallen und Tavernen erreicht. Ein niedriger Damm reichte hier weit in den Grua hinein; Nachen lagen teils vertäut am Ufer, teils waren sie noch auf dem Fluß. Die Männer darin hantierten mit Stangen in der Dunkelheit. Das Becken neben dem Damm diente offenbar zum Sammeln der Flöße und einzelnen Stämme, die vom Oberlauf herabgetrieben wurden.

Die meisten Tavernen verfügten über kleine Stallungen. Karren standen in Hinterhöfen herum, und irgendwo blökten P'aodhus.

»Hier werden die Waren aus dem Hinterland gelagert und verteilt. Die Stadt ist zu eng für Karawanen. Ich rieche Pferde. Wie viele sucht ihr? Sieben? Nein, es sind nur zwei. Im Stall der dritten Taverne.«

T'unga ging vorsichtig zum Gebäude. Die Fenster waren hell. Er blickte hinein, drehte sich sofort um und winkte Barakuda.

An einem Tisch in Nähe des Tresens saßen zwei Männer und aßen. Die Taverne war spärlich gefüllt. Barakuda erkannte die beiden auch im matten Tranlicht.

»Der ausgestoßene Sa'orqi und einer der Mischlinge«, sagte T'unga. Sie zogen sich zum Flößerbecken zurück. »Was machen wir? Sollen wir Terence und Toyami holen?«

Dante rang mit sich und den Gesetzen des Abkommens, die er so lange geschützt hatte; dann zog er die kleine Pistole und entsicherte sie. »Es sind nur zwei. Bis Terence und Toyami hier sein können, haben sie längst ihr Mahl beendet und verschwinden vielleicht in der Nacht.«

»Die anderen könnten aber in der Nähe sein«, sagte T'unga zweifelnd.

Der Schnüffler kicherte unterdrückt. »Was das angeht, seid beruhigt. Ich rieche hier genau sieben Ruchlose. Zwei seid ihr; zwei sitzen dort drin am Tisch, ein Sa'orqi und ein Mischling. Eine Frau aus dem Hinterland von Bu'ndai liegt oben, im zweiten Zimmer von links, in den Armen eines Flößers. Das Fenster ist angelehnt. Ein wandernder Heiler der Arugushil meditiert weiter hinten, hinter dem Holzstapel dort, in seinem Karren; er hat am späten Nachmittag Taumeltang verbrannt und eingeatmet.«

Barakuda dachte fast neidisch an die ungeheure Welt der Gerüche, in der er so blind war wie der Schnüffler in der Welt des Sehens; er dachte an die besonderen und einzigartigen Dinge, die Menschen bestimmter Gegenden ein Leben lang zu sich nehmen und durch die Hautabsonderungen verraten, und er seufzte. »Und der siebte?«

»Der siebte ist ein Händler vom Arugusee. Er hat Flachs und Würzkräuter nach Garidu gebracht und sitzt in der ersten Taverne.«

»Warte hier«, sagte Dante.

Die beiden Männer blickten nicht auf, als er und T'unga

eintraten. Der rundliche Wirt schaute ihnen entgegen; Barakuda hob die Rechte mit der Pistole, und der Gari'shil bewegte sich langsam ans andere Ende des Tresens.

»Ihr da«, sagte Dante, als sie noch etwa sechs Meter von dem Tisch entfernt waren.

Die Männer reagierten unglaublich schnell. Noch im Aufblicken stieß der eine den Tisch um und ließ sich fallen. Gleichzeitig schleuderte der Sa'orqi seinen Teller. Er traf Dantes rechte Hand. Aus der entsicherten Waffe löste sich ein Schuß.

Der Mischling warf ein Messer; es war auf Barakudas Herz gezielt, blieb aber in dem Buch stecken, das Dante in der linken Innentasche der Jacke trug. Der Sa'orqi hielt plötzlich eine Schleuder in der Hand.

Barakuda feuerte. In derselben Zehntelsekunde löste sich der scharfkantige Stahlwürfel. Dante ließ sich fallen, nicht schnell genug; das Geschoß riß ihm den linken Oberarm auf, fast bis zum Knochen.

Er hörte Stahl auf Stahl klirren. Der Sa'orqi lag in der Ecke, mit einem kleinen Loch in der Stirn. Der Mischling hatte seine Deckung verlassen und drang mit zwei Messern auf T'unga ein. Dante richtete sich langsam und halb betäubt vor Schmerz auf; er versuchte, die Pistole zu richten, aber die beiden Männer bewegten sich zu schnell. T'unga ließ sich rückwärts treiben, duckte sich, fintete, wich aus. Blut troff von seiner Wange, die einer der Dolche des Mischlings geöffnet hatte. Der Krummdolch der Stadtsklavin fand angemessene Verwendung; er zuckte und blitzte, wehrte Angriffe des Gegners ab. Rückwärts taumelnd erwischte T'unga mit dem Fuß einen Schemel, trat ihn vor die Beine des anderen. Der Mischling verlor die Balance, vielleicht nur eine halbe Sekunde, aber zu lang. T'unga tauchte unter seinem rechten Arm weg; der Krummdolch schrieb einen blitzenden Bogen in die Luft, zerschnitt das Lederhemd des Mischlings und steckte dann in seiner Brust.

Einer der Gäste lief hinaus, um den Heiler aus seinem Karren zu holen. Der Sa'orqi war tot. Barakuda kauerte neben dem sterbenden Muli. Mit verzerrtem Gesicht und vor Schmerz rauher Stimme sagte er: »Wo sind die anderen?«

Der Mischling versuchte eine Grimasse, biß sich auf die Zähne und schloß die Augen. T'unga streckte die Hand aus und berührte den Griff des Krummdolchs. Der Mann ächzte. »Auf See«, stieß er hervor.

»Auch Shevshan?«

Der Mischling öffnete die Augen; fast schadenfroh blickte er Barakuda an. »In Golgit geblieben«, murmelte er.

VI

Cadhras wurde von einem Frühjahrssturm heimgesucht. Die hölzernen Hafentore waren geschlossen, aber im Becken tanzten die Schiffe. Westwind geißelte das Meer und rüttelte an Masten und Bordwänden, und die Boote, rollend und stampfend, steckten das Wasser im Rechteck des Hafens an. Die Reede von Cadhras war leergefegt. Yachten und Frachtsegler ankerten in windgeschützten Buchten an der Ostseite der Schulinsel Corilia; die Hochseefischer hielten sich von den gefährlichen Leeküsten fern, und die Segler der Küstenfischer hätten gegen den Orkan nicht einmal den Hafen verlassen können. Die Kähne und Schiffe waren ringsum mit Fendern versehen; dennoch knirschte und krachte es allenthalben im Becken.

Der Wind trieb salziges Meerwasser in die Mündungen der beiden kleinen Flüsse Sogga und Ylagas; er hetzte ausgefranste Wolken über den Himmel und zog Wasservorhänge über den Kai. Gischt von der giftgrünen Brandung mischte sich mit dem Regen, der waagerecht in die Stadt geweht wurde.

Links neben Barakuda krächzte kläglich ein Seevogel, der sich in eine Mauernische geflüchtet hatte. Der Laut brachte Dante wieder zu Bewußtsein. Verwundert stellte er fest, daß er dem Sturm mindestens eine Stunde lang die Stirn geboten und auf Hafen und Meer hinausgestarrt hatte. Er fühlte sich frisch und wach und war naß bis auf die Haut. Langsam schloß er das Fenster; der Wollteppich war Morast.

In seinem kleinen Bad trocknete er sich ab und rasierte sich. Danach wanderte er einige Minuten im Wohnraum auf und ab, mit einer Hantel in der linken Hand. Die Narbe am Oberarm, wo das Stahlgeschoß des Sa'orqi ihn getroffen hatte, war nur eine von vielen; allmählich gehorchte der linke Arm ihm wieder. Schließlich zog er sich an, stopfte die Hosenbeine in die Schäfte der weichen P'aodhu-Stiefel, steckte Geld, Schlüssel und Zigaretten in die Lederjacke und verließ sein Apartment.

In den anderen Räumen regte sich noch nichts. Es war eine jener chaotischen Nächte gewesen, nebenan im *Meeresleuchten;* die drei verbliebenen Mädchen Flor, Rugazh und Nya schliefen länger, und neuerdings öffnete die Rote Yolande ohnehin erst nachmittags.

Eine jener chaotischen Nächte, wie sie in letzter Zeit immer häufiger wurden. Bald war die zweijährige Quarantäne überstanden; damit ging eine Epoche zu Ende. Und mit dem Näherrücken des Termins begannen Leute durchzudrehen oder hektische und ungezielte Aktivität zu entwickeln – Leute, die fast zwei Jahre lang bemerkenswert gefaßt die Gashiri-Krise mit ihren Begleiterscheinungen, das lange Warten und die diffuse Stimmungslage vor dem Exodus ertragen hatten.

Dabei würde sich nicht allzuviel ändern, oberflächlich. Das Laborschiff mit den Wissenschaftlern konnte endlich abfliegen, ebenso die Touristen, die zu Beginn der Gashiri-Krise auf Shilgat gewesen waren und wegen der Quarantäne nicht hatten heimreisen können. Damit verbundene Schicksale mußten getragen werden – von Leuten, die zwei Jahre lang ihre Familien nicht gesehen oder ihre Geschäfte verlassen hatten, wie auch von Firmen oder Konsortien, die den Umständen erlegen waren. Das noble Ferienhotel auf Huasiringa, der Dschungelinsel im Binnenmeer, war längst geschlossen, wie auch drei der Hotels an der Bucht von Cadhras und die meisten Frachtagenturen. Die spezialisierten Gemüsebauern von Tadja'ut im Norden des Territoriums, die hauptsächlich für den Export produzierten, konnten ihre eigenen Erzeugnisse immerhin essen und eintauschen. Die Fabriken für Obst- und Fischkonserven in Cadhras hatten auf Halde produziert, wie auch die Pharlit-Töpfereien in den Bergen; Großabnehmer im Commonwealth waren bereit gewesen, einen Teil vorab zu bezahlen und auf Lieferungen zu warten. Aber die meisten anderen Dinge, Geschäfte, Beschäftigungen ließen sich nicht so regeln.

Barakuda schlenderte über den windgepeitschten Kai. Er genoß das Toben von Luft und Wasser. Eine gewisse Morbidität lag in diesem Genuß; Dante wußte es, machte sich aber keine Gedanken deswegen. Er gehörte zu denen, die bleiben wollten, und irgendwie war es ihm gar nicht so unlieb, demnächst Shilgat mit weniger ›Sternleuten‹ teilen zu müssen.

Über einen der engen steilen Aufgänge kletterte er zur Innenstadt hinauf, folgte der Avenu Traversal nach Süden. In einem kleinen Lokal an der Plaza Tokman war er zum Frühstück verabredet.

Sarela McVitie kam ein paar Minuten zu spät. Sie küßte ihn leicht auf die Wange, ehe sie sich ihm gegenüber niederließ. Sie war ausgeschlafen; ihre graugrünen Augen forschten in seinem Gesicht. Im Sitzen schälte sie sich aus dem wasserdichten Uniformmantel; darunter trug sie eine Khakibluse und einen hellgrünen Rock. Ein Kellner kam, nahm den Mantel und brachte Kaffee, Brot, Butter, Aufschnitt und Sahne.

»Nichts Neues«, sagte Sarela. Sie verzog das Gesicht. »Die wahrscheinlich letzte große Aktion des Sicherheitsbüros und seiner Agenten sieht nicht sehr erfolgversprechend aus.«

Dante zuckte mit den Achseln und begann zu essen. Undeutlich sagte er: »Mehr war nicht zu erwarten. Wenn ich nur wüßte, was er vorhat.«

In Garidu hatten sie eine Händlerin gefunden, von der die beiden Getöteten als Treiber und Begleiter angeheuert worden waren. Die Karawane sollte zur Westgrenze von Gashiri ziehen. Damit war aber nicht geklärt, weshalb sie überhaupt an Land geblieben waren, statt mit den anderen an Bord eines Schiffs zu gehen – eines Schiffs wohin?

Und: Nachforschungen in Golgit hatten ergeben, daß ein Mann aus Gashiri, der sehr wohl Shevshan sein mochte, zwei Tage nach Beginn der Verfolgungsjagd das Vergnügungsviertel unter dem See aufgesucht hatte. Danach war er verschwunden; später bestätigten Heiler auf genaue Fragen, daß in der unterirdischen Bahnstation ein Wagen fehlte.

Acht Leute hatten das Schiff überfallen und die Morde verübt. Wahrscheinlich war ein neunter am Ufer als Posten zurückgeblieben, um die anderen zu alarmieren, falls jemand sich näherte, und noch wahrscheinlicher hatten sie einen zehnten Mann bei ihren Pferden weiter flußabwärts gelassen. Shevshan mußte später mit dem kleinen Ruderboot den Huagilera überquert haben und flußaufwärts gegangen sein, zu den Katarakten und zum See. Von dort konnte er jederzeit aus einem der Dörfer am Ostufer nach Golgit übersetzen. Die übrigen neun Reiter waren nach Norden geflohen; fünf von ihnen lebten noch.

»Meinst du, es steckt mehr als Rache dahinter?«

»Ich bin nicht sicher. – Wo steckt eigentlich T'unga?«

Sarela lächelte. »In Golgit. Er stellt da – Nachforschungen an. Unter anderem.«

Nach dem Frühstück rauchte Dante die erste Zigarette des Tages. Als der Kellner abgeräumt und Sampasaft gebracht hatte, hob Sarela das Glas. »Sampasaft. Ich glaube, ich werde das vermissen.«

Barakuda entdeckte eine Spur von Trauer in ihren Augen. »Wann?«

Sie hob die Achseln. »Spätestens in einem Jahr. Es sei denn, der Kommissar, wer immer er ist, übernimmt mich.«

»Du bist verrückt.« Dante legte die Zigarette in den Aschenbecher und schüttelte energisch den Kopf. »Überleg dir das, Sarela. Der Planet wird ärmer ohne dich, und einige Leute werden dich vermissen. Ich zum Beispiel. Aber wenn du die Flotte verläßt, um auf Shilgat zu bleiben, wird es später sehr schwer werden, anderswo etwas Neues zu finden.«

Sie seufzte. »Ja, ich weiß. Danke für das Vermissen. Aber meinst du, nach der Zeit hier und all den Krisen und Erlebnissen hätte ich Lust, noch mal irgendwo als *kapitá* Garnisonsdienst zu tun?«

Barakuda beugte sich vor und sah ihr in die Augen. »Hör zu. Du hast mehr als zwei Jahre Sonderdienst hinter dir und mindestens ein Bein in der Commonwealth-Abwehr. Nach den Vorfällen und der Extremsituation auf Shilgat geht es bestimmt für alle eine Stufe treppauf. Und du hast gute Arbeit geleistet. Mit ein bißchen Glück kommst du als Majorin der Abwehr in ein Sektor-HQ, vielleicht sogar nach Atenoa. Karriere, Versetzungen, andere Welten, auf denen mehr los ist als hier. In zehn Jahren bist du *praetora*.«

Sie nickte. »Ich weiß. Vielleicht hast du recht. Dank der AVs kann ich ja sowieso keine Kinder kriegen, also ist Karriere das Sinnvollste. Trotzdem ... Shilgat ist, tja, was?«

»Shilgat ist Shilgat.«

Sie lachte. »Weise gesprochen. – Außerdem ist mein Problem lösbar. Überhaupt das Problem der Garnison und der anderen, die für das Gouvernement gearbeitet haben. Mir tun bloß die armen Kollegen vom Territorium leid.«

Die bisherigen Angestellten und Beamten des Gouvernements unterstanden letzten Endes dem Sekretariat für Dominien und Protektorate auf Gaia und mußten übernommen werden; die Administration des Commonwealth mußte entsprechende Stellen für sie finden, und die Milchstraße bot genügend Einsatzmöglichkeiten. Das Autonome Territorium des Isthmus war jedoch keine Commonwealth-Einrichtung gewesen.

»Allein die Gendarmerie«, sagte Sarela. »Das Kommissariat wird bestimmt eine kleine Polizeitruppe aufstellen, aber was wird mit all den anderen?«

»Ataratz bastelt an Plänen. Ich weiß aber nicht, wie weit er damit ist.«

Der alte Präfekt der Gendarmerie war im Isthmus geboren und würde bleiben. Aber nicht alle, die bisher für die Administration des Territoriums gearbeitet hatten, konnten auf Subsistenzlandwirtschaft oder Fischerei umsteigen.

»Wir brauchen möglichst schnell Klarheit«, sagte Dante nachdenklich. »Klarheit über die genauen Befugnisse und Statuten des Kommissariats und die weitere Entwicklung. Und nach dem Ende der Quarantäne brauchen wir einen gewaltigen Touristenschub und einen furchtbaren Wirtschaftsaufschwung. Oder genug Fatalismus und Einfallsreichtum, um mit dem totalen Zusammenbruch und Neubeginn unter unbekannten Umständen fertig zu werden.«

Sarela ging zurück zu ihrem Büro im Tower des Raumhafens, der seit fast zwei Jahren nur noch als Kommunikationszentrale diente. Dante begab sich zur Commonwealth-Bank, wo er ein längeres Gespräch mit dem *deficit manager* führte.

Auch dies war eine neue Einrichtung, verkörpert durch einen Subdirektor. Das Protektorat hatte sich immer selbst finanziert – das Autonome Territorium durch Steuern (10 % auf Waren, Dienstleistungen, Einkünfte im Isthmus), das Gouvernement durch Zölle (10 % des Warenwerts aller Güter, die den Raumhafen passierten). Überschüsse des Gouvernements wurden, abgesehen von festgesetzten Budgetreserven, nach Gaia abgeführt; der von Gouvernement, Territorium und Bank gemeinsam unterhaltene Finanzstab setzte die Geldmenge fest. Da das Protektorat keine eigene Münzprägung besaß und Banknoten des Commonwealth von den Shil nicht akzeptiert wurden, waren Obols, Drachmen und Talente im Gegenwert der Exportüberschüsse aus dem Commonwealth nach Shilgat gebracht worden – Münzen. Export fand nicht mehr statt, Import ebensowenig; seit fast zwei Jahren war der interstellare Handel von und nach Shilgat ein kaum noch überschaubares Spiel gewissermaßen im luftleeren Raum: Vereinbarungen per Hyperfunk, Bereitstellungsgarantien von Herstellern, die im Hinblick auf den Tag X auf Halde produzierten, Abnahmeverpflichtungen, Vorauszahlungen auf unzugängliche Konten, Umbuchungen imaginärer Beträge … Problematisch dabei war, daß reale Warenwerte ebenso existierten (da produziert wurde) wie reale Geldwerte, daß aber zwischen beiden keine realen Beziehungen hergestellt werden konnten. Das Bruttoprodukt des Protektorats betrug nach Firmenzusammenbrüchen, dem Ende des Tourismus und der Suspendierung des interstellaren Realhandels noch etwa 30 % dessen, was vor der Gashiri-Krise langjähriger Durchschnitt gewesen war; gleichzeitig hatten Verschiebungen im planetaren Handel (so bezogen z. B. die Völker des Südkontinents viele Dinge aus Cadhras, die für den Wiederaufbau von Gashir und angrenzenden Gebieten nötig waren) zur Vermehrung der umlaufenden Münzmenge auf etwa 115 % geführt. Um einen totalen Zusammenbruch des vorübergehend geschlossenen Kreislaufs zu verhindern, hatte der Finanzstab kontinuierlich Geld abgeschöpft und gehortet. Nun saß die Staatsbank auf einem Goldhaufen, den sie nicht anrühren durfte; das Gouvernement verfügte über keinerlei Einnahmen mehr, da der Handel per Raumhafen tot war, mußte aber weiter Gehälter und Betriebskosten zahlen. Andererseits gab es für den Export vorgesehene Warenhalden, deren theoretischer Zollwert dem Gouvernement theoretisch zur Erhebung der zehnprozentigen Abgabe zur Verfügung stand; es gab genügend Geld für Kredite, mit denen Hersteller ihre Arbeitskräfte bezahlen und weiterproduzieren konnten, aber das Geld durfte eigentlich nicht ausgezahlt werden, um das System nicht zu überlasten …

In dieser Situation war Barakudas Frage, was mit den Goldmünzen im Wert von über 800 000 Drachmen geschehen konnte, über die die aufgelöste Transport- und Passage-Gesellschaft TraPaSoc verfügte, äußerst unwillkommen.

»Müssen Sie das a) überhaupt und b) jetzt wissen?«

»Tut mir ja leid, daß ich Ihnen zusätzliche Kopfschmerzen bereite. Aber unser Problem ist, daß das Geld mehreren Leuten gehört. Und jetzt, wo die Firma nicht mehr existiert, sollten wir es vielleicht aufteilen.«

Der Bankmann rieb sich die Augen. Er war hager, grauhaarig, hatte tiefe Ringe unter den Augen und sah aus, als ob er den Vormittag nicht überleben würde. »Ja, klar. Was spricht dagegen?«

Barakuda breitete die Arme aus. »Das eben will ich von *Ihnen* wissen. Ist unser Guthaben zugänglich, oder ist es konfisziert, gesperrt, suspendiert, was weiß ich?«

Der Mann blickte ihn irritiert an. »Wieso sollte es denn konfisziert sein?«

»Wegen der Abschöpfung. Ich war zu lange weg aus Cadhras und suche hier bei Ihnen nach Informationen. Ich weiß nicht, wie dieses diffizile Spiel gehandhabt wird.«

Der *deficit manager* seufzte. »Wie soll ich Ihnen das erklären? Vor allem wird es überhaupt nicht gehandhabt; wir improvisieren. Die wenigen Prinzipien, die wir ausgearbeitet haben, müssen wir dauernd umgehen.«

»Können Sie das erläutern?«

»Kaum, aber ich will es versuchen. – Sehen Sie: Es ist fast viermal soviel Geld vorhanden, wie es der Summe von Produktion, Dienstleistung und so weiter entspräche. Andererseits sind mehr produzierte Waren vorhanden, als es dem Warenanteil an der Geldmenge entspräche. Verstehen Sie?«

»Ehrlich gesagt, nein.« Barakuda grinste.

»Durch den Q-Stau sind ...«

»Den was?«

»Ah. Das ist der Quarantäne-Stau, Exportgüterstau infolge der Quarantäne- und Blockadebestimmungen.«

»Das hab ich verstanden. Danke.«

»Bitte. Durch den Q-Stau haben wir jetzt einen Warenberg, der einem großen Teil der überschüssigen Geldmenge entspricht, aber für praktische Belange nicht existiert. In vierzig Tagen, wenn die Quarantäne endet, werden diese Waren nach und nach den Planeten verlassen; das heißt, sie haben mit der umlaufenden Geldmenge nichts zu tun. Wir müssen also ...« Der *deficit manager* holte tief Luft und begann mit einer Erörterung von etwas, das er, wenn Barakuda richtig verstand, als Versuch bezeichnete, »polydefizitäre Überschußkanalisierung durch eine Art Paternoster-Transfer imaginärer Ambivalenzen zu systematisieren, mit dem Ziel fiktiver Deflation, die aber immateriell bleiben muß«.

Dante brach in Gelächter aus. »Um alle Sonnen der Galaxis, lieber Herr – ich versuche gerade, das ins Banyashilgu zu übersetzen, und dabei verheddere ich mich hoffnungslos in Potential- und Irreal-Suffixen. Können Sie mir in einfachen Worten sagen, welche Auswirkungen das zum Beispiel auf mein Guthaben oder das unserer Firma hat?«

»Da fängt das Improvisieren an, das ist ja das Problem. Generell sind alle Konten zugänglich, aber nur bis zu dreißig Prozent des jeweiligen Guthabens. Das ist aber nicht durchführbar. Jemand, der von seinem Guthaben leben muß, kann nicht plötzlich aufhören zu essen; also müssen wir bei kleineren Privatguthaben großzügiger sein, dafür kleinlicher bei großen Guthaben. In Ihrem Fall hieße das – achthunderttausend, ja? –, daß Sie über fünf Prozent verfügen können, den Rest bis auf weiteres eingefroren lassen müssen. Solange Sie aber das Geld nicht ausgeben wollen, können Sie über die gesamte Summe verfügen.«

Barakuda starrte ihn verblüfft an. »Wie bitte?«

Der Bankmann wiederholte, begann aber zu grinsen, als Barakuda sich nicht mehr beherrschen konnte.

»Also im Klartext, ich kann mit dem Geld alles machen, solange ich nichts damit mache?« Er prustete.

»So ungefähr. Sie können es zum Beispiel aufteilen, wenn Sie das vorhaben. Wenn Sie es, sagen wir, durch zehn Leute teilen, das wären dann achtzigtausend pro Person, könnte jeder, hm, Moment, über siebeneinhalb Prozent seines Guthabens verfügen. Aber nur in begründeten Ausnahmefällen.«

Barakuda kicherte. »Wunderbar. Wie darf ich das nun wieder verstehen?«

»Es gibt geschäftliche Transaktionen, die für die Gesamtsituation sinnvoll sind, weil sie die Lage entkrampfen. Dann kann man Ausnahmen machen. Es ist eine komplizierte Kasuistik ...«

»Sagen Sie mir doch einfach, was machen Sie mit dem Privatmann, der von seinem Vermögen leben muß?«

Der *deficit manager* nickte. »Ja. Das kommt vor. Ahemm. Also, die derzeitigen Lebenshaltungskosten in Cadhras und Umgebung liegen bei etwa fünf Drachmen pro Tag, grob gerechnet – Miete, Essen, Trinken, Kleidung, plus dies und das.«

»Dies und das vor allem.« Dante schüttelte den Kopf.

»Ja. Wir haben in Absprache mit dem Palais und der *asambli* des Territoriums den Wert höher angesetzt, sieben Drachmen. Ein Individuum kann also zur Zeit über siebzig Drachmen pro Zehntag oder einhundertneunundachtzig pro Standardmonat verfügen.«

Ich weiß, daß ich nichts weiß. Der alte Satz beschäftigte Barakuda, als er die Bank verlassen hatte und mit immer wiederkehrendem Grinsen durch die Innenstadt schlenderte. Er überdachte ihn von allen Seiten und beschloß dann, keinen Versuch des tieferen Eindringens in die Mysterien staatlicher Makrofinanz zu unternehmen. Während er nach Süden in Richtung Raumhafen ging, murmelte er »Metafinanz? Patafinanz?« vor sich hin.

Der Wind war abgeflaut, und es hatte aufgehört zu regnen. Dennoch war das Bild grau: graue Steinhäuser und kahle Bäume unter einem bleigrauen Himmel. Die zwei- bis dreigeschossigen Wohngebäude an der Avenu Traversal wirkten trostlos; viele der Läden, Werkstätten, Boutiquen und Cafés in den Erdgeschossen, die sonst mit Auslagen und Geschäftigkeit die Häuserfront belebt hatten, waren geschlossen, manche vielleicht für immer. Abgesehen von einigen Fußgängern war die breite Straße leer, und die oft hektische Kreuzung Avenu Traversal/Bulvar Magellan lag wie tot. Nur eines der Restaurants hatte geöffnet; es roch nach P'aodhu-Stew und irgendeinem Gemüse. Das Gouvernement hatte hier eine

Großküche einrichten lassen, ebenso wie in mehreren Lokalen der Innenstadt und in einem der Strandhotels.

Die fatale Abhängigkeit der Stadt vom interstellaren Verkehr und vor allem vom Tourismus wurde Barakuda erstmals wirklich bewußt. In den Dörfern und kleinen Orten des Isthmus war es nicht so schlimm; Bauern und Fischer konnten miteinander Tauschhandel betreiben und notfalls direkt von ihrer Arbeit leben. Aber der Schuhmacher, der pro Saison hundert Paar Stiefel aus P'aodhu-Leder fertigte und an Touristen verkaufte, mußte seit zwei Jahren mit Reparaturen und Flickwerk über die Runden kommen. Von wem sollten die Boutiquen leben, mit ihrem breiten Angebot, von erlesenen Handwerkserzeugnissen bis hin zu billigsten, kitschigen Souvenirs? Die Hotels und Restaurants; die Boots-, Pferde- und Karrenverleiher; die Agenturen am Raumhafen, die seit zwei Jahren weder Fracht noch Passagiere gesehen hatten; die Gaukler, Straßenverkäufer, wandernden Artisten; Kneipen, *kabarés,* Künstler; Fremdenführer, *frívolas,* Friseure? Nur ein winziger Teil des Angebots an Dienstleistungen und Unterhaltung konnte überhaupt von Einheimischen genutzt werden – von Einheimischen, die entweder selbst auf dem Dienstleistungssektor arbeiteten oder Exportgüter produzierten, für die es keine Abnehmer gab. Niemand mußte hungern; Gouvernement und Territorium gaben Lebensmittel aus und unterhielten Küchen. Aber es gab auch Geschichten wie die des Vermieters von Reitpferden, der keine Hilfe annehmen mochte, weil es ja vielen anderen viel schlechter ging, und der begonnen hatte, seine Pferde zu schlachten.

Vor dem Raumhafen, auf der kreisrunden Plaza Atenoa, sah es so trostlos aus wie überall. Geschlossene Agenturen, verriegelte Bankfilialen, Hotels, von deren Fassaden der Putz blätterte, unter blinden Fenstern. Zwei der Hotels, die früher Durchgangsreisende beherbergt hatten – Raumschiffbesatzungen, Händler oder Touristen, die nach der Ankunft ein paar Tage ›Stadt machen‹ wollten, ehe sie nach Huasiringa, Afuera, Corilia oder sonstwohin gebracht wurden –, hielten immerhin ihre Bars offen. Aber bei ihnen, wie auch bei der Roten Yolande im *Meeresleuchten,* kostete das Glas Amaranth-Bier oder Sampawein nicht mehr 25, sondern nur noch 10 Obols, und Dante fragte sich, wovon die Wirte lebten oder gar ihr Personal entlohnten. Nicht zu reden von den Bauern und Brauern, die vielleicht ein Hundertstel ihrer Ernten und Produkte absetzen konnten.

»Soweit Cadhras betroffen ist, haben die AVs beinahe Erfolg gehabt«, sagte Maqari. »Nicht mit dem Entvölkern, aber hier ist alles ruiniert.« Er seufzte. »Was, meinen Sie, wäre wohl in der Garnison los, wenn wir nicht wenigstens die Grenzbefestigungen in Gashiri sprengen dürften?«

»Ich weiß«, sagte Dante traurig.

»Dabei ist es für die Profis nicht so schlimm, aber für die Ausbildungskompanien...« Maqari starrte in seine leere Kaffeetasse, beugte sich vor, nahm die Kanne und füllte seine Tasse und Dantes Becher wieder auf.

Die Frauen und Männer der A-*centuria* waren schon lange auf Shilgat; sie hatten Bekannte, Freunde, zum Teil Familie, kannten den Planeten und waren belastbar. Die beiden Ausbildungskompanien dagegen hätten nach einjähriger Bodenausbildung zum Schiffs- und Raumtraining weitergereicht werden sollen. Zu Beginn der Gashiri-Krise waren sie bereits ein halbes Jahr auf Shilgat gewesen. Nach zweieinhalb Jahren hatten nun etliche von ihnen Beziehungen geknüpft, die bei der bevorstehenden Versetzung zum Problem werden mußten. Andere hatten ganz einfach Gefallen an Shilgat gefunden und trugen sich mit Plänen, den Dienst aufzugeben und die Menge der Arbeitslosen im Isthmus zu vergrößern. Die meisten aber litten unter allen denkbaren Kollern – zweieinhalb Jahre Bodendienst am Ende der Milchstraße waren nicht das, was die Freiwilligen sich beim Eintritt in die Flotte erträumt hatten.

»Was wird aus Ihnen, mein Lieber?«

Maqari fuhr mit der Hand über die Halbglatze; auf das rötliche Gesicht legte sich ein Schatten. »Ich weiß nicht so recht«, murmelte er. »Ich bin fünfundfünfzig, und seit siebzehn Jahren hier. Die halbe A-*centuria* wird gegen Abfindung aus dem Dienst scheiden und hierbleiben. Meine Frau und ich ... was sollen wir woanders? Sie hat ihren Gemüsegarten hier.« Er lächelte gequält.

Maqari und seine Frau wohnten am Rand der Garnison, unterhalb der Gouvernements-Bungalows auf dem Hügel östlich von Stadt und Raumhafen. Wie für viele andere war auch für sie Cadhras die Heimat, wo alle Freunde und Bekannten lebten. Und mit dem Ende des Protektorats würde die Garnison aufgelöst werden. Nicht gleich, denn in der Übergangsphase des Exodus brauchte man alle verfügbaren Leute, um das Durcheinander zu begrenzen. Aber dann?

»Das Kommissariat wird so was wie eine Miliz kriegen, das ist sicher. Aber keiner weiß, wie die aussehen soll, und wer nimmt dafür einen alten Major von der Flotte, wenn viele junge Leute von der Gendarmerie sich darum reißen?«

»Wissen Sie schon Genaueres – wer Kommissar wird, zum Beispiel?« sagte Barakuda, teils aus Interesse, teils um abzulenken.

»Nix. Verdammte Geheimniskrämerei, was? Ihre Exzellenz hat Vorschläge gemacht, aber Gaia hüllt sich in galaktisches Stillschweigen.« Maqari rührte wütend in seiner Tasse; Kaffee schwappte über. »Wahrscheinlich bleibt zuerst mal alles wie es ist; der Kommissar wird kommen, wenn das Chaos beseitigt ist.«

»Und die Zuständigkeit wechselt.« Barakuda nickte. »Ja, glaube ich auch. Das kann man einem Neuen ohne Shilgaterfahrung nicht zumuten. Mal sehen, was die Kanzlei sich einfallen läßt.«

Das Protektorat hatte dem Sekretariat für Dominien und Protektorate unterstanden, die Garnison natürlich dem Marine-Sekretariat, wobei der jeweilige Kommandeur der Garnison dem jeweiligen Gouverneur unterstellt war. Die Änderungen hatten auch finanzielle Folgen. Der Dominien-Bereich war klein, das Sekretariat überschaubar; außerdem verfügte es über ein relativ hohes Budget, dank der Fürsorge-Pflicht des Commonwealth für abhängige Gebiete. Und da das Gouvernement in Cadhras sich nicht nur selbst finanziert hatte, sondern auch jährlich Überschüsse abführen konnte, waren Cadhras und der Garnison jederzeit sämtliche Sonderwünsche erfüllt worden, selbst wenn sie ausnahmsweise etwas kosteten. Der Kommissar würde eine Art bevollmächtigter Botschafter mit Sonderstatus sein; eigentlich hätte Shilgat nun in die Zuständigkeit des Sekretariats für Auswärtiges gehört, aber wegen der schwierigen Einzelfragen, die sich aus der großen Zahl zum Bleiben entschlossener Commonwealth-Bürger ergaben (auch wenn diese laut Abkommen bald keine Commonwealth-Bürger mehr waren), hatte man den ganzen Komplex der administrativen Spitze übergeben, der Commonwealth-Kanzlei. Und das Budget der Lordkanzler war knapp.

»Alles furchtbar kompliziert«, knurrte Maqari. »Kompliziert, was? Aber Sie, Mann – was haben Sie vor?«

Barakuda rieb sich die Nase und blickte an die Decke. Sie war aus Holz und brauchte einen neuen Anstrich. »Ich schwanke«, sagte er halblaut. »Ich wollte hierbleiben und mit den anderen von der TraPaSoc irgendwas Neues anfangen – vielleicht Segler bauen und verchartern, oder mit Erlaubnis der Shil nach Diamanten suchen, oder so was. Und mit Begheli reisen und baden.«

Maqari nickte. Jedes Wort wäre überflüssig gewesen.

»Jetzt sieht alles anders aus. Marsila und René und Begheli … Und die allgemeine Lage. Ich zweifle manchmal daran, daß Cadhras jemals wieder auf die Beine kommt.« Er lächelte melancholisch. »Sagen wir es mal so: Mich zieht nichts in die Galaxis, aber vielleicht wird mich bald alles von hier wegtreiben.«

Maqari stand auf und ging zu einem Metallschrank, der neben dem Fenster stand. »Haben Sie heute noch viel vor?« sagte er, ohne sich umzudrehen.

Dante musterte den Rücken des stämmigen, mittelgroßen Mannes. »Irgendwann mal zu Mittag essen. Warum?«

»Das kann warten, bis morgen.« Maqari redete den Schrank an, aus dem er etwas holte. »Ich finde, wir haben uns lange genug gesiezt.« Er verschloß die Schranktür und kam mit zwei Flaschen Rum und zwei Emaillebechern zum Schreibtisch zurück.

Barakuda legte die Beine auf die Tischplatte, verschränkte die Hände hinter dem Kopf und lächelte. »Einverstanden, lieber Ponce. Aber findest du, das ändert was? Zwischen uns und überhaupt?«

Der alte Kommandant kratzte sich den Nacken und legte den Kopf schief. »Nein.« Er goß beide Becher randvoll. »Aber man gönnt sich ja sonst nichts.«

VII

Das Wetter wurde besser, anders als die Stimmung. Und Lydia Hsiang war wieder in Cadhras. Die Gouverneurin hatte die wichtigsten Städte und Gebiete des Südens besucht – Inspektion und Abschied. 37 Tage bis zum Ende der Quarantäne, zum Wiederbeginn des interstellaren Verkehrs, zum Beginn des Exodus. Kurz nach Beginn der Gashiri-Krise war ihre fünfjährige Amtszeit abgelaufen; nach mehr als 7 Jahren auf Shilgat und dem definitiven Ende des Protektorats gab es viele Dinge zu bereden und viele Abschiede zu begehen.

Bei seiner Rückkehr aus Garidu war Dante nicht traurig darüber gewesen, daß er die Gouverneurin nicht besuchen konnte. Vor Jahren, während der Pasdan-Krise, hatten sie eine kurze stürmische Affäre gehabt, von der niemand wußte und niemand wissen durfte. Auf kleinen Vorposten wie Shilgat, wo alle Macht in wenigen Händen lag, durften hohe Amtsträger, um die Möglichkeit des Amtsmißbrauchs aus persönlichen Motiven klein zu halten, keine Beziehungen privater Natur miteinander eingehen. Lydia Hsiangs korrupter Vorgänger war nicht über seine Korruption, sondern über eine derartige Liebschaft gestolpert. Das Verbot im *Handbuch* galt auch für den ausgeschiedenen Privatmann Barakuda, der mit dem Amt keineswegs seine Kenntnisse und Beziehungen abgegeben hatte. Aber nun, am absoluten Ende des Protektorats, wären derlei Vorschriften nebensächlich geworden, wenn man es so wollte. Und Dante, der um Begheli trauerte, fürchtete sich vor seiner Trostbedürftigkeit. Die vier möglichen Entdeckungen waren ihm gleichermaßen unangenehm – daß er noch etwas für Hsiang empfand oder nicht, daß sie noch etwas für ihn empfand oder nicht. Außerdem brauchte er Zeit zum Vergessen, und seine mehrmals täglich wechselnden Beschlüsse, Shilgat zu verlassen oder auf Shilgat zu bleiben, wollte er keinem eindeutigen Einfluß aussetzen. Hsiang würde auf jeden Fall abfliegen.

Zu seinem Erstaunen und seiner Erleichterung schlugen andere sich mit noch schwierigeren Problemen herum. Die defunkte TraPaSoc hatte sich zum Frühstück bei Subhat und Bondak verabredet. Beide waren in den letzten Jahren kaum gealtert. Die temperamentvolle Shil und der ehemalige Sergeant hatten den Niedergang der Stadt ebenso überstanden wie den Tod einer der Töchter von Subhat. Dank des TraPaSoc-Vermögens und der fischefangenden Töchter samt Lebensgefährten gab es im alten Haus am Nordende des Hafenbeckens weder finanzielle Probleme noch zu viel Stille.

Probleme hatte ein anderer: Yasuhiro Kakoiannis. Zwischen zweien der zahlreichen Gänge des Frühstücks klopfte er auf den Tisch und bat um Aufmerksamkeit. Er schien nicht im geringsten verlegen, aber Barakuda wußte, was die Rede ihn kostete.

»Viele sind wir ja nicht mehr«, sagte er. »Jetzt, ohne Begheli und Marsila und René.« Er machte eine Pause, als ob er nach Worten suchte.

Sten Timoara nickte; das schwarze Gesicht war traurig. »Ich würd ihn fast gerne singen hören«, sagte er leise. Timoara und Kara Kikuyo waren vor einigen Tagen aus Gashiri zurückgekommen; sie meinten, sie hätten genug gesprengt. Erst bei ihrer Rückkehr hatten sie von den Ereignissen in Golgit erfahren.

Toyami hob die Hand. »Wenn es um Geschäftliches geht, zähl mich nicht mit, Yasu. Ich bin nur Zubehör.«

Learoyd sah sie von der Seite an. »Bewegliches oder unbewegliches Gut?«

»Ich brauche nämlich Geld. Und zwar eine größere Menge. Mehr, als nach dem, was du sagst, Dante, im Moment von der Bank zu kriegen ist.« Kakoiannis starrte auf seine Hände.

»Was hast du vor?«

»Ich will eine längere Reise machen.«

Barakuda hob die Brauen. »Eine längere Reise, die viel kostet? Willst du mit Pa'aira eine Luxustour um Shilgat machen, oder was?«

Pa'aira schüttelte den Kopf, sagte aber nichts. Ihrem Gesicht war anzusehen, daß sie wußte, um was es ging, daß sie es billigte, daß sie aber auch Zweifel hatte.

Yasuhiro räusperte sich. »Also, hm, wie soll ich das erklären?« Er zögerte, dann gab er sich einen Ruck. »Also, um es kurz zu machen: Ich habe mit Sarelas Hilfe Nachforschungen angestellt. Aber Sarela weiß nicht ganz genau, worum es mir ging.« Plötzlich grinste er. »Wenn ihr sie zum Beispiel nach dem richtigen Namen fragt, den wird sie euch nicht sagen können.«

Dante beugte sich vor. »Du willst doch nicht sagen, daß du dich nach dreißigjähriger Pseudonymität nach deiner Familie erkundigt hast?«

Kakoiannis nickte. »Genau das. Die Eltern leben noch, sie hocken auf dem Familiensitz. Mein Vater ist achtzig, meine Mutter wird es demnächst sein. Außerdem gibt es noch einen Bruder und eine Schwester, beide längst mit Anhang, klar. Es bleibt vielleicht gerade noch genug Zeit für eine Aussöhnung.«

Irgendwie war es ein naheliegender, normaler Gedanke; dennoch waren nach den Jahren der Geheimniskrämerei alle überrascht.

Kakoiannis blickte sie der Reihe nach an, mit einem beinahe maliziösen Lächeln, als ob er sagen wollte: Hab ich euch da nicht noch ein feines Geschenk gemacht? Er wandte sich an Lugo Bondak. »Chef, was meinst du?«

Der alte Sergeant, früher einmal das Herz der ›Bondaks Bande‹ genannten Truppe besonders harter Sauf- und Raufbolde, betrachtete den ehemaligen Don Juan der Garnison. Die schwarzen Locken des *gentleman ranker* begannen grau zu werden, er war bei Pa'aira in festen Händen, und das feingeschnittene Gesicht war von den Spuren der Explosiven Beulenpest verändert. Bondak stieß einen Knurrlaut aus; für Sekunden wurde er vom alten, ruhigen Mann wieder zum kantigen *sirján*, der seine Leute notfalls mit Flüchen und Fäusten regierte. »Meinst du denn«, sagte er, »die erkennen dich, mit dem, was du da heute an Visage hast?«

Kakoiannis grinste furchterregend. »Ich kann mich ausweisen.«

»Du willst also weg?« Timoaras Stimme war flach; das vernarbte, schwarze Gesicht des ehemaligen Korporals zeigte keine Regung.

Kakoiannis hob die Achseln. »Was bleibt denn noch? Wir sind ein trauriger Rest, alle alt und grau geworden oder auf dem besten, na ja, schlechtesten Weg dahin. Das Protektorat ist am Ende, die TraPaSoc auch. Meint ihr etwa, wir stellen noch mal was auf die Beine?«

Barakuda schloß die Augen. Die mit kühlen Worten aufgestellte Behauptung traf ihn, weil sie stimmte. Es war eine Bilanz, die er sich selbst nicht so deutlich eingestanden hatte. Elf Leute, Bondaks Bande, die berühmte dritte Gruppe der alten B-*centuria:* der Sergeant und die beiden *manipel* mit je einem Korporal und vier Gemeinen. Nach Pasdan hatten die Überlebenden den Dienst quittiert, ihre Abfindungen in die TraPaSoc gesteckt. Fünf Frauen der alte A-*centuria* waren dazugestoßen, außerdem Begheli und Pa'aira, die früher im *Meeresleuchten* gearbeitet hatten. Und er. Gordian Henty, gefallen in den Höhlen bei den Golzain-Katarakten; Emlyn Skudder, verwundet und auf dem Flug von den Höhlen nach Cadhras gestorben; *kapral* Kaleb Vanzuid und Aram Elorza, gefallen in den Grenzbergen von Pasdan; Vlad Oubou, von den AVs zu unmenschlichen Experimenten mißbraucht und auf der Taggabahn gestorben/erlöst; Narciso Ping und die beiden alten *suldás* Karuka Katz und Gavril Tatuschin, gestorben in Gashiri; Marsila Bodrelur, René Nardini und Begheli, ermordet in Golgit.

Dante sah die anderen an; den Rest. Lugo Bondak, Sten Timoara, Terence Learoyd, Yasuhiro Kakoiannis – vier von elf. Kara Kikuyo und Shulamit as-Sabah – zwei von fünf. Pa'aira. Dante Barakuda. Learoyds Freundin Toyami und Bondaks Frau Subhat vervollständigten die Runde.

Learoyd, der so oft in kritischen Lagen durch irgendeine Albernheit für Entspannung gesorgt hatte, ließ sie auch diesmal nicht im Stich. Er begann plötzlich zu grinsen und pfiff eine Melodie, die alle kannten, ein uraltes Kinderlied: *Zehn kleine Negerlein.*

Timoara machte »Ha! Ha!« und legte den Kopf schief. »Du meinst das nicht persönlich, oder?«

»Wir sind noch acht von der TraPaSoc«, sagte Barakuda müde. »Wenn wir die Einlagen zurückzahlen und den Rest teilen, kriegt jeder etwa hunderttausend Drachmen. Damit kannst du längere Zeit um die Galaxis fliegen, Yasu.«

Kakoiannis sah ihn irritiert an. »Ich denke, wir können nicht an das Geld?«

»Ja und nein. Die Bank blockiert, damit die hiesigen Verhältnisse einigermaßen stabil bleiben. Wenn du nach dem Ende der Quarantäne Geld außerhalb des Planeten ausgeben willst, zum Beispiel für eine Passage nach Gaia oder sonstwohin, wird man dir die Füße küssen.«

»Zwei Passagen«, sagte Kakoiannis. »Und nicht nach Gaia.«

Alle Augen richteten sich auf Pa'aira, die unbehaglich auf ihrem Stuhl herumrutschte. »Ja. Ich bin noch nie von hier fortgewesen. Ich weiß nicht, ob ich es woanders aushalte. Und vielleicht kommen wir beide zurück. Aber ich finde, Yasu soll den Versuch machen. Weil ihm was daran liegt.«

Kakoiannis klatschte plötzlich in die Hände. »Verdammter Mist!« sagte er inbrünstig. »Dieses öffentliche Seelenwühlen hätten wir uns sparen können. Wenn ich das gewußt hätte. Ich hab gedacht, ich müßte euch anpumpen – TraPaSoc aufteilen, jeder hebt soviel ab, wie er darf, und dann bettele ich mir das zusammen, was die Passage kostet.«

»Du kannst dein altes Gesicht wieder über die neue Maske der Offenheit stülpen«, sagte Barakuda. »Es glaubt dir sowieso niemand was – weder den alten noch den neuen Anblick.«

»Ihr kommt also vielleicht wieder zurück. Vielleicht auch nicht. Und was macht ihr anderen alle, Kinder?« sagte Subhat. Es waren ihre ersten Worte, seit die Debatte begonnen hatte.

»Mal sehen. Weiß nicht.« Timoara wechselte einen Blick mit Kikuyo; Kara setzte hinzu: »Mit dem Geld kann man ja fast sechzig Jahre leben, ohne einen Handschlag zu tun. Viel Zeug.«

Dante spürte, daß alle auf ihn warteten. Er war der ehemalige Offizier, der Mann mit der besten Bildung und den größten Kenntnissen. »Wir sollten abwarten«, sagte er ruhig. »In siebenunddreißig Tagen endet die Quarantäne, dann wird hier das Chaos ausbrechen. Ich schätze, daß an die hundertfünfzigtausend Menschen möglichst schnell Shilgat verlassen wollen. Alle müssen durch Cadhras und über den Raumhafen. Dabei kann es nicht genug freiwillige Helfer in Organisation und Betreuung geben. Wenn also jemand von euch sich langweilt ... Bis alles abgewickelt ist, wird einige Zeit vergehen. Der Handel wird wieder beginnen; wahrscheinlich auch der Tourismus, wenn auch weniger als früher. Im Moment ist nicht abzusehen, wie alles hier in einem Jahr aussieht. Vielleicht fällt uns auch schon eher was ein; aber heute sollten wir keine Pläne machen.«

Subhat blickte ihm in die Augen. »Und du – was ist mit dir? Wirst du bleiben?«

Barakuda senkte den Kopf. »Ich weiß es nicht.«

Am späten Vormittag verließ er Subhats Haus, warf einen Blick auf den kaum belebten Hafen und wandte sich nach rechts. Über die Uferstraße ging er nach Norden, bis zur Mündung des Sogga. Das Meer, das vor wenigen Tagen wütend an den Quadermauern gerissen hatte, leckte nur noch träge, wie salziger Brei, in dem irgendwo weit weg jemand mit einem Löffel rührte. Dante mußte einige Gedanken zu Ende denken und umschalten; er lehnte sich gegen das Geländer und rauchte langsam eine Zigarette.

Auf dem Nordufer des Sogga verließ ein Karren den

Hof der Konservenfabriken, die nur mit halber Kraft arbeiteten. Sie hatten leerstehende Schuppen und Lagerhallen angemietet, von denen es in Cadhras seit fast zwei Jahren zu viele gab; einen Teil der Produktion mußten sie außerhalb der Stadt lagern. Ohne großes Interesse sah Barakuda, daß der Karren an der ersten Sogga-Brücke vorbei geradeaus fuhr, flußaufwärts, vielleicht zum Karawan-Serai östlich der Stadt, dessen Umschlag wie alles um mehr als die Hälfte nachgelassen hatte, so daß auch dort Lagermöglichkeiten frei geworden waren. Vielleicht auch noch weiter landeinwärts; das fruchtbare Schwemmland zwischen den beiden Flüssen wurde nicht mehr ganz bebaut, und auf einem Stück Brachland hatte man provisorische Hallen errichtet. Dort bereiteten Leute von der Gendarmerie und der A-*centuria* auch eines von vielen Zeltlagern vor, zur Unterbringung der Auswanderer.

Als er mit dem Denken fertig war, ging Barakuda zur Brücke, überquerte sie und stieg die steilen Treppen hinauf, die zwischen den Häusern der Nordstadt die Serpentinen der Straße schnitten. Der Platz vor der Territorialverwaltung war mäßig belebt; in den Arkaden-Hotels hatte das Gouvernement einige der vor zwei Jahren auf Shilgat ›gestrandeten‹ Touristen untergebracht, und in zwei ehemaligen Restaurants befanden sich kostenlose Garküchen.

Vito Ataratz konnte kaum über die Papierstapel auf seinem Schreibtisch blicken. Der grauhaarige Präfekt der Gendarmerie sah schlecht aus: zu viel Arbeit, zu große Verantwortung, zu wenig Schlaf und zu schwierige Fragen.

»Ah, Barakuda.« Er legte den Stift weg und deutete auf einen Sessel. »Richtig, wir waren verabredet. Hatte ich völlig vergessen. Wie spät ist es?« Er blickte auf die antike Standuhr, die vermutlich von Gaia stammte und zwischen den Aktenschränken gegenüber dem Fenster verkümmerte.

»Sie werden alt, Vito.« Dante setzte sich. »Früher haben Sie nie was vergessen.«

Ataratz rieb sich die Augen, stand auf und ging zum Fenster. Er starrte auf das Binnenmeer, als ob es dort Antworten gäbe. Ohne den Kopf zu drehen, sagte er halblaut: »Das waren auch andere Zeiten, und in einer anderen Stadt. Den Ataratz von vor drei oder vier Jahren kenne ich nicht mehr.«

Dante schwieg und wartete ab. Ataratz streckte sich und wandte sich um; er stützte sich auf die Lehne des zweiten Besuchersessels. »Warum ich Sie hergebeten habe«, sagte er. »Wir brauchen Ihren Rat und vermutlich Ihre Unterschrift, wenn Sie wollen.«

»Wer ist wir?«

Ataratz lächelte matt. »Die Welt. Shilgat. Das Gouvernement. Der Krisenrat*. Was Sie wollen.«

»Worum geht es?«

Ataratz ging sehr langsam um den Sessel herum und ließ sich hineinfallen. Ein müder alter Mann. »Wir haben endlich neue Anweisungen bekommen, gestern. Hat lang genug gedauert.«

»Anweisungen welcher Art?«

»Was die Zukunft angeht, das Kommissariat und so weiter. Irgendwelche Subalternen in der Lordkanzlei hatten bemerkenswert irrsinnige Einfälle.« Ataratz schüttelte den Kopf, legte die Fingerspitzen beider Hände aneinander und seufzte. »Sie kennen das ja – laut Vorschrift Soundso Nummer X hat der Posten besetzt zu werden von einer Person, die eine bestimmte Laufbahn in der Administration hinter sich hat. Und alles muß nach Plänen ablaufen, die vielleicht für den Südpol von Gaia richtig sind, aber keinerlei Beziehung zur Lage auf Shilgat haben.«

Barakuda nickte. »Ein bürokratischer Grundsatz.

---

* Notstands-Ausschuß unter Leitung des jeweiligen Gouverneurs. Dem Krisenrat gehören an: vier Vertreter des Gouvernements (Erster Operator des Rechners, Sekretär für Sicherheit, Leiter des Raumhafens, Garnisonskommandeur) und drei des Territoriums (Präfekt der Gendarmerie, Oberster Richter, Obmann des Parlaments).

Stammt wahrscheinlich aus der Zeit vor Hammurabi. Und wie sehen die neuen Anweisungen aus?«

Ataratz grinste plötzlich und sah fünf Jahre jünger aus. »Ly ... die Gouverneurin hat es zuerst per Hyperfunk auf dem Dienstweg versucht, ohne Ergebnis; dann hat sie ihre Beziehungen eingesetzt. Sie wissen ja, sie gehört zu einer der noblen Familien von Atenoa. Ich glaube, irgendein Verwandter von ihr hat mit der Lordkanzlerin zusammen studiert, oder so. Jedenfalls hat sich die Lordkanzlerin persönlich eingeschaltet, und auf einmal geht alles, was vorher streng verboten war. Das Kommissariat wird nicht nach Standardvorschrift Y, sondern nach den Vorschlägen eingerichtet, die wir und die Shil gemacht haben. Mit ein paar Modifikationen. Gestern abend hat der Rat getagt.«

Barakuda holte die Zigaretten aus seiner Brusttasche. »Ja. Ich hab Ihren Zettel gefunden, als ich diese Nacht heimgekommen bin. Was wollen Sie von mir? Ich bin ein ausgedienter alter Geschützesel.«

Ataratz schnaubte und blickte erneut auf die Uhr. Es war 11:76, 26 Minuten nach Mittag. »Um zwölf bin ich mit Exzellenz zum Essen verabredet. Sie auch, hat sie gesagt, wenn ich Sie auftreiben kann und Sie Hunger haben.«

»Im Palais?«

»Nein. Im *Vistamari.* Ich spendiere uns eine Rikscha; das läßt uns noch ein paar Minuten Zeit. Damit Sie wissen, was auf dem Programm steht.«

Dante hob eine Braue. »Nett von Ihnen. Es ist mir immer ein Vergnügen, mit Ihnen zu speisen, Vito. Mit der Gouverneurin natürlich noch mehr. Aber was wollen Sie von mir?«

Ataratz fixierte ihn. »Es geht unter anderem um einige Detailfragen, bei denen wir gern ihre Meinung hören würden, weil Sie Erfahrung haben. Organisation des Exodus, Übergangsprobleme, sowas. Aber vor allem um Personalfragen. Der Krisenrat hat sich für befangen erklärt, was gewisse Dinge angeht, zum Beispiel die Besetzung der höchsten Funktionen im Kommissariat. Der Richter ist jung und will bleiben, die Obfrau der *asambli* ist relativ jung und will bleiben und so weiter. Da sind zu viele, und zu viele liebe alte Bekannte, die gern mitmischen würden. Ihre Nachfolgerin Sarela zum Beispiel, und sie ist die einzige, die es offen zugegeben hat. Sie hat dann auch vorgeschlagen, daß die Gouverneurin eine Art Besetzungsrat bildet. Wenn Sie so wollen, mit ›verdienten älteren Staatsmännern‹, deren Kenntnisse man nutzen sollte.«

»Oh ah uh, herzlichen Dank.« Barakuda grinste. »Ich weiß aber nicht, wie ich mich als älterer Staatsmann bei Tisch benehmen soll.«

»Pah. Wir hätten Sie einfach gern dabei, auch aus bestimmten ... anderen Gründen. Und wir haben gestern abend noch einen Gleiter in den Norden geschickt, um Tremughati und Gortahork aus der Steppe zu holen.« Traurig setzte er hinzu: »Saravyi wird uns fehlen.«

»Wann kommen sie? Hat der Gleiter sie gefunden?« Dante freute sich auf das Wiedersehen mit den ehemaligen Banyashil-Fürsten.

»Ja. Sie sind vor fünf Stunden abgeflogen. Am Nachmittag werden sie hier sein.«

Zwei Rikschas – Leichtmetallkonstruktionen mit weichen Ballonreifen – brachten sie durch die Stadt zur Esplanade an der Bucht. Auch im *Vistamari* waren Touristen untergebracht; das Hotel gehörte zu einem halbstaatlichen Konzern und konnte notfalls vom Gouvernement requiriert werden.

Lydia Hsiang hatte einen kleinen Nebenraum reservieren lassen. Auf dem Weg durch den großen Speisesaal entdeckte Barakuda mehrere Wissenschaftler vom Laborschiff, die wie alle anderen auf das Ende der Quarantäne warteten.

»Gehen Sie voraus, Vito«, sagte er. »Mir ist gerade was eingefallen. Ich komme sofort nach.«

Er ging zu dem Tisch, an dem Arman Mugadisk saß, der Leiter des Laborteams.

»Gibt's was Neues, Barakuda?«

Dante schüttelte die Hand des Wissenschaftlers. »Noch nicht, vielleicht später«, sagte er. Die vielen Fragen, die vor allem um die Möglichkeit einer wissenschaftlichen und kommerziellen Nutzung bestimmter Substanzen kreisten, gehörten zu dem umfangreichen Katalog, mit dem sich das einzurichtende Kommissariat würde herumschlagen dürfen. »Ich habe nur eine Bitte. Können Sie mir einen Gefallen tun?«

Mugadisk nickte. »Natürlich. Ich bin froh, wenn ich überhaupt mal was tun kann. Warum nicht Ihnen einen Gefallen? Worum geht es denn?«

»Einer von meinen alten Freunden – Sie wissen schon, von der TraPaSoc – will nach dem Ende der Quarantäne mit seiner Freundin aus bestimmten Gründen weg. Jedenfalls vorübergehend. Nehmen Sie Passagiere mit?«

Mugadisk zwinkerte. »Nein. Aber Ihre Leute sind keine Passagiere. Wohin will er denn?«

»Weiß ich nicht genau. Wahrscheinlich zu irgendeinem Knotenpunkt, und von da weiter. Und hier haben zuerst mal die Evakuierungsschiffe Vorrang; bis der erste reguläre Liner auftaucht, wird es sehr lange dauern.«

»Ja klar. Sagen Sie den beiden, sie sollen einfach mal zum Schiff kommen.«

Sie hatten einander ein halbes Jahr nicht gesehen. Dante fand Lydias Händedruck leicht und kühl, wie immer; daß ihr kurzes Kraushaar noch immer aschblond war, wußte er seit dem Objektbrief. Seines war längst völlig grau. In dem feingeschnittenen, ovalen Gesicht mit den ausgeprägten Backenknochen glaubte er einige neue Linien zu sehen.

Zunächst redeten sie über Belanglosigkeiten; erst beim Dessert kam die Gouverneurin zum Thema.

»Dante, ich werde Ihnen gleich einige Papiere vorlegen. Wenn wir beim Kaffee angekommen sind. Ich bitte um konzentriertes Überfliegen. Zu den einzelnen Punkten können Einwände erhoben oder Ergänzungen gemacht werden. Die Hauptfragen stellen sich erst im Anschluß daran, weil Kenntnis der Unterlagen nötig ist, um die Fragen überhaupt beraten zu können.«

Während er las, unterhielten sich Hsiang und Ataratz leise über Organisationsprobleme. Eine Kellnerin brachte weiteren Kaffee und gaianischen Brandy; einige wichtige Dinge waren während der Quarantänezeit mit unbemannten Booten nach Cadhras gebracht worden. Medikamente und Schnaps gehörten dazu.

Die ersten Bögen behandelten die Organisation des ›Exodus‹. Jemand, vermutlich die Gouverneurin, hatte an alles gedacht, bis hin zur Anzahl der benötigten Decken in den Zeltlagern. Barakuda fand keine Lücke im Plan. Ähnliche Themen – schrittweiser Abbau von Einrichtungen etc. – fanden sich auf den meisten anderen Papieren.

Endlich kam er zum wichtigsten, dem Entwurf eines Statuts für das Kommissariat. Demnach sollte der Kommissar Botschafter des Commonwealth auf Shilgat sein und Residenten/Vertreter in den wichtigsten Shilgebieten unterhalten, »nach Lage, Art und Umfang in der Tradition des Protektorats«. Das bisherige Autonome Territorium erhielt für eine Übergangszeit von zunächst 50 Jahren einen Sonderstatus; in den nur oder überwiegend von Shil bewohnten Gegenden *konnte* der Kommissar von den Heilern und Häuptern konsultiert werden, in den gemischten oder vor allem von Cadhrassi bewohnten Gegenden *mußte* der Kommissar die Heiler und Häupter konsultieren. Cadhras und Umgebung erhielten den widerruflichen Status einer Commonwealth-Exklave ohne eigene Souveränität; unter weitestgehender Übernahme bisher bewährter Einrichtungen sollte dort modifiziertes, näher zu bestimmendes Commonwealth-Recht gelten. Der Kommissar würde in Cadhras gleichzeitig eine Art Regierungschef mit Sondervollmachten sein (der Entwurf verwendete, bürokratischen Prinzipien gehorchend, antikes Wortmaterial: »… dem jeweiligen Lordkanzler des Commonwealth gegenüber persönlich verantwortlicher Vogt …«). Eine Stadtversammlung konnte gewählt werden, die drei Berater ins Kommissariat bzw. in die Vogtei entsenden würde; drei weitere Berater sollten die Shil-Häupter stellen.

Ferner hatte der Kommissar die wesentlichen Maßgaben des Shilgat-Abkommens einzuhalten, insbesondere die Abschirmung des Planeten gegen jeden Kultur- und Technologietransfer; dazu erhielt er die alleinige Aufsicht über den Raumhafen, die Funkstation, den Meiler und den Rechner sowie sonstige ›relevante technische Einrichtungen‹. Zur Durchführung der nötigen Maßnahmen und Aufrechterhaltung der Ordnung *konnte* eine Freiwilligentruppe aufgestellt werden, die in verschiedenen Abteilungen alle nötigen Bereiche (»Verkehrsaufsicht zu Wasser, zu Lande und in der Luft; Ermittlungs-, Verfolgungs- und Vollzugsmaßnahmen im Rahmen des örtlichen Rechts; Sicherung der geographischen und rechtlichen Grenzen des Kommissariats …«) kontrollierte; diese *durfte* nicht mehr als 500 Mitglieder umfassen (»ohne Verwaltungs- und Nebenpersonal«). Die ›Kommissariatsmiliz‹ sollte über Funk, Gleiter, Schnellboote ›und ortsübliche Verkehrsmittel wie Pferde etc.‹ verfügen, außerhalb des Kommissariatsgebiets nur mit Zustimmung und auf Anforderung der Shil-Häupter eingesetzt werden und ›nur in Notlagen‹ Handwaffen verwenden.

Die übrigen Papiere betrafen Finanzielles; es ging da um Budgetgestaltung, Schuldenübernahme durch die Lordkanzlei, Entschädigungs- und Subventionszahlungen … Barakuda verzog das Gesicht. Wichtig und verständlich hierbei war ihm nur der Passus, der dem Kommissariat und der Stadt Cadhras Zoll- und Steuerhoheit nach bisher für Gouvernement und Territorium üblichen Bedingungen einräumte; aus den Einnahmen, die sparsam zu verwalten seien, sollten nach und nach die von der Kanzlei übernommenen Schulden abgezahlt werden.

»Ich glaube, damit können hier alle leben.« Dante schob die Papiere über den Tisch. »Im Prinzip ändert sich nicht viel – außer den Benennungen. Und ein paar politischen Bestimmungen, die aber, wie ich unsere Leute und die

Shil einschätze, keine großen Veränderungen bringen werden.«

Ataratz wiegte den Kopf. »Abgesehen von der Eingewöhnung. Umgewöhnung. Neugewöhnung. Oder wie immer man es nennen will. Jedenfalls gibt es weder vom Commonwealth her noch seitens der Shil Beschränkungen für Handel und Tourismus, die über das bisher Übliche hinausgehen.«

Lydia Hsiang spielte mit einem Stift; Barakuda ertappte sich dabei, daß er die schlanken schmucklosen Finger aufregend fand.

»Ein paar Dinge sind zu klären«, sagte sie. »Dafür hätten wir gern Ihren Rat, Dante.«

»Es fehlt auch noch was«, sagte Barakuda. »Schulen, ärztliche Versorgung und so weiter im bisherigen Territorium können ja unter den neuen Umständen weitergeführt werden, auch das Hospital hier. Aber was ist mit Huasiringa, zum Beispiel, und dem Hotel da, oder mit den Schulen und der Akademie auf Corilia?«

Ataratz machte »Ts, ts, ts!«

»Das steht in den Finanzteilen, die Sie hoheitsvoll überlesen haben.« Die Gouverneurin lächelte. »Geht alles weiter wie bisher und untersteht dem Kommissar, mit gewissen neuen Bestimmungen über die Finanzierung und die Einspruchsmöglichkeiten der Shil.«

»Entschuldigung.«

»Bitte sehr. – Es stellt sich jetzt das Problem der Ämterbesetzung, der Dauer der Amtszeiten und so weiter.«

»Welche Vorstellungen haben Sie denn dazu?«

Hsiang legte den Stift beiseite und nahm den Brandyschwenker in die Hand. »Wahl- oder ernennungsabhängige Ämter wie bisher. Also fünf Jahre für den Kommissar, wie bisher für den Gouverneur. Notstand ausgenommen.« Sie lächelte.

Dante überlegte. »Man sollte«, sagte er dann langsam, »nein, man muß, glaube ich, festschreiben, daß die nicht rein technischen Spitzenpositionen von Leuten besetzt werden, die mindestens zehn Jahre lang auf Shilgat gelebt haben. Für den Operator des Rechners oder den Leiter des Raumhafens ist das nicht so wichtig, aber für alle, die mit Menschen zu tun haben.«

Ataratz nickte.

Hsiang nahm einen Moment lang die Unterlippe zwischen die Zähne; sie waren weiß und regelmäßig. »Was halten Sie davon, jeweils etwa die Hälfte der Stellen im Kommissariat von Leuten aus dem Commonwealth zu besetzen? Also Leuten, die hier nicht unbedingt jahrzehntealte Familieninteressen zu vertreten haben?«

Barakuda stimmte zu. »Das heißt, es müßten praktisch sofort junge Leute von Gaia geschickt werden, die dann in zehn Jahren Sekretäre oder Abteilungsleiter werden können.«

»Richtig.« Hsiang notierte etwas, machte dann eine lange Pause, in der sie aus dem Fenster schaute. Abgetakelte Clipper, die zu lange keine Touristen mehr für Kreuzfahrten oder Passagen nach Huasiringa an Bord gehabt hatten, schaukelten auf der trägen Dünung.

»Kommen wir zum Kern. Die Spitzenämter, für den Übergang.«

»Ja. Bis eine neue Stadt-*asambli* gewählt ist und ihrerseits die Leute bestimmt, die sie haben will, sollten die bisherigen Amtsträger im Dienst bleiben, finde ich. Also der Oberste Richter, der ja wohl bleiben will, und die diversen Abteilungsleiter der bisherigen Territorialadministration. Vito, Sie natürlich als Chef der aufzubauenden Miliz. Glückwunsch überhaupt dazu, daß Sie es durchgesetzt haben.«

Ataratz lächelte. »Ja. Ich bin sehr froh. Maximal fünfhundert Leute, das heißt, daß ich einen Teil der Gendarmerie unterbringen kann. Ein paar werden Shilgat verlassen, ein paar andere scheiden ohnehin aus Altersgründen demnächst aus. Es wird nur halb so schlimm, wie ich befürchtet hatte.«

»Was haben Sie vor, Lydia?«

»Wollen Sie mich für das Kommissariat vorschlagen?« Sie lachte. »Darauf läßt sich Gaia niemals ein.«

»Wenn Gaia sich darauf einließe ...«

Sie wurde ernst. »Nein. Der Planet ist mir zu sehr ans Herz gewachsen. Wenn ich noch länger bleibe, komme ich nie mehr von Shilgat los. Es wird so schon schwer genug werden.«

»Sie wollen also gehen?«

»Ja.«

Barakuda sah sie nachdenklich an. Mehr als einmal hatte er, hatten andere gesagt, daß man aus solchem Material keine Provinzverwalter, sondern Lordkanzler machen sollte. Lydia Hsiang war die beste Person auf dem Gouverneursposten gewesen, die Cadhras je gesehen hatte. Ein Satz der schlanken, beherrschten Frau fiel ihm wieder ein: »In meiner Familie geht man zuerst zur Flotte und dann in die Politik.« Er erinnerte sich undeutlich an Lektüre seiner Jugend, Schulbücher und historische Abhandlungen. Ein Hsiang hatte noch während der Wirren Jahrhunderte, vor Gründung des Commonwealth, von Gaia aus ein verzweigtes Handelsimperium aufgebaut, den Grundstock des Familienvermögens erwirtschaftet und nebenbei auch daran mitgewirkt, Gaias ökonomische Bedeutung so groß zu machen, daß diese Welt später zum Kern des Commonwealth wurde und praktisch die Nachfolge der abgewirtschafteten Erde antrat. Händler, Offiziere – das Landungsunternehmen auf Tartagal, bei dem Barakuda verwundet worden war, hatte ein Konteradmiral Hsiang geleitet –, hohe Beamte, Politiker ...

»Haben Sie eigentlich sowas wie einen Familiensitz, Lydia?«

»Mehrere.« Ihre Augen verschleierten sich für einen Moment. »Zum Beispiel an der Bucht von Nuzuarán und über dem Tastego-Tal.«

Barakuda pfiff leise. Während seiner Zeit in Atenoa hatte er natürlich versucht, die Hauptwelt des Commonwealth näher kennenzulernen. Das Tastego-Tal war eine phantastische Wildnis in zweieinhalbtausend Meter Höhe, überragt von den Schneeriesen des Gaialaya; und Nuzuarán, etwa 200 Kilometer südwestlich von Atenoa, wurde auch ganz schlicht ›Paradies‹ genannt: 80 Kilometer Sandstrand zwischen zwei felsigen Vorgebirgen mit kleinen Fischerdörfern, dezenten Hotels und Bungalows und mehreren alten Palästen, alles vom Rest des Hauptkontinents abgetrennt durch ein Naturschutzgebiet aus Bergen, Farndschungeln und Palmwäldern mit seltsamen Tieren und Pflanzen, und abgerundet durch einen verzauberten Archipel kleiner Inseln mit Tiefseegrotten und Atollen. Eine Gegend, in der es nur ewigen Wechsel zwischen Frühling und Herbst gab und die beiden extremen Jahreszeiten unbekannt waren.

Ataratz nickte versonnen. »Ich habe mal Bilder gesehen«, sagte er.

Hsiang klopfte auf den Tisch. Energisch sagte sie: »Zur Sache. Haben Sie einen Vorschlag für das Kommissariat?«

Dante schwieg. Im Geist sortierte er Kandidaten: Maretha Lunz, die ehemalige Oberste Richterin, nun eine uralte weise Frau – nicht mehr belastbar; Ubang Thang, früher einmal Obmann des Territoriums – Choleriker und Verfechter einer Technifizierung des Isthmus; Elis Baramky, die jetzige Obfrau; er ging Beamte durch, Händler, Lokalpolitiker ...

»Wie wär's eigentlich mit Ihnen?« Ataratz sah ihn lauernd an, und plötzlich begriff Dante, daß dieser Vorschlag die ganze Zeit im Kopf des alten Präfekten gekreiselt war.

»Ich?«

»Ja. Sie kennen alle Probleme des Planeten und der diversen Bevölkerungsgruppen; Sie haben Erfahrung im Umgang mit administrativen und politischen Komplexen; Sie sind von allen in Frage kommenden Leuten der einzige, dessen Ernennung alle Shil zwischen Sa'orq und Vagaván sofort zustimmen werden ...«

Dante hob die Hand. »Moment mal. Langsam.« Er war doppelt verblüfft – darüber, daß man ihn ernsthaft vorschlug; und darüber, daß er über diesen Vorschlag verblüfft war. Er hätte eigentlich damit rechnen müssen.

»Was Moment? Was halten Sie davon?«

Barakuda schüttelte den Kopf. »Vito, Vito. Das hätten Sie mir aber drüben auch schon sagen können. – Meine Antwort ist schnell und einfach: Nein.«

Ataratz blickte beinahe vergrämt; als Dante Hsiangs Augen suchte, fand er ein völlig ausdrucksloses, verschlossenes Gesicht.

»Dürfen wir trotzdem nach Gründen fragen?« sagte sie.

Dante nickte heftig. »Natürlich. Es gibt genau zwei, und das sind zwei sehr gute Gründe. Erstens bin ich dafür nicht der Richtige. Erfahrung hin und her, aber der Kommissar braucht zwei Dinge, die ich nicht habe – Diplomatie und maßlose Geduld. Ich ... ach, egal. Und zweitens weiß ich nicht, ob ich bleibe.«

In diesem Moment öffnete sich die Tür zum kleinen Raum. Tremughati trat ein. Die ehemalige Fürstin der Banyashil drückte Ataratz die Hand, umarmte Lydia Hsiang und küßte Barakuda. Die Olivhaut war noch immer glatt, das schwarze Feuer der Augen ungedämpft, und selbst im Konferenzraum des noblen *Vistamari* wirkte sie in ihrer schlichten Lederkleidung aus der Steppe wie eine Regentin.

»Wo ist Gortahork?« sagte Ataratz.

»Er wird kommen.« Tremughati lächelte alle an und setzte sich neben Dante. »Er redet mit einem alten Heiler, der am Raumhafen auf uns gewartet hat.«

»Woher wußte ...« Ataratz hustete und verstummte. Die Häupter und Heiler der Shil waren sämtlich schwache Tele- beziehungsweise Empathen.

»Hast du Hunger, Schwester und Freundin?« Lydia Hsiang verwendete Banyashilgu.

Tremughati winkte ab. »Das kann warten, bis Gortahork kommt. Wir werden zusammen essen. Und zusammen bereden, was zu bereden ist.«

Gortahork erschien wenig später. Auch er trug einfache Steppenkleidung; auch er schien unverändert, bis auf die Hakennase, die noch schärfer geworden war.

»Ihr seid natürlich meine Gäste im Palais, solange ihr wollt«, sagte Hsiang. Sie strahlte die beiden an.

Ataratz und Dante wechselten einen Blick; Tremughati sah es und lächelte.

»Wir sollten zur Sache kommen«, sagte sie auf Galaktein. »Der Schreibtisch des Präfekten biegt sich unter dringenden Papieren.«

Ataratz verneigte sich im Sitzen.

»Das Wichtigste zuerst«, sagte Gortahork. »Ihr sucht einen guten Nachfolger für dich, Lydia, oder? Wie soll er heißen – Kommissar? War es so?«

»So ist es.«

Der frühere Fürst des Nordens und ›Vater aller Banyashil‹ ergriff Lydias Hand und nahm sie zwischen seine Pranken; dabei sah er ihr in die Augen. »Freundin und Schwester, du wirst uns verlassen, und das macht uns traurig. Wer soll deinen Platz in unseren Herzen ausfüllen? Wer soll je vergessen, was die Völker von Shilgat dir verdanken? Und wer könnte je den Platz der Hüterin einnehmen?«

Erstaunt und gerührt sah Barakuda Lydias Augen feucht werden. Sie blinzelte; dann neigte sie sich über Gortahorks rechte Hand und küßte sie.

Der große kluge Mann legte den Arm um die Schulter der Gouverneurin. Er streichelte sie, und Tremughati nickte lächelnd. »Und du, Bruder und Bärenjäger?« sagte Gortahork.

Barakuda hob die Schultern und schwieg.

Tremughati warf ihm einen beinahe spöttischen, gleichzeitig liebevollen Seitenblick zu. »Er weiß nicht, ob er bleiben oder gehen soll. Und er meint, daß er nicht würdig und geeignet ist, den Platz von Lydia Hslang einzunehmen.«

»Wie wahr.« Gortahork grinste. »Seit wann kennst du deine Grenzen, Freund?«

Tremughati schloß die Augen und legte eine Hand auf Dantes Arm. »Sarela ist zu jung«, sagte sie halblaut. Traurig setzte sie hinzu: »Und Saravyi, der sie liebte und leitete, ist nicht mehr bei uns.«

Dante zwinkerte; tatsächlich hatte er eben daran gedacht, Sarela McVitie vorzuschlagen.

Gortahork spitzte die Lippen. »Ich weiß was.« Tremughati nickte.

Ataratz blickte verwirrt von einem zur anderen.

Hsiang runzelte die Stirn; dann nickte sie ebenfalls. »Erfahrung, Zuverlässigkeit, Diplomatie – auch wenn er sein Licht für dunkel hält.«

Barakuda kicherte. »Armer Vito. Was halten Sie von Kommissar Ponce Maqari?«

Aus: Geschichte des Protektorats, *Sargon Pfysh, Cadhras, 491*

»... Auch in Gashiri hieß ›Anarchie‹: ›Niemand soll herrschen – außer mir/uns.‹ Die genauen Herrschaftsstrukturen sind jedoch bis heute ebenso unbekannt wie die eigentlichen Kernthesen der AV-Ideologie. Archive, Bibliotheken etc. wurden in den Tagen des Untergangs gezielt von Kommunarden zerstört; erhaltene Texte sind meist wirre Sekundär- oder Tertiär-Auslegungen, die das in ihnen Kommentierte als bekannt voraussetzen und wegen der erratischen Denkverfahren Rückschlüsse selten zulassen. So verrät uns z. B. die erhaltene Stele der Wahren Wirklichkeit in Gashir, daß Realität eine Funktion ihrer Definition sei, festgelegt durch die Gemeinschaft; damit wissen wir aber weder, was genau unter ›Realität‹ verstanden wurde, noch wie ein Definitionsvorgang aussah, noch wer letzten Endes definierte ...

Ähnlich unproduktiv war die Befragung der Überlebenden, immerhin etwa 80 Prozent der Bevölkerung. Entweder befanden sich unter ihnen tatsächlich keine Primärinformierten, oder wenn doch, so zogen sie es vor, Identität, Funktion und Kenntnisse zu verheimlichen.

... Allerdings können die wenigen bekannten Fakten erhellen, weshalb es nicht einmal eingeschleusten Agenten des Gouvernements gelang, substantielle Informationen über die innere Beschaffenheit ... zu erhalten ...

Basis war ursprünglich ein agrarischer Urkommunismus. Alles gehörte allen bzw. der jeweiligen Kommune; in Abstimmung mit anderen Kommunen legten die Kommunarden fest, welche Leistungen bzw. Erträge für das Überleben der Union notwendig/unabdingbar waren. Diese Leistungen wurden nicht entlohnt; Nahrung, Kleidung, medizinische Versorgung, Unterbringung in Gemeinschaftsunterkünften, Schulung, ideologische Ausbildung usw. waren kostenlos und standen jedem zu ... Über dieser ›Pflicht-Basis‹ entwickelte sich mit der Zeit ein ›Lust-Überbau‹: spezielle Nahrungswünsche, besonderes Bettzeug, nicht unbedingt im Sinn der Kommune notwendige Reisen und dergleichen waren gegen Bezahlung erhältlich; bezahlt wurden aber lediglich Übererfüllungen des Leistungssolls. Der Einfachheit halber verwendete Gashiri, das über Mischlinge verdeckten Handel mit Teilen des Südkontinents betrieb, für diese ›Lust-Löhne‹ Foldarmünzen aus diversen Shil-Gebieten.

Ähnlich verhielt es sich mit städtischen Aspekten, Dienstleistungen, Handwerk etc. Jedem standen Stiefel zu; der Stiefelmacher konnte jedoch, nach Erfüllung seines Pflichtsolls, besonders geschmückte Stiefel herstellen und diese verkaufen, statt sie abzugeben …

Kennzeichnend für die Arbeitsweise der unterschiedlichen Kommunen war die sogenannte ›Funktionshierarchie‹, mit der das Problem einer in der strikten Anarchie nicht vorgesehenen, bisweilen jedoch nötigen Leitung gelöst wurde. An Bord eines Schiffes gab es natürlich einen Kapitän; das Amt bestand, aber die Besetzung rotierte – jeden Tag trug ein anderes Mitglied diese Verantwortung.

Auch in der Miliz, bei den ›Ordnern‹, die sowohl Militär als auch Polizei waren, wurden Ränge so besetzt …. Für eingeschleuste Agenten aus Cadhras bedeutete dies zweierlei: Erstens hatten sie sich allenthalben unausgesetzt in die Kommunen und die Funktionshierarchie einzupassen, es gab auch für sie keinerlei Zurückgezogenheit; zweitens verfügten in den zugänglichen Bereichen von Land und Gesellschaft alle über die gleichen unzureichenden Kenntnisse.

Die eigentliche ›Führung‹ der Union blieb völlig anonym; es ist nicht einmal sicher, ob nicht über den theoretisch bekannten Gruppen der ›Kontrolleure‹ und ›Hochkontrolleure‹ noch weitere Eliten existierten. Unbekannt ist ferner die genaue Aufgabenverteilung unter den beiden genannten Gruppen; die Annahme, daß die Kon*trolleure alles kontrollierten, was den Ordnern entzogen war, und daß die Hochkontrolleure ihrerseits die Kontrolleure kontrollierten, ist wahrscheinlich, aber unbeweisbar.*

Ein seltsames Phänomen hierbei war die sogenannte ›Rea-

litätsverfälschung‹ und ihre Ahndung. Wie erwähnt war Realität eine Frage ihrer Definition; Realitätsverfälschung demnach die Behauptung einer andersartigen Realität. Ein sehr grobes Beispiel: Die anonymen Höchsteliten beschließen, ›rot‹ sei fortan ›grün‹. Im Ort A lebt ein Kommunarde X, der an ›grün‹ festhalten will; er verfälscht die Realität und ist zu bestrafen. Aber nicht nur er – aus den umfassenden (und verlorenen) Dossiers der Hoch-/Kontrolleure ergibt sich, daß in B ein Mensch Y vielleicht an dieser Realitätsverfälschung interessiert sein könnte, wenn er davon erführe. Also wird Y vorbeugend behandelt … Grundlage der ›Behandlung‹ (Wahrwäsche *genannt) war die These von der atavistischen, individuellen* persona *und der fortentwickelten, kommunen* persona. *Durch ›Wahrwäsche‹ wurde die kommune* persona, *soweit vorhanden, zerstört und neu geformt; hierbei sollten atavistische Reste der subkommunen Ur-*persona *automatisch vernichtet werden.*

… Neben Kontrollerwägungen war für das Prinzip, daß sexuelle Begegnungen nur in Gruppen mit ungeraden Teilnehmerzahlen geschehen durften, eine seltsame Phobie wesentlich: ›Spiegel und Kopulation sind abscheulich, denn sie vermehren die Illusion‹, wie es – ebenfalls auf der Stele der Wahren Wirklichkeit – heißt. Kontrollierte Fortpflanzung in dunklen, anonymen Zeugekammern sollte den Fortbestand der Gemeinschaft sichern; bei den quasirituellen ›Begegnungen‹ in Gruppen war der heterogenitale Zeugungsakt verboten … Über den Ursprung der Phobie bzw. Doktrin lassen sich nur Mutmaßungen anstellen. Zu striktem Vegetariertum, agrarischem Urkommunismus, anarchischer Funktionshierarchie mit Besetzungsrotation kamen jedoch noch zwei Aspekte, die vielleicht einen Zusammenhang mit der Phobie erschließen lassen: die beiden übrigen Elemente des Namens Anarchovegetarische Union der Ungläubigen Transzendentalisten. *Die AVs bekannten sich zu einem (von der Definition der Realität abhängigen) Materialismus; in ihrem Weltbild gab es keine Götter oder sonstigen höheren Instanzen. Die faßbare Realität von Erde, Wasser, Kopulation und Individuen galt ihnen jedoch als widerwärtig, als ›neu zu definieren‹, somit als zu überwinden. Sie scheinen davon überzeugt gewesen zu sein, daß ab einem bestimmten*

(eher: vagen?) Entwicklungsstand der Kommune und aller kommunen personae *eine Entmaterialisierung in eine gemäß Wunschvorstellungen definierte Überrealität möglich sei – Weiterentwicklung zu einem Geistwesen, einem Überkollektiv, einer Superintelligenz. Hierzu bedurfte man einer möglichst großen Anzahl von Kommunarden – deshalb die Zeugekammern. Individueller Selbstmord galt, wie alles individuelle, als verwerflich; gleichzeitiger kollektiver Selbstmord, unter normalen Umständen undurchführbar, als höchstes Ziel. Und vielleicht waren die Seuchen, die die AVs über Shilgat kommen ließen, nur Vorspiel für den eigenen ›Übergang‹ ...«*

VIII

Aus Gründen, über die sie schwiegen, wollten Tremughati und Gortahork nicht länger als drei Tage in Cadhras bleiben. Ihr Aufenthalt im Palais der Gouverneurin auf dem Küstenhügel nördlich der Ylagas-Mündung sorgte dafür, daß auch Dante dort viele Stunden verbrachte. Wenn sie zu viert waren, kehrten Dante und Lydia Hsiang natürlich zum Du zurück, gleich ob man Galaktein oder Banyashilgu sprach, und ebenso natürlich kam es zu einer gewissen Annäherung.

Er fand nie heraus, ob Gortahork gewisse Dinge in Gang bringen wollte, als der ehemalige Fürst am Abend vor der Abreise plötzlich sagte: »Bärenbruder, willst du uns nicht in die Steppe begleiten? Wenigstens für den Flug?«

Barakuda hatte sich bisher nicht um die Einzelheiten der Rückreise gekümmert. »Was ist vorgesehen?«

Hsiang warf Gortahork einen schrägen Blick zu. »Ich wollte meine diplomatischen Abschiedsbesuche beenden«, sagte sie langsam. »Arameq und Golazin fehlen noch, und Vagaván. Und die Fürsten des Nordens. Außerdem ein paar Inseln im Lysangrischen Ozean. Ich habe bisher erst Pangotik und Südkontinent erledigt. Ich wollte unsere Freunde morgen in der Steppe absetzen und dann nach Arameq fliegen.« Sie zögerte. »Dante, es wäre mir lieb, wenn du mich begleiten wolltest. Du kennst dich besser aus als ich und kannst mir helfen. Beim Fliegen können wir uns abwechseln; der Pilot, der mich auf der ersten Runde begleitet hat, war sehr einsilbig.«

Barakuda entschloß sich schnell. In Cadhras gab es nichts für ihn zu tun; er würde vielleicht nie wieder die Chance bekommen, mit dem Gleiter über den Nordkontinent zu reisen und alte Bekannte zu besuchen. Dem, was er bei sich das ›Emotio-Risiko‹ nannte, fühlte er sich gewachsen, so oder so.

Sie verließen Cadhras bei Sonnenaufgang. Entscheidungen waren in den nächsten Tagen nicht zu fällen; die Vorbereitungs-Routine konnten die Beamten des Gouvernements abwickeln, und Maqari, der zuerst gezetert, dann angenommen hatte und innerhalb weniger Stunden per Hyperfunk von der Lordkanzlerin bestätigt worden war, würde mit den Übrigen im Krisenrat für alle Notfälle zur Verfügung stehen.

Kurz nach Mittag erreichte der leichte schnelle Gleiter die Bärenberge und das Lager des Stammes, bei dem Tremughati und Gortahork seit Jahren ihr Zelt hatten. Sie tranken heißen Tee und aßen P'aodhu-Fleisch; dann brachen Lydia und Dante auf, Richtung Arameq. Bei Sonnenuntergang landeten sie auf einem kleinen Plateau in den östlichen Sintul-Bergen, da beide müde und hungrig waren. Barakuda, der die Möglichkeiten der winzigen Bordküche besser kannte, bereitete ein bescheidenes Nachtmahl.

Die Konstrukteure hatten alle Eventualitäten bedacht. Mit wenigen Handgriffen ließen sich die Bänke zu Pritschen umwandeln. Auf Knopfdruck sprang ein Rahmen aus dem Boden; er trug eine dünne Leinwand, die den Gleiter teilte. Barakuda nahm die vordere Hälfte, neben den Kontrollen.

Nachdem er eine halbe Stunde durch die transparente Kuppel gestarrt und Sterne gezählt hatte, stand er auf, zündete eine Zigarette an und füllte zwei Gläser mit Sampawein. Die Heizung des Gleiters arbeitete; unter der Kuppel war es warm. Er hörte hinter sich ein Geräusch, als Lydia Hsiang die Trennwand wieder versenkte.

»Das ist ja lächerlich«, sagte sie halblaut. Als sie sah, daß Dante zwei Gläser gefüllt hatte, lächelte sie und streckte die Hand aus.

Morgens trafen sie in Arameq ein. In Begleitung des Residenten von Cadhras verbrachten sie den größten Teil des Tages in der Reuse, mit Ubba-bul, dem Fischfisch, und den meisten Kiemen.

Am Spätnachmittag brachen sie wieder auf. Dante fand vor Sonnenuntergang ein Plateau in den westlichen Sintul-Bergen. Nach dem folgenden Besuch in Golazin übernachteten sie auf einer unzugänglichen Felskuppe in der verschneiten Steppe.

In Vagaván besuchten sie die Blutgräfin; anschließend probierten sie in der Residenz, im 23. Kellerraum, die Schlüssel aus, die Dante mitgebracht hatte. Nur einer paßte in eines der 23 Schlösser der 23eckigen Steintür. Die Residentin bat sie zu bleiben, aber mit dem Hinweis auf die knappe Zeit brachen sie nachmittags noch auf.

Am nächsten Nachmittag erreichten sie wieder das Lager der ehemaligen Fürsten. Dort blieben sie fünf Tage. Ohne ein Wort darüber zu verlieren, hatten Tremughati und Gortahork ihnen ein Zelt mit einem breiten Lager aus Fellen und Decken neben ihres stellen lassen.

Am zweiten Tag, nach langem Ritt durch ein Tal mit eisüberzogenen Geisterbäumen, redeten sie wieder von der Zukunft des Isthmus und des Planeten. Hsiang notierte genaue Einzelheiten einer Vereinbarung mit den Häuptern und Heilern, für die Gortahork gesorgt hatte.

»Zwanzig Pfund Taumeltang und zehn Pfund *alangra* pro Shilgatjahr zur Verarbeitung und Forschung. Die Nutzung hat in Cadhras stattzufinden; nur fertige Produkte dürfen den Planeten verlassen. Taumeltang wird von Heilern in Cadhras geliefert; *alangra* ist per Gleiter bei bestimmten Heilern in Bu'ndai zu holen. Die mit Forschung und Herstellung befaßte Firma untersteht der Kontrolle des Kommissariats und der Shil-Berater des Kommissars; Häupter und Heiler der Shil sind zu sechsundzwanzig Prozent beteiligt, das Kommissariat ebenfalls zu sechsundzwanzig Prozent. Richtig, Gortahork?«

Gortahork nickte. »So kann Mißbrauch verhindert werden, ohne den Nutzen zu mindern. – Bärenbruder, bei *alangra* denke ich an Gashiri. Wir haben bisher nicht gründlich genug über das geredet, was sich bei Golgit ereignet hat.«

Barakuda lehnte sich zurück, stützte einen Ellenbogen

auf den Stapel von Pelzen und berichtete, sachlich und ohne erkennbare Gefühle.

Gortahork stellte mehrere Zwischenfragen, die vor allem den genauen Zeitpunkt betrafen, zu dem an Bord des Boots bestimmte Dinge laut oder leise gesagt worden waren.

Tremughati und Lydia wechselten Blicke. Die beiden schönsten und seit Saravyis Tod klügsten Personen des Planeten schienen in die gleiche Richtung zu denken. Tremughati überließ es Lydia, den Gedanken auszusprechen.

»Es ist das erste Mal, daß ich die genauen Einzelheiten höre«, sagte sie. Sie wiegte den Kopf. »Ganz offensichtlich hat man euch abends vom Ufer aus belauscht und dabei Saravyis Satz über Dinge unter Banyadir gehört – was immer er damit gemeint hat. Die Verabredungen für den nächsten Tag – daß jemand nach Golgit reitet und so weiter –, die habt ihr schon auf dem Fluß getroffen und nicht mehr beredet, als ihr am Ufer lagt?«

Barakuda nickte stumm.

Gortahork warf ein: »Nachts, wenn die Posten aufmerksam sind, sollte man einen Feind nicht angreifen. Erst am Morgen, wenn das Tageslicht die Wachsamkeit der Nacht vertreibt.«

Dante hob die Schultern. »Ja, sicher. Sie haben vermutlich eine Stunde, nachdem wir aufgebrochen waren, angegriffen – während an Bord Frühstück vorbereitet wurde und keiner mehr besonders auf die Umgebung geachtet hat. Aber was ist daran so wichtig?«

»Daran nicht.« Tremughati rollte sich auf den Bauch und stützte das Kinn auf die Hände; ihre Augen sprühten schwarzes Feuer. »Aber Saravyis Rede über Dinge unter Banyadir... Angenommen, Shevshan hat diesen Satz gehört. Oder, wenn er nicht selbst am Ufer war: angenommen, man hat ihm davon berichtet?«

»Er war sicher selbst dort.« Gortahork schloß die Augen. »Etwas unter Banyadir... Du sagst, Saravyi war zuletzt in Sa'orq, in den Archiven?«

»Ja. Er hat aber nicht gesagt, weshalb; auch nicht, ob er neue Dinge entdeckt hat.«

Gortahork stand auf. »Einen Moment.« Er warf einen Fellmantel über seine Schultern, stülpte eine Kappe auf sein schwarzes Haar und verließ das Zelt.

»Was hat er vor?« Dante sah Tremughati fragend an.

Sie antwortete nicht.

Im Zelt war es still. Wenn jemand sich bewegte, raschelten die Pelze; das Feuer knisterte, und der Teekessel zischte leise. Dante hörte Lydia atmen, dicht neben ihm. Draußen, auf der verschneiten Steppe, wehte eisiger Wind, der manchmal an einem der nahen Zelte zerrte und flappende Geräusche verursachte.

Stimmen waren zu hören; dann näherten sich knirschende Schritte im Schnee, und Gortahork trat wieder ein. Er streifte Kappe und Umhang ab, ließ sich neben Tremughati auf das Pelzlager sinken und griff nach dem Teebecher. »Du hättest es uns früher sagen sollen, Bärenbruder«, murmelte er.

»Was?«

»Alles. Vor allem Saravyis Rede über Dinge unter Banyadir. Shevshan ist also nicht mit den anderen, die ihr verfolgt habt, nach Norden geritten?«

»Nein. Er hat wahrscheinlich in Golgit den versperrten Zugang zur unterirdischen Bahn gefunden. Wohin er gefahren ist?« Er zuckte mit den Schultern. »Aber was ist das mit Banyadir? Es scheint euch ja zu beunruhigen. Wißt ihr mehr?«

Tremughati drehte sich wieder auf den Rücken und blickte zum Rauchabzug des Zeltes hinauf. »Sag es, Herr meines Herzens.«

Gortahork schwieg; er atmete schwer und tief. Dann richtete er die Augen auf Dante, Lydia, wieder Dante.

»Es gibt etwas unter Banyadir. Die Heiler und Häupter wissen wenig darüber – wenig Genaues. Ich weiß ein wenig mehr, denn ich bin einmal dort gewesen. Nicht weit, aber weit genug. Saravyi wußte, was ich weiß; vielleicht hat er in Sa'orq mehr gefunden. – Nein, ihr braucht nun nicht nach Sa'orq zu fliegen, um nachzusehen. Ihr würdet vermutlich nichts finden. Saravyi hat Jahre gebraucht, um den Schatz geheimen Wissens zu enträtseln und herauszufinden, wo welche Geheimnisse verborgen sind.«

»Ich habe schon einmal etwas dort gefunden«, sagte Dante mürrisch. »Warum nicht ein zweites Mal?«

Tremughati schien zu lächeln; ihre Stimme klang so, aber ihr Gesicht blieb im Dunkeln. »Die Taggabahn, *alangra,* die Bläser und Feuerspeier, das gehört alles zum Wissen der Heiler und Häupter, deswegen konnte man dir in Sa'orq sagen, in welchen Teilen des Labyrinths der Archive du suchen mußtest. Was unter Banyadir ist ... Es ist älter, viel älter, und was darüber im Labyrinth von Sa'orq zu lesen steht, und wo es zu lesen steht, das weiß keiner. Saravyi hat es wohl herausgefunden. Aber der Vater aller Shil ist tot. Und du würdest jahrelang suchen und vielleicht doch nichts finden.«

»Dann sagt uns, was ihr wißt.« Lydias Stimme klang bittend, aber es lag eine unverkennbare Schärfe in ihrem Ton.

Gortahork lächelte. »Hörst du?«

Draußen wieherten Pferde; Frauen- und Männerstimmen waren zu vernehmen. Dann Hufschläge, die leiser wurden und in Schnee und Ferne verklangen.

»Jägerinnen und Jäger der Banyashil werden die Zugänge zu den Tiefen von Banyadir bewachen. Ich hoffe, daß sie nichts finden.«

Tremughati setzte sich auf. »Man könnte«, sagte sie leise und langsam; die Wörter tropften; »von Golgit nach Gashiri unter der Erde fahren. Nicht ganz bis Gashiri, aber nahe heran. Wie ihr wißt. Dort könnte ein früher großer Mann aus Gashiri sehen, ob er in dem Durcheinander alte Mitarbeiter findet. Er wird sie finden. Mit diesen besteigt er ein Schiff und segelt über das Meer, das ihr Binnenmeer nennt. Er landet irgendwo zwischen Arameq und dem Norden des Isthmus und begibt sich durch das Land am Banyuli nach Norden, bis er die Berge von Banyadir erreicht. Diesen Weg würde ich nehmen.«

Dante stöhnte. »Schon recht, Fürstin. Aber was soll Shevshan dort? Was gibt es unter den Bergen?«

»Das weiß Shevshan nicht. Aber er weiß, wie wichtig und klug Saravyi war. Und wenn Saravyi sagt, unter diesen Bergen ist etwas, kann das für Shevshan durchaus reichen, um hinzureiten und nachzusehen. Und vergeßt nicht, er hat in Golgit mindestens einen Shil aus Sa'orq bei sich gehabt. Und in der Steppe und am Banyuli treiben sich noch immer Reste der Banditen herum; auch bei ihnen sind Shil, Ausgestoßene; vielleicht wissen diese Geächteten mehr, als uns lieb ist.«

Gortahork räusperte sich. »Habt ihr euch nie gefragt, womit unsere Vorfahren in der Zeit, als Shilgat das war, was ihr eine ›technisch fortgeschrittene Zivilisation‹ nennt, diese Technik gespeist haben?«

Lydia nickte sehr langsam.

Gortahork ließ sich auf den Rücken sinken und redete die Zeltkuppel an. »Die Gipfel von Banyadir sind die höchsten auf Shilgat. Sie sind der Sonne am nächsten. Der größte Berg ist der Ba'nzheyadar.«

»Neuntausendsiebenhundertelf Meter, nach unserer Rechnung«, sagte Barakuda. Er war jetzt hellwach.

»Er war einmal fast hohl. Es gab dort Kammern und Schächte, riesige Hallen und gewaltige Maschinen. Vieles wird in den Jahrtausenden verfallen sein, aber die Große Maschine, heißt es, war für die Ewigkeit.«

»Ewigkeit ist aber ein ziemlich langes Wort«, sagte Lydia.

»Vielleicht für die halbe Ewigkeit. Auf dem Gipfel des Ba'nzheyadar gab es – wie sagt ihr, Anta? Ah, Antenne. Es gab eine Antenne, und vielleicht gibt es sie noch. Diese Antenne zapfte *alle* Strahlen der Sonne an, nicht nur die, die man sieht und die Licht sind. Alle. Und die Große Maschine machte daraus das, was ihr Energie nennt. Genug, daß ganz Shilgat damit alles tun konnte, was zu tun war.«

Sie schwiegen lange. Schließlich sagte Dante heiser: »Wissen die *mûnaks* davon? Und gibt es diese Dinge noch immer?«

Tremughati schüttelte den Kopf. »Die wahnsinnigen Mönche von Banyadir wissen nichts davon. Der Ba'nzheyadar liegt im Südosten ihres Bereichs, umgeben von anderen hohen Bergen und Eiswüsten. Er ist von außen unzugänglich; man muß in die Eingeweide der Berge steigen, um zu ihm zu gelangen. Und die Eingänge sind von den Heilern versiegelt worden, lange ehe die Mönche nach Shilgat kamen.«

»Wenn aber die Eingänge versiegelt sind...« sagte Lydia.

Gortahork richtete sich auf und hob die Hand. »Nicht alle. In den Jahrtausenden haben sich kleine Berge bewegt, sind zerbrochen oder von Wind und Regen gesprengt worden. Deshalb gibt es am Fuß der Berge einige Höhlen, durch die man in die Labyrinthe unter den Bergen gelangen kann.«

Lydia blickte Dante an. »Was könnte passieren?«

Barakuda blähte die Wangen auf. »Pfff. Wenn die Antenne und die Leitungen, wie immer sie aussehen mögen, noch funktionieren, und wenn die Maschine noch existiert und in Gang gebracht werden kann... Sie wird, mit sämtlichen Nebenaggregaten und Nebenleitungen, eine gewisse Speicherkapazität haben. Denkbar wäre auch, bei den uns bisher bekannten Shil-Techniken der Vorzeit, daß es andere Möglichkeiten der Energieverwandlung gibt. Ich denke da an die ›Wandler‹, die Saravyi in Tag'gashir'dir eingesetzt hat. Vielleicht läßt sich der ganze Riesenberg aufladen und als eine Art Batterie nutzen. Möglich wäre alles. Aber irgendwann müßte die Sache dann überladen sein und hochgehen, weil die produzierte und verwandelte Energie nicht abgeleitet beziehungsweise abgegeben wird.«

»Großer Knall«, sagte Lydia leise.

»Ja. Aber – das ist alles hypothetisch. Wenn die Antenne noch existiert, wenn die Maschine noch funktioniert, wenn jemand den Eingang findet, wenn jemand vom Eingang durch das Labyrinth an die richtige Stelle kommt, wenn er dann weiß, wie das Ding in Gang zu bringen ist, und wenn er vorhat, die halbe Welt in die Luft zu sprengen ...«

Sie ließen ein Funkgerät zurück, für alle Fälle. Dann flogen sie nach Osten, südlich von Banyadir, über das Flachland am Banyuli, und hinaus auf den Lysangrischen Ozean. Nach einem Besuch beim Ältesten der Bilshil, die auf den Inseln des Pangotik und des Lysangrischen Ozeans lebten, setzten sie sich mit Cadhras in Verbindung. Dort gab es nichts, was eine sofortige Rückkehr erfordert hätte. Hsiang erfand weitere Besuche, und Dante studierte die Meereskarten.

Dank der geringen Achsneigung wichen die Jahreszeiten der Nord- und Südhemisphäre von Shilgat nur wenig voneinander ab; entscheidend war neben Luft- und Meeresströmen, Hoch- oder Tieflage einzelner Gebiete und Abschirmung durch Bergketten vor allem die nahezu elliptische Bahn des Planeten. Wenn er seinen sonnenfernsten Punkt erreichte, war überall auf Shilgat Winter; der Winter sah nur überall anders aus. Südlich des Äquators, fast 2500 Kilometer östlich von Kelgarla, fanden sie eine unbewohnte Insel in einer warmen Strömung. Dort blieben sie sieben Tage, bis ihr Proviant zu Ende ging.

Rückblickend erschien Barakuda die Zeit zwischen Start und Landung in Cadhras als hitziger Fiebertraum, zunächst unterbrochen durch die Besuche, später nur noch durch schweifende, immer wieder springende Dialoge. Sie redeten über alles – Geschichte, Literatur, Kunst, Politik, Musik, Shil-Sitten, Astronomie, Verwaltungsprobleme; sie stellten abstruse Theorien auf, über die sie immer wieder hemmungslos lachten. Sie führten lange Gespräche über einzelne Aspekte der wichtigsten Staats- und Gesellschaftsphilosophie des Commonwealth, der konfuzianisch beeinflußten Neuen Stoa, von der beide geprägt waren: Selbstdisziplin, Autonomie des Individuums, Diskretion, Unantastbarkeit des *essentiellen Kerns**, aktiver Fatalismus. Lydia und Dante genossen körperliche Intimität und intellektuelle Ähnlichkeit; diese schlossen aber Vertraulichkeit oder gegenseitige Invasion der Seele aus.

»Was wirst du auf Gaia machen?« sagte Barakuda während des Rückflugs. Der Autopilot hielt den Gleiter in geringer Höhe über dem Meer; die Ostküste des Isthmus war bereits zu ahnen.

Hsiang zupfte einen imaginären Faden vom Rock, an den sie sich erst wieder gewöhnen mußte. »Fünf Jahre hätte ich hierbleiben sollen.« Sie lächelte über etwas, das Dante nicht erraten konnte. »Siebeneinhalb sind es geworden. Mit all den Krisen und Noteinsätzen steht mir jetzt laut Reglement fast ein Jahr bezahlter Urlaub zu – Überstunden in Extremlagen, weißt du.«

»Und danach?«

»Das ist noch nicht entschieden. Nach den bürokratischen Spielregeln ist der Gouverneur von Cadhras einem

---

* Zentralbegriff der *Noastoa*, entwickelt von Dorji Dyogen Bahadur (87-161 CT), einem der wichtigsten gaianischen Philosophen. Der Begriff sucht die Irrationalität (Gefühle, metaphysisches Bedürfnis etc.) und ihre Bedeutung für Individuum und Gesellschaft durch definitorische Ausgliederung faßbar zu machen. Anders als in früheren ›strengen‹ Schulen wird dieser Komplex jedoch nicht abgewertet (»Beherrschung durch Geringschätzung ist Verdrängung«, D. D. Bahadur), sondern in seiner ganzen Tiefe und Verwicklung anerkannt. Von Bahadur und vor allem seiner Nachfolgerin am Peripatio in Atenoa, Ashme Zuvarov Chou (112-201 CT), wurden die verschiedenen Techniken der analytischen Meditation entwickelt, die erst die noastoische Selbstdisziplin ermöglichen: »Nur Erforschtes ist bekannt, nur Bekanntes ist beherrschbar« (Chou). Unerforschte Irrationalität einzelner belastet durch ihre Auswirkungen die Gesellschaft, die auf rationalem Konsens beruht; Bekanntgabe des erforschten essentiellen Kerns eines Individuums lädt zu Manipulation und Mißbrauch ein. Der *nukleo* ist laut Bahadur kostbarster und untrennbarer Teil des Individuums; er ist *Atom* und unteilbar, somit unmitteilbar.
Paraphrasiert nach *Elementare Noastoa*, Pamela du Plessis, Atenoa 412.

Sekretariatsdirektor gleichgestellt. Das nächste wäre Koordinator, eine Stufe unter dem Subsekretär.« Sie schüttelte den Kopf, ein wenig verdrossen. »Ich weiß gar nicht, ob ich Lust habe, die Stäbe von fünf Abteilungen eines Commonwealth-Sekretariats zu koordinieren. Das ist nur Papierkrieg.«

»Was wäre die Alternative?«

Sie lachte. »Beziehungen; außerdem Lohn für Sonderleistungen oder derlei – vielleicht bietet man mir ein Subsekretariat an. Das ist das höchste, was in der Administration zu erreichen ist – die Sekretäre sind Politiker, keine Beamten. Das wäre auch die wirkliche Alternative.«

Dante nickte, als ob er genau das erwartet hätte. »Also eine Kandidatur für den Rat der Welten?«

Sie hob die Schultern. »Das ist zu hoch. Im Moment jedenfalls. Gaia entsendet nur fünf Abgeordnete in die Weltenkammer, und die derzeitigen Kandidaten sind alle gesund und gehören der Mehrheit an. Die nächste Wahl ist in zwei Jahren.«

»Ich sehe, du hast dich informiert.«

»Natürlich. – Ein Sitz im Planetarischen Parlament wäre leichter zu bekommen. Vielleicht zum Einstieg auch ein Wahlamt in der örtlichen Exekutive – Distriktgouverneur oder derlei. Ich weiß nicht.« Sie lehnte sich zurück, verschränkte die Hände hinter dem Kopf und schloß die Augen. »Ich werde ein Jahr Zeit haben, es mir zu überlegen. Wandern in Tastego, baden in Nuzuarán, tauchen, segeln, die Bibliothek ... es gibt so viel nachzuholen. Vielleicht schreibe ich ein Buch über Shilgat. – Willst du nicht mitkommen?«

Barakuda schwieg. Der Antrag war so lakonisch, daß es beinahe sentimental wirkte, im Umkehrverfahren. Er war gerührt, geschmeichelt, gespalten.

»Der Palazzo ist weitläufig. Es gibt einen Dschungelgarten und einen eigenen Hafen. Und die große Bibliothek.«

Er schwieg noch immer.

»Die Familie weiß Leistung zu würdigen.« Hsiang öffnete die Augen wieder und sah ihn von der Seite an.

Dante nahm ihre Hand und zog sie an die Lippen. »Ich weiß es nicht. Ich bin geehrt. Aber ich weiß es nicht. Noch nicht.«

»Es ist auch zu überlegen, daß man dort vorläufig Ferien machen könnte. Um herauszufinden, ob es einen Sinn hat, und welche Formen von Aktivität man auf Gaia betreiben kann. Wir wären beide schlechte Pensionäre, glaube ich.«

IX

Zwanzig Tage nach dem Ende der Quarantäne meldete sich Gortahork. Barakuda hatte, von finsteren Ahnungen geplagt, seit der Rückkehr nach Cadhras immer ein Funkgerät bei sich getragen.

»Bärenbruder, es ist soweit.« Die Stimme des früheren Fürsten klang gepreßt. Undeutlich waren im Hintergrund Pferde und Stimmen zu hören; und Wind. In schnellen Sätzen beschrieb Gortahork die Gegend. Dann: »Shevshan. Er ist es, und ich glaube, bei ihm sind die anderen, die dir in Garidu entkommen sind. So wie du sie beschrieben hast. Und noch viele andere mehr.«

Es war früher Morgen. Dante saß in seinem Apartment, halb angezogen, und umklammerte die Lehne des Sessels. »Wer? Wie viele?«

»Shil, Cadhrassi, Mulis – Überreste von Nobregas Banditen. Ein paar ehemalige Wehrhafte Jungfrauen, die sich nicht umerziehen lassen wollten. Und mindestens hundert Frauen und Männer aus Gashiri. Zusammen vielleicht tausend Leute. Und die ehemaligen Banditen besitzen noch immer Feuerwaffen.«

»Habt ihr auch welche?«

Gortahork knurrte etwas; es klang wie ein Banyashil-Sprichwort (»Solange Braten da ist, behalte das Messer«), aber es war sehr undeutlich.

»Ich komme, so schnell es geht. Ich rufe dich in – vier Stunden zurück.«

Gortahork klickte mit der Zunge. »Ja. Bring viele Krieger mit, Bruder.«

»Das wird nicht einfach sein.«

»Versuch es. Wir wollen ihnen den Weg verlegen, ehe sie Banyadir erreichen. Das ist ihr Ziel.«

Dante atmete tief durch; dann stützte er den Kopf auf die Hände und dachte nach. Das Laborschiff war abgeflogen, mit Pa'aira und Kakoiannis; bald würden Wissenschaftler der GERAFARMA zurückkehren, um ein Labor in Cadhras einzurichten.

»Yasuhiro«, murmelte er. »Nichts zu machen.«

T'unga war wieder aus Golgit nach Cadhras gekommen; Lugo Bondak, Toyami, Terence Learoyd, Sten Timoara, Kara Kikuyo, Shulamit as-Sabah – alle halfen bei der Verpflegung und Verschiffung der Emigranten. Cadhras mit seinen 25 000 Einwohnern beherbergte im Ort und in der Umgebung über 100 000 Menschen zusätzlich; das Chaos war gewaltig. Die Blockadeflotte war abgezogen. Die Truppentransporter, mit denen die Auswanderer evakuiert wurden, hatten nur Notbesatzungen für Betrieb und Versorgung an Bord, keine Kampftruppen. Die beiden Ausbildungskompanien waren fort. Die Gendarmerie und die verbliebenen Profis der A-*centuria* hatten mit dem Exodus mehr zu tun, als sie bewältigen konnten.

»Oh, verdammter Mist.«

Sarela McVitie hatte zwei Stunden in einem Nebenraum des Tower geschlafen. Ihre Augen waren rot, ebenso die Lider. Dante hockte sich auf die Pritsche, reichte Sarela einen Becher Kaffee und berichtete.

»Nichts, Dante.« Sie schüttelte den Kopf und sah ihn traurig an. »Nichts und niemand.«

»Unsere Kundschafter?«

»Alle im Einsatz, noch. Überall auf Shilgat.«

»Gibt es eine Möglichkeit, hier oder von außerhalb Verstärkung zu holen? Truppen, ehemalige Wehrhafte Jungfrauen, Korallkorsaren?«

»Truppen vom Sektor-HQ? Das dauert zehn Tage, mindestens. Zu lange, wie? Ja. Und Frauen aus Pasdan oder Kämpfer von den Inseln? Mit viel Glück, aber nur mit sehr viel Glück, kann ich vielleicht in sieben oder acht Tagen genug Transportraum freimachen, um ein Dutzend von ihnen zu holen. Mehr als ein Gleiter ist nicht drin, Dante. Und das frühestens in sieben Tagen.«

Lydia Hsiang war total erschöpft. In den letzten Tagen hatten sie wenig voneinander gesehen – drei Minuten zwischen zwei Konferenzen, ein Kaffee im Stehen. Um jederzeit eingreifen zu können, hatte sie ihr Quartier aus dem Palais in den Militärtower verlegt. In einer nebligen Nacht war sie für drei Stunden in Dantes Apartment gekommen, und die Heimlichtuerei, die unvermeidlich war, zehrte zusätzlich an den Nerven.

Sie schwankte leicht, nachdem er in kurzen, leisen Sätzen berichtet hatte. Der Raum war voller Menschen. Barakuda stützte sie, und eine Sekunde lang schloß sie die Augen. Dann ließ sie sich in einen Sessel fallen.

»Ich bin tot, innen, Dante«, flüsterte sie kaum hörbar. »Ich weiß nicht, was ich tun soll.« Dann, halblaut, setzte sie hinzu: »Tut mir leid, Barakuda, aber für Sondereinsätze haben wir weder Zeit noch Leute noch Transportraum. Das müssen Sie verstehen. Und – ich glaube nicht an Maschinen, die nach Jahrtausenden noch funktionieren. Wenn da jemand unbedingt nach Banyadir will, um sich mit den *mûnaks* anzulegen, bitte sehr. Sollen die das untereinander ausschießen.«

Barakuda sah sie bestürzt an. Diese Lydia Hsiang kannte er nicht.

»Ich bin fertig, völlig fertig, verstehst du?« Sie hatte noch genug Beherrschung, dies nur zu flüstern. »Ich kann nur noch wie ein Automat weitermachen, Dante.« Trockenes Schluchzen erschütterte den schlanken Körper. »In fünf Tagen werde ich abgelöst. Das ist mein einziger Gedanke. In fünf Tagen. Noch fünf Tage. Noch fünf endlose, überfüllte, zerfetzende Tage. Komm mit mir.«

Er schaute in ihre Augen, und sie flehten. Lydia griff nach seiner Hand, als hätte sie die Umgebung vergessen.

»Ich muß in den Norden«, sagte er langsam und gequält. »Ich muß – verstehen Sie, Exzellenz, ich kann Tremughati und Gortahork damit nicht alleinlassen. Ich glaube nämlich an diese alten Maschinen.« Er wollte sie an andere alte Shil-Erzeugnisse erinnern, die nach Jahrtausenden noch funktioniert hatten, aber er schluckte die Wörter; es hatte keinen Sinn, jetzt noch zu argumentieren. Er hatte selbst in den letzten Tagen und Zehntagen bis zur Erschöpfung mitgeholfen – aber er war ein Rädchen, Hsiang dagegen verantwortlich für mehr als hunderttausend Leben.

»Das heißt – Shilgat ja, Nuzuarán nein, nicht wahr?« sagte sie mit flacher Stimme.

»Es heißt vorläufig Shilgat, Ferien vielleicht später. Wenn jemand überlebt.« Er beugte sich vor, streifte ihre Wange mit den Lippen. »Ich wünsche dir schnelle fünf Tage«, sagte er so leise, daß nur sie es hören konnte. »Wünsch mir Glück – Liebste.«

Sie blickte mit einem verhangenen Lächeln auf. »Glück?« murmelte sie.

Maqari spielte mit einem klirrenden Gegenstand in seiner Jackentasche. Der Major sah uralt aus, eingefallen, wie sein eigener Geist, aber selbst dieser in schlechtem Zustand.

»Nichts zu wollen, Dante. Unabhängig von der Frage, ob ich dir glaube oder nicht. Das heißt, dir glaube ich natürlich. Aber uralte Maschinen, die noch funktionieren sollen? Und mit denen ein Wahnsinniger vielleicht Shilgat sprengen könnte?« Er schüttelte den Kopf.

Barakuda stand auf. »Nicht mal einen Gleiter, Ponce?« sagte er bitter.

Der Major zog die Hand aus der Tasche. Der Gegenstand, mit dem er gespielt hatte, fiel zu Boden. »Nein«, sagte er laut. »Selbst wenn du ihn zur sofortigen Umkehr programmieren würdest, nachdem er dich und die anderen da oben abgesetzt hat, würde er uns mindestens fünfzehn Stunden fehlen.«

Ein pensionierter Zivilbeamter, der in diesen Not-Tagen mit Schreibarbeiten aushalf, nickte. »Leider. Aber Sie haben da was verloren, Major.«

»Ach, habe ich?« Maqari bückte sich. »Tatsächlich, mein Stift.« Er hob den Stift auf.

Der Schreiber wandte sich wieder seinem Tisch zu. Maqari hob den rechten Fuß ein wenig. Barakuda zog seine Zigaretten aus der Brusttasche, zündete sich eine an. Als er das Feuerzeug einstecken wollte, glitt es ihm aus den Fingern und klirrte zu Boden.

»Hier fällt heute einiges«, sagte er. »Kein Wunder, bei dem Durcheinander.« Er bückte sich, hob das Feuerzeug auf und steckte es in die Tasche zurück, zusammen mit den Schlüsseln, die unter Maqaris Schuh gelegen hatten.

»Na denn, Ponce«, sagte er. »Tut mir leid, daß es nicht anders geht. Bis die Tage.«

Maqari nickte. »Tu was Nützliches«, knurrte er.

Die Schlüssel – komplizierte Impulsgeber, mit einem Pfeifenreiniger zusammengebunden – gehörten zu einem leichten Gleiter; es war der einzige, der im Moment nicht in der Luft war. Barakuda fand ihn am Rand des Militärhafens, neben dem Arsenal. Jemand rief »Dante!«

Es war T'unga; der Shil näherte sich in einem leichten Schlendertrab, den er stundenlang durchhalten konnte. »Sarela sagt, du suchst mich und die anderen.«

»Gutes Mädchen«, murmelte Barakuda. »Ja. Hör zu.« Er umriß ihm die Situation im Norden. Nach der Rückkehr von der Reise und den Inseln hatten sie in Bondaks Haus bei einem großen Frühstück bereits darüber geredet, so daß nur wenige Stichworte nötig waren.

»Ich weiß ungefähr, wo die anderen stecken«, sagte T'unga. »Ich bin natürlich dabei. Soll ich …?«

Dante nickte. »So schnell wie möglich. Aber, T'unga, das ist nicht offiziell. Kein Befehl, kein gar nichts. Nur wer will.«

»Klar. Wo? Hier?«

»So schnell wie möglich.«

T'unga nickte und verschwand. Barakuda betrat die Wachstube des Arsenals, eines niedrigen Stahlbeton-Gebäudes. Firpo Cabral saß dort, einer der alten *suldaus* der

A-*centuria.* Er las einen blutrünstigen illustrierten Roman; sein rechtes Bein lag auf der Tischkante, und der Knöchel war bandagiert.

»Ah, Chef. Was machen Sie denn hier?«

Dante überlegte blitzschnell. Er kannte die alten Profis, sie kannten ihn seit Jahren; Cabral war in Pasdan gewesen und hatte zu den Freiwilligen gehört, die mit Bondak zum Gashigar gesegelt waren. Die Pestnarben erinnerten daran. »Jetzt geht es in Banyadir los, Firpo«, sagte er.

Cabral nahm das Bein vom Tisch. »Na endlich. Die haben uns bisher noch gefehlt. Fein. Ausgerechnet jetzt, was?«

»Ja, ausgerechnet. Hören Sie zu. Ich werde den Gleiter vor der Tür klauen und sofort zurückschicken. Und jetzt will ich in Ihr Arsenal einbrechen. Ich brauche ein paar Dinge.«

Firpo blinzelte. »Wer kommt mit?«

»Bondak, Learoyd, Timoara, Kikuyo und as-Sabah, wenn ich sie schnell genug erwischen kann.«

Der *suldau* grinste plötzlich. »Die alte Truppe? Fein.« Er stand auf und hinkte zur Tür. »Ich scheide sowieso aus, da macht mir ein Rüffel nichts mehr. Eh, Chef, ich habe, fürchte ich, entsetzlichen Durchfall. Wie lange brauchen Sie?«

Barakuda drückte ihm die Hand. »Zwanzig Minuten?«

Firpo seufzte. »Also Verstopfung. Viel Glück.«

»Halt. Den Schlüssel brauche ich.«

Cabral reichte ihm den Impulsstift. »Legen Sie ihn fein in die Schublade da, ja?«

Das Arsenal war nicht besonders reichhaltig und war nie gut ausgestattet gewesen, am wenigsten jetzt nach dem Abzug eines Teils der Garnison. Barakuda aktivierte drei Schweber, kleine Antigravplattformen, und belud sie. Wenn T'unga alle auftreiben konnte und wenn alle mitkamen, wären sie zu acht. Dante summte leise, während er zwischen den halbleeren Regalen und Schränken herumging. Er entschied sich für je zehn Karabiner und Pistolen samt Munition, Gürtel mit Pistolentaschen, etliche Behälter mit Narkosegas – teils zum Werfen, teils mit Treibsätzen –, Leuchtmunition, Handscheinwerfer mit Batterien, dünne Stahltaue. Nachdem er dies und andere kleine Dinge aufgeladen hatte, entdeckte er in einer Ecke einen winzigen Druckbehälter mit Sprenggelatinekapseln.

Als Cabral wieder erschien, waren die Kammern des Gleiters gefüllt, aber von außen war nichts zu sehen. Barakuda betätigte den Kaffeeautomaten und unterhielt sich mit dem Soldaten, bis die anderen eintrafen. Sie waren vollzählig.

Die Banyashil lagerten zwischen Hügeln am Fuß der Vorberge von Banyadir. Gortahork sah ausdruckslos hinter dem Gleiter her, als dieser, vom Autopiloten gesteuert, wieder in der Nacht verschwand, nach Süden. Dann warf er einen Blick auf die drei beladenen Schweber und seufzte.

»Mehr war nicht möglich, Bruder«, sagte Barakuda.

»Ich habe es befürchtet. Man könnte fast meinen, Shevshan hat alles so eingerichtet, daß es genau zu der Zeit abläuft, wo in Cadhras das große unersprießliche Chaos herrscht.«

Toyami, die neben den beiden zum Lager ging, sagte halblaut: »Das wäre kein Problem gewesen – ganz Shilgat weiß, wann die Auswanderung stattfindet.«

Tremughati begrüßte sie, als sie die Senke zwischen den immer noch schneebedeckten Hügeln erreichten. Die frühere Fürstin hatte ein helles Tuchband um die Stirn gewickelt; es war blutbefleckt.

»Was ist passiert?« Dante betrachtete sie besorgt; dann überflog er die Anzahl der Lagerfeuer und schloß auf etwa 300 Jägerinnen und Jäger. Im Zwielicht sah er einige, die Verbände trugen.

»Wir haben ihnen den Weg abschneiden können«, sagte Gortahork grimmig. »Aber sie waren zu viele für uns. Die Lager der Stämme sind weit entfernt.«

Dante nickte nachdenklich. Die Nomadenstämme hielten sich in der Steppe auf, und die Steppe begann weiter nordwestlich. Tremughati und Gortahork waren fast 500 Kilometer von ihrem Lager am Fuß der Bärenberge entfernt. Das Hügelland zwischen dem großen Banyuli und Banyadir gehörte nicht mehr zur Graswelt des Nordens.

»Hattet ihr große Verluste?«

Tremughati hob die linke Schulter. »Tote können nicht reiten. Du wirst hier nur Lebende sehen. Der Kampf war heute mittag.«

»Boten sind unterwegs. Bald werden weitere Jägerinnen und Jäger kommen.« Gortahork ließ sich neben dem Feuer nieder. Die feuchte Erde war mit Lederplanen bedeckt, auf denen Sättel und Felle lagen.

»Wie bald?«

»Zu spät.« Tremughati sagte es ohne große Betonung. »Wir müssen versuchen, ohne sie zurechtzukommen. Zuerst jedenfalls.«

Barakuda setzte sich auf einen Sattel und tastete nach seinen Zigaretten. »Was geschieht?«

Ein Jäger brachte Tee und kaltes P'aodhu-Fleisch. Bondak und die anderen saßen im Halbkreis um das Feuer und aßen bereits.

»Ich weiß es nicht.« Gortahork schien bekümmert; weniger über die Schwierigkeiten als über die Unklarheit. »Der Yargu-Paß ist nahe. Aber auch die Höhlen. Sie können morgen beides in Angriff nehmen – versuchen, über den Paß nach Banyadir zu kommen, und versuchen, einen Weg unter den Bergen zu finden.«

»Sie werden sich trennen«, sagte Tremughati. »Die Höhlen sind nichts für Pferde, und auch nichts für tausend Leute.«

»Wie werden sie sich teilen, Herrin der Steppe?«

Sie lächelte über die Anrede. »Die *mûnaks* sind wachsam. Sie wissen sicher, daß es heute einen Kampf gegeben hat, und sie werden sich fragen, was das so nahe an ihrer Südgrenze bedeutet. Wenn also Shevshan wirklich in die Eingeweide der Berge gehen will, was ich glaube, wird er seine Leute teilen. Er wird eine Handvoll mitnehmen, die besten, und die anderen über den Yargu-Paß schicken, um die *mûnaks* zu beschäftigen und abzulenken.«

»Was er wohl seinen Leuten erzählt hat?« sagte Learoyd im Hintergrund.

Tremughati blickte im Halbdunkel zu ihm hinüber. »Was meinst du, Terence?«

»Wenn er wirklich sehen will, ob die alten Maschinen noch funktionieren, und ob man mit ihnen böse Dinge tun kann, dann bekommt er sicher ein paar wahnsinnige AVs dazu, mit ihm in die Hölle zu fahren. Aber die anderen? Die ehemaligen Banditen?«

»Das stimmt, Terence.« Barakuda schnippte seine Zigarette ins Feuer und ließ sich Tee in den Becher gießen. »Das ist ein guter Gedanke. Wahrscheinlich hat er ihnen irgendwas von einer Chance erzählt, in Banyadir Unruhe zu stiften. Vielleicht eine Schatzkammer zu plündern oder sogar ein kleines Bergreich zu errichten, wo man nicht dauernd von Banyashil und Cadhrassi behelligt wird. So was wird es wohl sein.«

»Wie weit ist es bis zu den Höhlen?« sagte Bondak.

»Morgen nachmittag werden wir sie erreichen. Wir und die anderen.« Gortahork spuckte aus.

Sie ritten im Morgengrauen los, als die Posten meldeten, daß ›Die Anderen‹ aufbrachen. Der Plan war einfach, aber er beruhte auf vielen Unbekannten. Wenn die gesamte Truppe Shevshans nach Banyadir einzudringen versuchte, wollten die Shil bis zum Paß folgen und diesen dann sperren. »Gegenseitig umbringen dürfen sie sich gern da oben«, hatte Gortahork gesagt. Wenn Shevshan versuchen sollte, mit einer kleinen Gruppe in die Höhlen zu gelangen, wollten sie ihn daran hindern. Der Vorsprung der AVs und Banditen war klein; eigentlich war es mehr ein Sicherheitsabstand, den die Banyashil einhielten, um nicht in ein neues Gefecht mit dem dreifach überlegenen Gegner verwickelt zu werden. Zum Glück waren die Schweber auf ›Folgen‹ programmierbar; sie blieben knapp hinter Barakuda. Reittiere waren kein Problem; es gab schon zu viele Pferde mit leeren Sätteln seit dem vergangenen Mittag. Sehr zu Dantes Beruhigung verfügten alle Shil über Karabiner, die sie in den vergangenen Jahren Steppenbanditen oder Gardistinnen von Pasdan abgenommen hatten.

Shevshan schien mehr von Tempo als von Heimlichtuerei zu halten; die Truppe jagte ohne Suche nach Deckung nordwärts, über die alte Karawanenstraße zwischen den Hügeln.

Gegen Mittag wurde das Gelände unübersichtlich. Die Berge rückten näher, die Hügel wurden mehr und höher, und Tremughati, die knapp hinter der Vorhut an der Spitze des Haupttrupps ritt, stellte sich in den Steigbügeln auf und stieß einen langen schrillen Triller aus.

»Wir sollten vorsichtiger sein«, sagte sie, als Dante und Gortahork neben ihr waren. Die Banyashil und die Leute aus Cadhras nutzten die Pause, um im Sattel sitzend zu essen.

Dante sah sich um. »Toyami«, rief er.

Die frühere Agentin kam zu ihm. »Ja?«

»Ich brauche eine Freiwillige. Am liebsten dich, weil du von uns die leichteste bist.«

Toyami grinste flüchtig. »Ich melde mich freiwillig. Worum geht es?«

Barakuda wies auf die Schweber, und Toyami nickte.

Sie entluden eine der kleinen Plattformen. Der Durchmesser betrug kaum mehr als einen Meter; am Rand der Scheiben gab es vorstehende Haltegriffe. Toyami kauerte auf dem kleinen Fluggerät, stellte noch zwei oder drei Fragen zur Bedienung der Steuerelemente, dann hob sie die rechte Hand und ließ den Schweber steigen. Nach fünf Minuten kam sie wieder herab.

»Du hast recht, Fürstin.« Sie deutete nach Norden. »Ungefähr drei Meilen voraus haben sie eine Falle vorbereitet. Die Hügel sind da völlig unübersichtlich. Ich schätze, es sind etwa hundert Leute zurückgeblieben; die anderen reiten weiter.«

»Können wir die Falle umgehen?« sagte Gortahork.

»Ja. Sie haben die Hügel rechts und links der Straße besetzt. Wir können einen Bogen reiten.«

»Aber ist das nicht ein bißchen leichtsinnig?« Bondak meldete sich. »Dann haben wir hundert Mann im Rücken, wenn wir weiterreiten.«

Gortahork lächelte. »Keine Sorge, mein Freund.« Er winkte einigen Shil und gab Anweisungen.

Die Vorhut, die ebenfalls angehalten hatte, ritt weiter; alle anderen verließen die Nordroute und hielten sich westlich. Nach kurzer Zeit hörten sie rechts Schüsse; die Vorhut hatte sich dem Hinterhalt genähert und beschäftigte nun die dort liegenden Leute.

Dante sah, daß Tremughati, die etwa zwanzig Meter vor ihm ritt, zu Gortahork hinüberschaute. Sie wechselten Blicke; Gortahork nickte nach kurzem Zögern. Tremughati galoppierte noch ein Stück nach vorn, wo die von Gortahork ausgesuchten Unterführer ritten. Dort zog sie den krummen Säbel halb aus der Scheide neben dem Sattel. Einer der Leute wiederholte die Geste und hob die rechte Hand; dann ließ er sie fallen. Gortahork pfiff.

Etwa hundert Banyashil schwenkten nach Osten. Dante sah hinterher und seufzte. Sie würden den Hinterhalt von hinten und von der Seite aufrollen, schnell und lautlos. Natürlich hatte Tremughati recht, aber er war froh, nicht dabeizusein.

Timoara trieb sein Pferd neben Dantes, so gut das im Galopp zwischen den Hügeln möglich war. »Heißt es das, was ich denke?« schrie er herüber. Sein Gesicht verriet nichts.

Barakuda nickte. »Es sind Massenmörder, und was sollen wir mit Gefangenen machen?«

Zwei Stunden später brachte Toyami das Kunststück fertig, vom galoppierenden Pferd auf die kleine Scheibe umzusteigen. Learoyd ergriff die Zügel, damit das Tier nicht zurückblieb. Toyami schwebte bis in etwa hundert Meter Höhe, dann ließ sie den Schweber sinken und gab Zeichen. Gortahork sah die Handbewegung und ließ halten.

»Sie teilen sich«, sagte Toyami. Keuchend kletterte sie auf ihr Pferd. »Ungefähr zwanzig reiten nach links, wo die Höhle sein soll. Die anderen kommen gleich in die Berge.«

Tremughati richtete sich wieder in den Steigbügeln auf und winkte. Die drei Heiler, die weiter hinten geritten waren, kamen näher, zwei Männer mittleren Alters und eine alte Frau. Barakuda wunderte sich, daß sie dieses Tempo hatte mithalten können; aber dann sagte er sich, daß sie wie alle Banyashil vom Kindesalter an auf Pferden gelebt hatten.

»Mutter der Stämme?« sagte die alte Frau.

Tremughati wies nach vorn zu den Bergen, die fast schon über ihnen aufzuragen schienen. »Sie trennen sich. Du, Tarzhati, wirst zusehen, daß sie nicht mehr aus dem Paß zurückkehren. Wenn die anderen nachkommen« – sie wies hinter sich, dorthin, wo Shevshans Leute den Hinterhalt hatten legen wollen –, »schick einige zu den Höhlen, um sie zu bewachen. Keiner soll eindringen. Vielleicht können wir verhindern, daß überhaupt jemand eindringt.«

Toyami sagte laut: »Nein, Fürstin. Ihr Vorsprung ist zu groß.«

»Vielleicht. Ilahuan, du kommst mit uns.«

Einer der beiden Heiler nickte. Die Trennung war abgesprochen; weitere Anweisungen brauchten die Banyashil nicht.

Tremughati, Gortahork, der Heiler, zehn Jäger und Barakuda mit seinen Leuten rasten weiter. Drei der Jäger hielten die Zügel gesattelter Ersatzpferde. Wieder wechselten die ehemaligen Fürsten der Banyashil Blicke.

Barakuda begriff, was geplant war. Die Reittiere waren ausdauernd und in bester Verfassung, aber nach dem bisherigen Ritt konnten sie nicht mehr lange durchhalten. Es mochte um Sekunden gehen, wenn sie noch eine Chance haben wollten, Shevshans Leute vor den Höhlen zu stellen.

Im Galopp wechselten zwei Jäger und Gortahork von

ihren Pferden auf die nicht mehr frischen, aber bisher reiterlosen Tiere; sie gewannen schnell einen Vorsprung vor den anderen. Dante knirschte mit den Zähnen; dann kam ihm der vielleicht rettende Einfall.

»Halt!« schrie er; er riß den Arm hoch.

Tremughati wandte sich um, schüttelte den Kopf und trieb ihr Pferd voran; lediglich die Leute aus Cadhras zügelten ihre Tiere. Barakuda sprang ab, zog den Karabiner aus der Gewehrtasche am Sattel und legte ihn auf einen der Schweber. Mit fliegenden Händen begann er, die Plattform zu entladen. Die anderen begriffen sofort und halfen.

Die Entscheidung, wer fliegen sollte, mußte schnell gefällt werden. T'unga und Toyami waren jung und beweglich, aber schlechte Schützen; der alte Bondak hielt sich gut im Sattel, lehnte aber den Flug auf kleinen Schwebern ab. »Ich werde steif. Wenn's nicht sein muß ...« Ähnliches galt für Shulamit as-Sabah, deren Beweglichkeit unter der Verletzung bei den Golzain-Katarakten gelitten hatte. Und Kara Kikuyo war nicht schwindelfrei.

Sekunden später schwebten Dante Barakuda, Terence Learoyd und Sten Timoara los. Sie lagen mit dem Oberkörper auf den Schwebern; die Beine baumelten. Sie beschleunigten, näherten sich Tremughatis Trupp, überholten ihn. Hinter ihnen kamen die anderen mit den Pferden nach. Dante winkte Tremughati zu, die aufschaute, wie von einem sechsten Sinn alarmiert. Sie hob die rechte Hand mit aufgestelltem Daumen.

Gortahork war weit voraus, aber Shevshans Leute noch weiter. Die Schweber waren nicht für schnelle Verfolgungsjagden konstruiert; es kam Barakuda unendlich lang vor, bis sie endlich über Gortahork schwebten. Auch der Fürst blickte auf, bleckte die Zähne.

Unter ihnen lag ein weites Geröllfeld, übersät mit Felsbrocken von Hausgröße. Eine zerklüftete Steilwand kam ihnen entgegen; sie schob fünf oder sechs schartige Ausläufer wie Tentakel ins Land. Die zwanzig Reiter galoppierten zwischen zwei dieser kahlen gezackten Wände hinein. Sie schienen den Weg genau zu kennen. Barakuda war sicher, daß Shevshan dabei war, und daß es sich bei den meisten anderen um Leute aus Gashiri handelte, aber mindestens ein ortskundiger Shil mußte unter ihnen sein.

Es war nicht leicht, mit baumelnden Beinen und liegend auf dem immer wieder wegen ungleicher Lastverteilung kippenden Schweber den Karabiner auszurichten. Als die AV-Truppe sich dem Ende des Talkessels näherte, wo die Höhlen liegen mußten, begannen einige von ihnen ungezielt hinter sich zu schießen. Oder so gezielt, wie man halb umgedreht auf einem galoppierenden Pferd schießen kann, das pausenlos springt und die Richtung ändert, um zwischen Felsen einen Weg zu finden. Sie hatten Gortahork und seine beiden Jäger gesehen; bisher aber nicht in die Höhe geschaut.

Timoara schoß, dann Learoyd und Dante gleichzeitig. Die ersten Kugeln klatschten gegen Felsen oder endeten in der Steilwand. Sie mußten immer wieder in die Kontrollen greifen, die Schweber vor dem Abkippen auffangen, den Felsen nicht zu nah kommen, die neben ihnen wie Sägen aufragten, und gleichzeitig schießen. Zu schießen versuchen. Einer der Reiter vor ihnen riß die Arme hoch und stürzte, dann ein zweiter. Barakuda traf ein Pferd, das sich überschlug und den Reiter gegen einen scharfkantigen Felsen schleuderte. Learoyd holte noch einen Mann von seinem Tier; dann mußten sie die Schweber scharf abbremsen. Das Talende war erreicht.

Am Fuß der Steilwand öffneten sich Höhlen. Spalten, keine großen Öffnungen. Es war unmöglich, dort mit Pferden einzudringen. Die Reiter sprangen ab, suchten Deckung hinter den Tieren und feuerten nach oben und zum Talausgang. Barakudas Scheibe erhielt einen Treffer, schepperte wie ein defekter Gong und begann zu trudeln. Direkt über den Höhleneingängen wölbte sich die Steilwand ein wenig vor; rechts und links die Rasiermesserkanten der beginnenden Ausläufer. Dante stabilisierte den Schweber wieder, der nicht ernsthaft beschädigt schien, und lenkte ihn zur Seite. Timoara und Learoyd wählten den gegenüberliegenden Grat. Von unten wurde weitergeschossen. Timoara stieß einen gellenden Schrei aus; Learoyd reagierte sofort und brachte seine Scheibe neben die des schwarzen *kapral*. Er langte hinüber, um sie zu halten. Dante war zu weit entfernt. Er sah, wie Blut aus dem zerfetzten Hosenbein spritzte. Die Kugel mußte die Oberschenkel-Schlagader getroffen haben. Learoyd brüllte »Sten! Sten! Mein Gott, Mann!« Dann öffneten sich die Hände, die den Rand der Scheibe umklammert hatten, und Timoara fiel, fiel, überschlug sich, prallte zwischen zwei Blöcken auf. Der Karabiner folgte wie ein tanzender Schlußstrich.

Alles hatte nur Sekunden gedauert. Als Barakuda wieder in Schußposition war, sah unten alles unverändert aus. Er hing mit dem Schweber halb gedeckt über dem Rücken der seitlichen Felswand und schoß gezielt, kalt und voller Entsetzen.

Die Leute unten feuerten weiter auf ihn und Terence, aber auch zum Talausgang. Sie hatten sich geteilt. Einige verschwanden bereits im Spalt, andere versuchten, die aufgeregten Tiere zum Felsen zu zerren.

Die drei Banyashil kamen näher, in vollem Galopp. Sie lenkten ihre Pferde mit den Knien und schossen. Das erste der Tiere strauchelte, stürzte, begrub den Reiter. Die beiden anderen – Dante konnte sie noch nicht erkennen – wichen aus, wurden langsamer und versuchten, sich in Deckung zu begeben. Es war offensichtlich sinnlos, weiter auf die AVs zu feuern, die hinter Felsen und Pferden standen. Aber nur einer der Shil erreichte die Deckung der großen Blöcke. Der andere ließ plötzlich den Karabiner fallen, neigte sich vornüber, hing über dem Hals seines Tieres und rutschte dann aus dem Sattel. Ein Fuß blieb im Steigbügel; das Pferd hielt sofort an, tänzelte auf der Stelle und wieherte.

Die AVs hatten die Pferde dicht zusammengedrängt, soweit sie noch lebten. Dann erschossen sie die Tiere aus kürzester Entfernung. Vor dem Spalt bildete sich ein Wall von Pferdekadavern. Zwei Tiere, die sie, soweit es möglich war, in den Höhleneingang gezerrt hatten, wurden von innen erschossen und lagen in der Öffnung.

Learoyd und Barakuda ließen die Schweber sinken und verständigten sich mit Gesten. Dante sicherte den Eingang, um dafür zu sorgen, daß nicht plötzlich doch noch jemand zwischen den Pferdeleibern hervorkam und auf deckungslose Reiter schoß. Aber in der Höhle war alles still, und als er näherkam, sah er, daß zunächst niemand aus der Höhle an den Pferden vorbeikommen würde. Aber auch keiner hinein.

Learoyd, Timoaras leere Scheibe neben sich, schwebte zum toten *kapral*. Dante, der sich umschaute, sah, wie Terence traurig den Kopf schüttelte, dann absprang und die Scheiben desaktivierte.

Timoara lag in einer Blutlache, vielleicht dreißig Meter vom Pferdewall entfernt. Dort fanden sich fünf fahlbraune Männer aus Gashiri, deren seltsame Hauttönung bereits wächsern wurde. Zwei von ihnen waren nur verletzt gewesen; ihre eigenen Leute hatten sie aus nächster Nähe erschossen. In den Nacken, wo die anderen die Läufe aufgesetzt hatten, war die Haut versengt und geschwärzt.

Langsam gingen sie zu den Shil. Durch Betäubung, Trauer und Müdigkeit hindurch spürte Dante, wie eine schwarze Faust in seinen Körper griff und dort etwas Eisiges herumdrehte.

Der von seinem Pferd begrabene Reiter hatte das Genick gebrochen. Der dritte, der noch rechtzeitig in Deckung gelangt war, hatte den Fuß des zweiten aus dem Steigbügel gelöst und kniete auf dem steinigen Boden. Als Dante näher kam, hob er das Gesicht. Es war naß.

Gortahork lebte noch, aber seine Augen schienen schon weit fort. Die Kugel war dicht neben dem Herzen durch den Körper geschlagen; unter dem ehemaligen Fürsten des Nordens, dem Vater der Stämme, waren die Steine dunkel.

Vom Taleingang waren Hufschläge zu hören, als Barakuda neben dem Sterbenden niederkniete und den Kopf sanft auf seinen Schoß bettete.

Gortahork atmete röchelnd. Die Gesichtshaut, die bleiernes Oliv geworden war, schien sich zu straffen; die Hakennase trat deutlicher hervor. Tränen rannen über Dantes Wangen; eine tropfte auf Gortahorks Stirn.

Die Augen kehrten wie aus weiter Ferne zurück. Der Fürst versuchte die rechte Hand zu heben. Dante nahm sie und hielt sie zwischen beiden Handflächen.

»Bruder«, sagte Gortahork. Die Stimme war sehr schwach. »Wir werden keine Bären mehr jagen, Bruder.« Er versuchte ein kleines Lächeln.

Barakuda zwinkerte den Schleier fort. »Ja, Freund«, sagte er heiser. »Aber anderes Wild. Keiner wird entkommen.«

Gortahorks Augen glitten von Dantes Gesicht, schienen sich an einem Felsen zur Linken festzuhalten, dann ins Bodenlose zu fallen. Aber noch atmete er.

Die anderen kamen heran. Dante hörte Hufe, Gewieher, dann das Knirschen des Bodens unter abspringenden Reitern. Und Schritte, die sich näherten.

Als Tremughati neben ihm niederkniete und Gortahorks Gesicht in beide Hände nahm, hielt Dante den Kopf, bis er ihn auf Tremughatis Schoß betten konnte. Ihr Gesicht war eine Steinmaske.

Barakuda erhob sich und ließ sie allein. Er ging zu einem Felsblock. Aus den Augenwinkeln sah er Terence Learoyd, der den Arm um Kara Kikuyo gelegt hatte und langsam mit ihr dorthin ging, wo Sten Timoara lag. Dann lehnte er sich mit dem Bauch gegen den Stein und legte das Gesicht auf die verschränkten Arme.

Aus: Verkünder – Verdummer – Verbrecher,
Filidor Belgutai, Atenoa, 484

»... Ulyalan (sein ›Tictan-Name‹; sein bürgerlicher Name ist unbekannt) begann mit der üblichen Verkaufsstrategie:

a) Feststellung, ob ein latenter Heilsbedarf vorhanden ist (›Sie sehen aus, als ob Sie Probleme hätten‹; nur einer, der wirklich Probleme hat, reagiert darauf) = ›Ihr Gleiter sieht aus, als ob Sie einen neuen brauchten.‹

b) Köderung des ›Bedürftigen‹ durch Verheißungen (›Wir haben einen Fragebogen, mit dem wir das genauer einkreisen können‹; auf Vega IX archivierte Exemplare enthalten 120 kleingedruckte Testfragen, die nur ein wirklich ›Bedürftiger‹ überhaupt zu lesen bereit sein wird) = ›Mal sehen, welche Vorstellungen Sie von einem guten Gleiter haben.‹

c) Auswertung des Fragebogens ergibt immer *›Probleme‹, gleichgültig, wie die einzelnen Fragen beantwortet werden (›... demnach haben Sie vor allem Schwierigkeiten mit anderen und Ihrer Selbsteinschätzung‹; wer außer einem, auf den dies zutrifft, würde den Test denn machen?) = ›Aha, Sie erwarten Komfort und Sicherheit zu erschwinglichen Preisen.‹*

d) Angebot eines ›helfenden‹ Kursus, der natürlich einiges kostet (denn was nichts kostet, ist auch nichts wert, und rein karitative Arbeit wird ohnehin belächelt) = ›Da haben wir unser neues Modell; das Richtige für Sie, und für das, was wir damit bieten, ist der Preis wirklich günstig.‹

... zu bedenken: Skeptiker und gefestigte Charaktere sind hier längst ausgeschieden, haben spätestens den Testbogen verlacht. In die nun anlaufende Maschine gerät nur jene Fleischsorte, die zu Wurst gemacht werden kann. Oder will.

... Mit Hilfe eines primitiven Lügendetektors ermittelt der ›Auditor‹ genannte Inquisitor die Schwachstellen des Kandidaten, sagt sie ihm auf den Kopf zu und liefert eine Erklärung, die sowohl erleichtert als auch weiter ködert, da sie neugierig macht und das metaphysische Bedürfnis befriedigt: Die Schwachstel-

len seien Resultat von Engrammen, die durch Schlimmes in früheren Leben auf der Seele hinterlassen worden sein sollen. Klartext: ›Du selbst bist unschuldig an deinen Macken, und wir können dir helfen, sie zu überwinden. Du bist nur begrenzt verantwortlich.‹ Mit der Verantwortung wird auch das selbständige Denken abgegeben.

... Am Ende des Kursus (in dem man z. B. angeblich neue Tricks griechischer Rhetoren der Antike lernt) stellen die Kandidaten fest, daß sie tatsächlich etwas Hilfreiches gelernt haben und steigen natürlich in den nächsten Kursus ein – der teurer ist. Sie bringen Geld; die ›Auditoren‹ erringen Macht, da sie Aufzeichnungen über die ›Macken‹ des Kandidaten aufbewahren und diesen so für sich manipulierbar machen.

Krönung ist schließlich der Mythos. Vor etwa 60 Milliarden Jahren verließen paragöttliche Wesen, genannt Tictans, ihr sterbendes Universum – also lange vor dem Urknall unseres Universums. Sie irrten durch Kosmen und fanden schließlich sehr spät in Terra-Abkömmlingen passende Gefäße für eine Inkarnation ... Deine ›Seele‹ ist ein Tictan, gefangen in deinem Leib, verkapselt durch Engramme, die nur die Reine Lehre der Einzig Wahrhaften Verehrer Allen Gottes befreiend tilgen kann. Befreiung, Vergöttlichung ... Es ist so ziemlich der groteskeste Quatsch, der sich denken läßt, aber bis der Kandidat zum Mythos gelangt, hat er so viele Details eingetrichtert bekommen, die erst durch den Mythos Sinn erhalten, daß seine Reaktion kein empörter Aufschrei, sondern ein großes Offenbarungserlebnis ist ... Natürlich läßt die Befreiung sich nur über viele (teure) Zwischenschritte erreichen; natürlich erreicht niemand sie je ganz; natürlich gibt es immer ein noch höheres arcanum. Folglich sind die Kandidaten unbegrenzt ›melkbar‹; und da sie als einzige die absolute Wahrheit zu kennen meinen, fühlen sie sich als zusammengehörige Elite. (Ulyalan formulierte, da dies die Wahrheit sei, könne jeder, der gegen die Sekte Stellung beziehe, nur ein Wahnsinniger oder ein Verbrecher sein.)

Die Rationale Despotie auf Vega IX (ca. 2310–2400 AD) verbot die öffentliche Behauptung unbeweisbarer Dinge; für fast ein wunderbares, friedliches Jahrhundert verschwanden Reli-

gion, Philosophie, Politik, Sekten … Die Anhänger des längst verstorbenen Ulyalan flohen ins All, landeten nach langen Irrfahrten auf Shilgat, im Hochland von Banyadir, und ermordeten bzw. versklavten die dortigen Shil, die aus metalinguistischen Gründen unbekehrbar waren. Mit der Zeit errichtete man in Banyadir 114 Klöster, die den 57 Göttinnen und 57 Göttern geweiht sind – Tictans, *die in der Menschheitsgeschichte Bedeutung hatten und ihr Tictantum manifestiert haben sollen. Eigentlich sind es 115 Klöster, doch gilt das Zentrum, Namenloser-Allgott, nicht in diesem Sinn als Kloster, wohl jedoch in jedem anderen Sinn. Damit haben die Mathematischen Mönche, wie man sie auf Shilgat auch nennt, eine binäre Null geschaffen, die gleichzeitig Eins ist …«*

X

Bis die Pferdekadaver beseitigt waren, brach die Nacht herein. Einige Jägerinnen und Jäger, die den Hinterhalt aufgerollt hatten, trafen ein, um das Tal und die Eingänge zu bewachen. Bedrücktes Schweigen lag über allem, unterbrochen nur von gelegentlichem Flüstern, dem Knistern brennenden Holzes und Pferdelauten. In Nähe des Höhleneingangs sprengte Bondak eine Vertiefung in den Felsboden. Dorthin brachten sie zuerst die toten Pferde, danach die neun Männer aus Gashiri. Mit einer weiteren Sprengung wurde alles zugedeckt.

Kara Kikuyo war tapfer. Dante sprach lange mit ihr, dann kurz mit Maqari in Cadhras. Der Kommandeur fand keine Worte; schließlich versprach er mit rauher Stimme, trotz aller Probleme einen Gleiter loszuschicken, um eine etwa noch vorhandene und wie auch immer beschaffene Antenne auf dem Gipfel des Ba'nzheyadar zerstören zu lassen.

Der Heiler Ilahuan lieh sich eine von Dantes Lampen und suchte die Felsen ab. In einem kaum zugänglichen Winkel fand er eine Nische, die ihm geeignet schien. Sie legten den toten Banyashil und Sten Timoara hinein.

Dante band zwei Schweber aneinander und ging langsam dorthin, wo Tremughati noch immer wie versteinert saß, mit Gortahork auf dem Schoß. Sie regte sich nicht, sagte aber kaum hörbar »Ja«, noch ehe er gesprochen hatte.

Mit den Schwebern brachte Barakuda Gortahorks Leichnam zu der vom Heiler ausgesuchten Nische. Sie wurde mit glatten Steinen verschlossen, die Jägerinnen und Jäger zusammengesucht hatten.

»Wenn alles vorbei ist«, sagte Dante, »und wenn Tremughati keine anderen Wünsche hat, werden wir mit besserem Sprengstoff aus Cadhras die Höhleneingänge endgültig verschließen und diese Bergtrümmer hier zu einem würdigen Grab formen.«

Der Heiler lächelte flüchtig. »Ein guter Gedanke. Wir sollten überlegen, ob wir drei Bären* aus dem Berg hauen können.«

Kurz vor Mitternacht meldete sich Lydia Hsiang per Funk. Ihre Stimme klang, als käme sie aus dem Jenseits. Sie bat Dante, sie mit Tremughati sprechen zu lassen. Aber Tremughati saß noch immer versteinert. Lydia schluckte; dann sagte sie auf Banyashilgu: »Sag der Fürstin, alle P'aodhu-Haare der Welt, getaucht in die Schwärze des Großen Chaos, nachdem die Sterne erloschen sind, reichen nicht aus.«

Kurz vor Morgengrauen erhob sich Tremughati. Wortlos billigte sie Barakudas Anweisungen und Vorbereitungen. Die Banyashil wußten, daß Dante als den Heilern und Häuptern gleich anzusehen war, und hatten sich ihm sofort unterstellt.

Nach einem eiligen Frühstück und kurzem Abschied brachen sie auf. Acht Jägerinnen, acht Jäger, Kikuyo, as-Sabah, Toyami, Learoyd, Bondak, T'unga, Ilahuan, Tremughati und Barakuda ließen die Oberfläche, das Gras und den Himmel von Shilgat zurück. Die übrigen Banyashil blieben, um den Eingang zur Unterwelt zu bewachen.

Zunächst begleitete das Morgenlicht sie; es sickerte durch Risse in den Felsen und kam vom zurückbleibenden Eingang. Die Wände waren zerklüftet, rissig, aus einem fast weißen Stein. Nach mehreren hundert Metern erweiterte sich der schmale Durchgang, so daß sie zu dritt nebeneinander gehen konnten. T'unga und ein Jäger, beide mit entsicherten Karabinern, bildeten die Vorhut.

Der Weg endete vor einem Haufen aus Brocken und Bergschutt, über dem Tageslicht zu sehen war. T'unga kletterte hinauf und winkte. Als sie das Hindernis über-

* Gortahork – aus *gor*, drei, *ta*, groß, und *hork*, Name eines kleinen bärenähnlichen Nagetiers: Drei-Bär(en).

wunden hatten, befanden sie sich in einem hohen, steilen Talkessel, der von Gesteinstrümmern übersät war. Vermutlich war hier einmal eine ausgedehnte Höhle gewesen, deren dünnes Dach die Kräfte der Erosion zerstört hatten.

Als sie die Höhlen auf der gegenüberliegenden Seite erreichten, warf Barakuda einen Blick auf die Trümmer zurück. »Ich glaube, wir sollten unter den Bergen vorsichtig mit lauten Schußwaffen sein.«

Die Karabiner wurden mit Lederriemen zusammengebunden und auf den Schwebern verstaut; die Shil griffen zu Bögen, und T'unga überließ der mit Pfeil und Bogen besser vertrauten Toyami seinen Platz an der Spitze.

Stundenlang zogen sie durch teils halbhelle, teils dunkle Gänge, Risse und Höhlen. Sie machten mehrere Rastpausen. Als Barakudas Kombigerät das Tagesende anzeigte – inzwischen hatten sie ein Gebiet erreicht, in das kein Licht mehr fiel –, schlugen sie ihr Nachtlager in einer weiten Höhle auf, an deren rauhen Wänden Rinnsale versickerten, als gäbe es unter ihr noch eine weitere, wasserführende Höhlung.

Kontakt zur Außenwelt gab es nicht mehr; die Felsschichten ließen keine Funkwellen durch. Auch das Kombigerät war nur noch begrenzt nützlich. Die Automatik empfing die von Satelliten abgestrahlten Peilwerte nicht länger, konnte also keine genaue geographische Position mehr angeben. Immerhin registrierte das Gerät Richtungen, Entfernungen und Geschwindigkeiten unabhängig von den Satelliten und zeigte an, daß sie seit dem Aufbruch 23,3 Kilometer in ost-nordöstlicher Richtung zurückgelegt hatten. Barakudas Beine fühlten sich an, als hätte er die doppelte Distanz zurückgelegt, aber er hatte keine Probleme mit seinen künstlichen Knochen und Gelenken an der rechten Hüfte und im Oberschenkel. Shulamit as-Sabah dagegen hinkte leicht.

Im Verlauf des Marschs hatte Dante auch begriffen, weshalb die Shil gerade Ilahuan ausgesucht hatten, um sie durch die Unterwelt zu führen. Der Heiler schien einen untrüglichen Sinn für Richtungen zu haben; außerdem, so sagte er, habe er lange mit einer alten Heilerin geredet, die vor Jahrzehnten einmal tiefer unter den Bergen gewesen sei als jeder andere lebende Mensch. Nur einmal, an einer völlig unübersichtlichen Gabelung, zögerte er und schlug den nach Nordosten führenden Weg vor. Tremughati trat neben ihn, schloß die Augen und deutete dann in den südöstlichen Gang, der nach wenigen hundert Metern in einem weiten Bogen nach Ostnordost schwenkte.

Ansonsten war die ehemalige Fürstin allein inmitten der anderen. Nicht geistesabwesend; sie nahm alles wahr, riet oder entschied, wenn etwas zu entscheiden war; nicht zerstreut, sondern so gesammelt, daß die Konzentration auf Inneres einen Wall bildete.

Am vierten Tag im Licht der mitgeführten Fackeln und Handlampen ›bereicherte‹ Barakuda die karge Kost – Trockenobst und Dörrfleisch –, indem er Nahrungskonzentrate aus Garnisonsbeständen in Wasser auflöste und verteilte. Zum Glück gab es überall reichlich Wasser – senkrechte Rinnsale, kleine Bäche, die den Weg eine Weile begleiteten und wieder verschwanden; am dritten Tag hatten sie einen kleinen unterirdischen See durchwatet und am Ufer erstmals Spuren der Verfolgten gefunden. Nach Ilahuans Meinung waren sie zehn bis zwölf Stunden alt; der Heiler gab allerdings zu bedenken, daß ohne Wind- und Sonneneinwirkung Spuren wohl anders gelesen werden müßten als an der Oberfläche.

Nach der nächsten Schlafperiode erreichten sie eine riesige, feuchte Höhle. Am Eingang fanden sie zum ersten Mal Spuren von Bearbeitung: eine Art Torbogen aus glattem Stein, der Dante an die Blöcke der Taggabahn erinnerte. Die Höhle schien das Licht der Handscheinwerfer zu schlucken; sie war angefüllt mit doppelt mannshohen, kegelförmigen Pilzen, die unter metallischem Klirren zu Staub zerfielen, wenn man sie anstieß. Eine durch den Pilzwald gehauene Bahn zeigte, daß die AVs gar nicht versucht hatten, einen Weg um die Wucherungen zu finden.

Auch der Höhlenausgang auf der anderen Seite bestand aus dem seltsamen glatten Stein; der nachfolgende

Gang jedoch mochte wieder eine natürliche Gegebenheit sein. Er war rissig, uneben und änderte unausgesetzt die Richtung.

Sie hatten vielleicht drei Kilometer zurückgelegt, als sich vor ihnen ein Wunder auftat. Der Gang mündete in eine neue Höhle, deren Ausmaße sich den geblendeten Augen erst ganz allmählich zeigten.

Als das Licht der Fackel des vorangehenden Jägers in die Höhle fiel, erhellte sie sich langsam, als ob ein unsichtbarer Beleuchter einen stufenlosen Regler hochschöbe. Das Licht war warm und golden, erschien aber den an huschende Lampen und Fackelgeflacker gewöhnten Augen zunächst als grell.

»Die Halle der Singenden Säulen«, murmelte Ilahuan.

Wie zuvor das Licht der Fackel, so wurde nun Ilahuans Stimme aufgenommen, vermehrt, verteilt; das Flüstern schwoll zu einem stürmischen Wisperchor an, verästelte und verzweigte sich, formte Klangblätter in entlegenen Teilen der Höhle und starb dann mit einem Rascheln wie von fallendem Laub.

Es war ein gewaltiger Tropfsteindom, der alles je Gesehene übertraf. Säulen wuchsen wie glitzernde Nadeln aus dem Boden und hingen von der Decke des natürlichen Gewölbes. Die meisten wiesen unregelmäßige Bruchöffnungen auf und schienen hohl zu sein. Erz- und Mineralablagerungen, oft an Jahresringe erinnernd, färbten die Tropfsteine in sämtlichen kräftigen, weichen und schwingenden Schattierungen des Regenbogens. Trümmer herabgestürzter und geborstener Stalaktiten bildeten zwischen den Stalagmiten eine lockere zweite Bodenschicht. An den Wänden und in Steinsockeln aus Material, das nicht der Höhle entstammte, hatte jemand winzige Nischen geformt, halbkreisförmig.

In diesen Nischen standen oder lagen Kristallkugeln. Von ihnen ging das warme, weiche, goldene Licht aus, das die ganze Halle füllte wie ein milder Willkommensgruß.

Zwanzig Meter vom Eingang entfernt lag unter einem

zerbrochenen Stalaktit ein Leichnam. Es war der eines Mannes aus Gashiri.

Bis jetzt hatte atemloses, staunendes Schweigen geherrscht. Tremughati gab Zeichen, sich in den Gang zurückzuziehen.

Als sie etwa zehn Meter von der Öffnung entfernt waren, seufzte Learoyd auf. »Herrlich. Und tödlich.«

Tremughati nickte. Mit unbeteiligter Stimme sagte sie: »Wir müssen schweigend und einzeln durch die Halle gehen. Die Säulen verstärken jedes Geräusch. Lautes Reden oder der Klang vieler Schritte könnte tausend Hängende Säulen bersten lassen. Unsere Feinde waren leichtsinnig.«

»Zehn«, knurrte Learoyd. »Neun im Tal, einer hier, und zwanzig waren es. Immer noch zehn zuviel.«

Barakuda dachte an die unterirdische Bahn des Südkontinents, die von solchen Kristallen erleuchtet war; an die unheimlichen Instrumente der Shil, mit denen das Tunnelsystem dort angelegt worden war; an Saravyi, der sie gegen Gashiri eingesetzt hatte.* Dann wanderten seine

---

* Riesige ›Luren‹, bedient von ›Bläsern‹, zersetzen durch modulierbare Infraschall-Schwingungen jede Materie, auf die sie gerichtet werden. Auswechselbare Schalltrichter unterschiedlicher Größe bestimmen Umfang und genaue Form des entstehenden Lochs. Die zersetzte Materie wird zu Energie, die in Speicherteilen der ›Luren‹ aufbewahrt wird. Mit Hilfe von ›Wandlern‹ kann sie in Materie jeder gewünschten Form zurückverwandelt werden, z. B. die glatten, wie gegossen wirkenden Steinplatten, -blöcke oder -folien, die beim Bau der oberirdischen Taggabahn verwendet wurden. Auch die lichtverstärkenden Kristalle, deren Kern eine millionenflächige Goldrosette ist, sind ›Wandler‹-Produkte. Mit sogenannten ›Speiern‹ kann die gespeicherte Energie aber auch in verschiedenen Formen als Waffe eingesetzt werden. – ›Stabilisierte Energie‹ ist eine von Commonwealth-Wissenschaftlern als ›unmöglich‹ bezeichnete Mischung aus Energie- und Materiepartikeln, die z. B. zur Sicherung von Tunnels in weichem Gestein verwendet wird. – In einigen Gegenden wurden die Instrumente früher auch zur Verfertigung paramaterieller Kunstwerke genutzt; hierauf bezieht sich vermutlich das alte Sprichwort aus Sa'orq, daß es leichter sei, ein Seil aus Sand zu flechten, als das Antlitz des Windes in eine Münze zu prägen.

Gedanken von dem alten Mann, der nicht mehr lebte, zu Gortahork. Er riß sich zusammen und erklärte den anderen Cadhrassi flüsternd die Shil-Technik vergangener Jahrtausende. Alle hatten von diesen Dingen gehört, aber außer ihm, Tremughati und Ilahuan hatte keiner sie gesehen.

»Wahrscheinlich sind die Wände der Halle mit stabilisierter Energie verstärkt; wie die beiden Torbogen hinter uns«, sagte er abschließend. »Wer geht voran? Ah, dumme Frage. Warum nicht ich?«

Langsam, einer nach dem anderen, durchquerten sie mit möglichst leichten Schritten den Dom. Auch das leiseste Geräusch wurde von den Hohlsäulen aufgenommen und verstärkt. Als Shulamit as-Sabah sich hinter vorgehaltener Hand räusperte, brach ein Orkan über sie herein, und als die Schweber aus dem Gang in die Halle kamen, wurde das kaum wahrzunehmende Summen ihrer Generatoren zu einem Klangvorhang ähnlich dem, den ein gesundes Trommelfell hundert Meter von einem riesigen Wasserfall entfernt wahrnimmt.

Drei Stunden dauerte es, bis sie die Halle hinter sich hatten. Alle waren erschöpft, von Tönen betäubt, von Formen und Farben verstört. Durch einen Torbogen traten sie in einen regelmäßigen Gang mit runden Wänden, flachem Boden und flacher Decke. Er bestand aus jenem seltsamen milchigen Stein, von ›Wandlern‹ geformter und mit stabilisierter Energie versiegelter Materie, der für die Ewigkeit gedacht schien. Alle hundert Schritte lagen Goldkristalle in Nischen. Nach kurzem Experimentieren löschten sie die Handscheinwerfer und verwendeten lediglich eine Fackel als Primärquelle. Das helle Lampenlicht wurde von den Leuchtkristallen zu fast unerträglichem Gleißen verstärkt und gleichzeitig zerlegt; es entstanden irritierende wabernde Farbwalzen. Mit den Bewegungen des Lampenträgers wanderte das grelle Kernlicht und durchsetzte sich mit geisterhaften Schlieren vor allem aus den dunkleren Bereichen des Spektrums.

»Nun beginnen die Korridore und Kammern der alten

Anlage«, sagte der Heiler. »Wir werden bald in eine große Dreifachhalle kommen. Drei Hallen übereinander. Bis zu diesem Punkt ist die Heilerin, mit der ich geredet habe, vorgedrungen. Was dahinter kommt, weiß ich nicht. Sie hat von einem Fluß gesprochen, einer Katapultbahn und einem Röhrengewirr.«

»Was ist eine Katapultbahn?«

Ilahuan hob die Achseln. »Wir werden sehen. So, wie sie es beschrieben hat, könnte es eine Art unterirdische Taggabahn sein, bei der Wagen zu Beginn eine Steigung überwinden müssen und mit einem Katapult beschleunigt werden. Aber das ist alles sehr unsicher.«

Zwei Schlafzeiten später, nach zahllosen Gangkreuzungen und kleineren kahlen Hallen, erreichten sie den von der alten Heilerin beschriebenen Komplex.

Es war eine Mischung aus natürlicher Höhle und mittels Materiewandlung geschaffener Halle. Sie war grob kastenförmig. Der Gang kam aus einer Längsseite; die Wand war hier völlig kahl und rissig. An den schmalen Kopfseiten fanden sich Gebilde, bei denen unklar war, ob es sich um Statuen und Darstellungen oder reliefartige Schaltanlagen mit symbolischen, abstrakt humanoiden Tragelementen handelte. Zwischen den einzelnen Teilen lagen in Nischen und auf Sockeln Leuchtkristalle.

An der gegenüberliegenden Längsseite öffnete sich ein großer Tunnel. Zunächst war nicht auszumachen, was sich dahinter verbarg; von irgendwo kam mächtiges Rauschen. Tremughati wies nach oben: Vielfarbige Hohlsäulen hingen von der hohen Decke der Halle. Sie glichen den Stalaktiten des gewaltigen Doms, den sie passiert hatten, waren aber offensichtlich keine Tropfsteine, sondern Ergebnisse von Materiewandlung. Milchige Treppen führten an den Kopfwänden aufwärts; hinter einem Vorhang oder Gatter von hängenden Hohlsäulen waren Tunnelöffnungen zu sehen, zwei übereinander.

Das ruhige, stetige, warme Goldlicht in den Korridoren hatte in den letzten Tagen auf alle eine besänftigende Wirkung ausgeübt. Barakuda war es schwergefallen, Rachegedanken zu denken, und Trauer, Zorn und Entsetzen hatten einer beinahe milden Gelassenheit Platz gemacht. Nach und nach war Tremughati aus ihrer Erstarrung herausgetreten; in die schwarzen Augen kam wieder dunkles Licht, und manchmal lächelte sie sogar.

Nun ging sie zu dem großen Tunnel, der vor ihnen lag. Dante folgte ihr. Das Rauschen, das die Halle erfüllte, wurde leiser, dafür entdeckten sie seine Quelle. Hinter einem halboffenen Milchstein-Schott lag Dunkelheit. Barakuda schaltete die Handlampe ein.

Vor ihnen führten Stufen zu einem steinigen Ufer hinunter. Ein schneller unterirdischer Strom, dessen Rauschen durch das Schott drang und von den Hohlsäulen verstärkt wurde, floß durch ein milchiges stabilisiertes Gewölbe.

Dante blickte auf sein Kombigerät. »Er fließt nach Osten. Und zwar schnell. Das sieht aus, als ob deine Vorfahren hier einen vorhandenen Fluß begradigt und nutzbar gemacht hätten. Aber wozu?«

Tremughati ging vorsichtig die glatten Stufen zum Ufer hinab; aus dem verschotteten Durchgang tauchten Bondak, Toyami, Ilahuan und einige Shil auf, die aufmerksam und staunend umherblickten, so weit Dantes Lampe die Anlage erhellte.

Die ehemalige Fürstin blieb einen Moment auf den milchigen Quadern stehen, die eine Art Kai bildeten. Dann wandte sie sich nach links. Mit geschlossenen Augen, in sich hinein horchend, näherte sie sich einem etwa drei Meter hohen, fast ganz im Dunkeln liegenden Wandrelief. Sie blieb davor stehen, öffnete die Augen und streckte die Hand aus.

Barakuda kam näher, richtete den Strahl der Lampe auf die Stelle. Das Relief war ein Halbkreis in der glatten Wand des Kanalgewölbes; erhabene, versenkte und durch möglicherweise geätzte Linien nur angedeutete Figuren starrten aus der begrenzten Fläche auf das dunkle, schnelle Wasser. Dante hätte nichts über die Bedeutung der völlig abstrakten, weder als Menschen noch als Tiere noch als sonst etwas Benennbares erkenntlichen Figuren sagen können. Die ehemalige Fürstin dagegen schien genau zu wissen, was das Relief bedeutete und wonach sie zu suchen hatte.

Sie berührte nacheinander verschiedene Punkte der Halbscheibe. Mit leisem Ächzen, wie von entweichender Luft, schoben sich zwei zuvor nicht erkennbare Torflügel in die Wände zurück. Dahinter lag eine kleinere Halle, eine Art Hangar.

Barakuda leuchtete hinein. Auf Milchstein-Gerüsten lagen dort flache Kielboote, wie aus hauchdünner Milchstein-Folie gemacht, gegossen, modelliert.

»Das Schott haben sie öffnen können«, sagte Tremughati. »Aber dies hier haben sie nicht gefunden.«

Ilahuan trat näher. »Mutter der Stämme«, flüsterte er. »Woher hast du gewußt...?«

»Die Figuren wispern. Und es gibt Dinge, die in Legenden erzählt werden. Sie sind durch jahrtausendelanges Erzählen unkenntlich geworden, aber es gibt immer einen Kern, den man vermuten kann.«

Ilahuan nickte langsam. »Die Scheibe des riesigen Töpfers, der unter den Bergen Schiffe formt und sie durch den Schwung der rotierenden Scheibe ins Große Chaos schleudert, wo ihre Positionslichter zu Sternen werden?«

»Ja. Die Scheibe ist der Fluß. Es ist ein Nebenfluß des großen Banyuli; er tritt weiter im Osten aus den Bergen, aus einer tiefen Höhle. Saravyi hat mir zu Beginn meiner Zeit als Fürstin von einem gewaltigen Wasserfall im Land der Mönche erzählt. Das Wasser stürzt eine Meile tief unter die Berge.«

Barakuda starrte auf den schwarzen Strom. »Und du meinst, deine Vorfahren haben einen Kreislauf unter der Erde eingerichtet? Einen Ringkanal, aus dem irgendwo Wasser austritt und zum Nebenfluß des Banyuli wird? Und vorher ist da ein runder Schiffahrtsweg in der Unterwelt?«

Tremughati lächelte. »Du klingst ungläubig, Bruder,

aber so wird es sein. Ich glaube, daß man mit diesen Steinbooten unter den Ba'nzheyadar gelangen kann.«

»Dann sollten wir es versuchen.« Barakuda blickte sich um und winkte Bondak herbei. Während Tremughati und Ilahuan die Boote untersuchten, gab Dante dem alten Sergeanten ein paar Erläuterungen. Toyami hörte zu, und kurz nachdem Dante begonnen hatte, erschien auch Learoyd.

»Na fein«, sagte der lange Terraner, als Barakuda fertig war. »Was man bei der Marineinfanterie des Commonwealth so alles erlebt, wenn man sie früh genug verläßt. Komm, *sirján*, holen wir unsere Schwebetornister.«

Einige Jäger hoben die verblüffend leichten Steinboote von den Gerüsten und brachten sie ans Ufer; Ilahuan entdeckte unterhalb der Kaimauer Steinpflöcke, an denen man die Boote festmachen konnte. Im Bug jedes Boots lag eine zusammengerollte Kette aus feinen, fast fadendünnen Milchstein-Gliedern. Auch die Steuerruder und seitlich angebrachte, ruderblattähnliche Bremsvorrichtungen waren aus diesem Material.

Während die anderen langsam die Schweber und das übrige Marschgepäck in den Kanaltunnel schafften, wanderten Tremughati und Barakuda stumm in der großen Halle umher. Die Fürstin deutete schließlich auf die Treppen, die nach oben führten.

»Vielleicht sollten wir uns zunächst noch umschauen. Und herausfinden, was die anderen gemacht haben.«

Die Hohlsäulen nahmen ihre Stimme auf; zahllose Echos wucherten scheinbar aus dem Nichts, vermehrten sich, schwollen zu einem brüllenden Chor und schwanden ganz langsam.

»Wahrscheinlich haben unsere Vorfahren über Systeme solcher Säulen miteinander gesprochen, von hier bis zu den Hallen unter dem Ba'nzheyadar.« Diesmal flüsterte sie nur, und die Säulen machten klare, verständliche Sätze daraus, die einander wie rezitative Kanons leiser werdend durch die Halle verfolgten.

Schweigend und möglichst leichtfüßig stiegen Tremughati und Barakuda zum nächsten Tunnel hinauf. Dort fanden sie eine Art Rillenbahn, die an die unterirdischen Wege des Südkontinents erinnerte. Und sie fanden das große Katapult, das ebenfalls aus Milchstein gefertigt war. Aber die elastischen Riemen fehlten. Wenn der gewandelte Stein auch die Jahrtausende überdauert hatte, andere Materialien, die flexibel bleiben mußten, waren zerfallen.

In einem halboffenen Hangar standen Trümmer von leichten Milchsteinwagen. Offenbar hatten die AVs Wagen herausgeholt, den steigenden Tunnel hinaufgeschoben, bis die Vehikel abwärts zu gleiten begannen, und alle übrigen Karren zerstört, damit man sie nicht verfolgen konnte.

Barakuda und Tremughati schwiegen bei der Untersuchung des Tunneleingangs und der Trümmer; mit Blicken und Gesten verständigten sie sich über ihre Folgerungen.

Als sie die Treppen zum dritten Tunnel hinaufstiegen, erschien unten in der Halle Ilahuan, gleich darauf auch Bondak. Sie sahen die Mundbewegung des Heilers, als er etwas flüsterte. Gleich darauf hörten sie, dröhnend aber deutlich, die Wiedergabe von den Hängesäulen.

»Wir sind fertig. Gibt es da oben wichtige Dinge?«

Tremughati beugte sich vor und flüsterte: »Nein. Wir kommen gleich.« Dann ging sie vor Dante her in den Eingang des dritten Tunnels.

Vor ihnen lag, von Barakudas Lampe beschienen, ein unentwirrbares Gemenge von Steindrähten, Steinfäden, Steinröhren, Kugeln, Quadern, verflochtenen Strängen schmaler Steinbänder, ineinander verkeilten Steinzapfen, senkrechten und scheinbar ungestützt schwebenden waagerechten Steinscheiben. Von irgendwo kam ein kalter Luftzug, und als Dante einen Moment die Lampe ausschaltete, sahen sie weit voraus einsickerndes Tageslicht.

»Das dürfte aber nicht sein«, murmelte Tremughati. »Ob die AVs versucht haben, hier an die Oberfläche zu gelangen?«

»Es muß eine Schlucht sein; wir sind zu tief, als daß es eine Öffnung aufs Hochland oder ein Plateau sein kann.«

Sie nickte. »Trotzdem – mir ist nicht wohl. Laß uns umkehren. Etwas Böses …«

Sie beendete den Satz nicht. Aus dem labyrinthischen Durcheinander tauchten Gestalten auf. Gestalten mit gespannten Bögen und gerichteten Blasrohren. Im Lampenlicht sah Barakuda, daß sie wattierte Jacken trugen, die mit Leder- und Metallstücken besetzt waren. Grenzgardisten der Mathematischen Mönche, der Einzig Wahrhaften Verehrer Allen Gottes.

Tremughati reagierte blitzschnell. Sie drehte sich um, ergriff dabei Dantes linke Hand und rief mit gellender Stimme: »Fliehen – *mûnaks* – weg hier!«

Die Hohlsäulen über dem Tunneleingang nahmen ihren Schrei auf, verstärkten ihn, brüllten die Warnung in die große kastenförmige Halle. Bondak und Ilahuan konnten es nicht überhören oder mißverstehen.

Dante hatte die Lampe fallengelassen und die kleine Pistole gezogen. Er feuerte einmal blind in den wirren Gang, drehte sich um und schoß zweimal gezielt auf die säulenbehangene Decke am Tunnelausgang. Dann ließ er sich fallen; Tremughati stürzte neben ihm zu Boden, während Pfeile und Bolzen aus den Blasrohren über sie hinwegflogen, lautlos.

Lautlos, weil unhörbar. Die drei Pistolenschüsse füllten zehntausendmal die Halle, überfluteten den Tunnel, zogen wie eine Brandung von Schlaghämmern über schreiende Menschen, die sich nicht einmal selbst schreien hören konnten.

Unendlich langsam löste sich ein gerade noch aus dem Tunnel sichtbarer Teil der Hallendecke mit Dutzenden von Hohlsäulen. Das große Gesteinsstück sackte, während die Säulen unter den furchtbaren Schwingungen splitterten. Dann stürzte alles in die Tiefe, zerschmetterte die Treppen, schüttete den mittleren Tunnel zu und ergoß sich in die Halle.

Ilahuan und Bondak hatten nach Tremughatis Schrei sekundenlang gezögert. Geduckt, vor Schmerzen fast besinnungslos rannten sie in den Gang zum Ringkanal. Es gelang Ilahuan mühsam noch, mit bebenden Fingern die entsprechenden Stellen zu berühren und das Schott zu schließen, ehe die Lawine den Hallenboden füllte. Sie hörten Splitter und größere Trümmerteile gegen das Schott prasseln, aber es hielt.

Im oberen Tunnel preßte Tremughati verzweifelt die Hände gegen die Ohren. Mit dem Bersten und Sturz der meisten Hohlsäulen endete das Tosen so plötzlich, wie es begonnen hatte. In der schmerzenden Beinahe-Stille sah die Fürstin, wie sich der durch den Bruch eines Teils der Hallendecke instabil gewordene Tunneleingang neigte. Sie legte die Arme über den Kopf und preßte sich auf den Boden. Dann krachte der Tunnelmund zusammen. Steinsplitter regneten, und eine erstickende Staubwolke wälzte sich durch den Korridor.

Aus: Beschreibung von Shilgat, *Fulano van Tal, Atenoa, 388*

»… Namenloser-Allgott ist das älteste und wichtigste Kloster; hier sind die 114 Tictan-Götter symbolisch durch Statuen repräsentiert. Die einzelnen Klöster unterhalten dort Gesandtschaften; der/die Obere (supremo/suprema *genannt) von Namenloser-Allgott nimmt den höchsten Rang der Hierarchie aller* mûnaks *ein …*

Der präatomare Poet Oscar Wilde beklagte einmal, es sei ein trauriges Faktum, daß es so wenig nutzlose Information gebe – wohlan denn, geschätzte Leser: folgend also sämtliche Klöster des Landes Banyadir, das nicht bereist werden kann.

Auf dem zentralen Hochplateau gruppieren sich um Namenloser-Allgott die Klöster Quetzalcoatl, Indira, Lenin, Astarte, Messalina, Amenhotep, Mao, Thor, Zorbas, Galileo, Homer, Kennedy, Mshimba-Mshamba und Kurdaitcha.

Die übrigen verteilen sich auf weiteren Plateaus nördlich und südlich des Zentrums: es sind dies: Qadhafi, Miriam, Isis, Euklid, Odin, Vishnu, Tezcatlipoca, Kali, Marilyn, Lincoln, Galadriel, Brynhild, Khaesar, Hamilkar, Davidsaul, Safo, Ilsabel, Shimramis, Balkis, Naupolion, Lionardo, Erkyl, Bilitis, Ching, Zhudit, Weland, Dampinyak, Balavaski, Teresa, Golda, Gar'bo, Zola, Murx, Alistor, Palaton, Bolo, Magitatsh, Diddo, Beatrik, Rinaldo, Pelele, Roma, Elseuld, Guinvar, Ramuses, Dion, Elaglab, Nyuba, Palas, Shpinx, Inana, Tanit, Bovary, Mazbagh, Kromvel, Ali Gyer, Tarik, Omar, Ferisht, Harun, Budikka, Patyomnik, Kugufats, Zatsmo, Eurydits, Mioritsa, Tais, Zhana, Eloyz, Ziren, Meluzyn, Borobrud, Ulyalan, Gautamo, Kumini, Lovumba, Valkyrie, Hefa, Fifa, Tizbe, Lamia, Maud, Tarzana, Klioparta, Eileen, Filenofa, Bulivar, Lung-tse, Aldonza, Kyrie, Narnia, Yahú, Fenelik, Pristina, Nerlim, Gandalf, Kyralina, Ayesha, Sofia und Tristram.

… Die Zahl 114 bestimmt fast alles. Mit Erreichen der Heiligen Zahl $114^2 = 12\,996$ *erwarteten die* mûnaks *den Weltun-*

tergang, da durch die Reine Lehre entkapselte Tictans *sich immer dann kräftig zusammenschließen können sollen, wenn ihre Gefäße eine Zahl erreicht haben, die ein Vielfaches, eine Potenz o. ä. von 114 darstellt – wie* 114^3, 114^3 *x* 2^2 *usw. usf. (allerdings geben die* mûnaks *nicht an, weshalb sich die* Tictans *sollten befreien, entleiben wollen, nachdem sie endlich Inkarnationsgefäße gefunden haben.) … Es gibt 114 Farbtöne, 114 Knoten zur Befestigung der Heiligen Schärpe, 114 Methoden der Folter, 114 Heilige Fragen des Großauditors, 114 Rezepte zur Zubereitung des Visionen bewirkenden Kräutersuds, 114 erlaubte Speisefische …«*

XI

Beißender Wind wehte durch die zerklüftete Schlucht und ließ die Feuer flackern. Er kam unregelmäßig und sprang immer wieder um; es gab keine geschützte Stelle.

Die *mûnak*-Truppen waren nicht sehr gesprächig. Barakuda hatte nichts anderes erwartet; die Sektierer redeten nicht gern mit Außenstehenden. In Banyadir gab es den Begriff der »Beschmutzung durch Kommunikation mit Unerhellten«. Die Frauen und Männer aus den Klöstern kauerten um die Feuer. Einige verfügten über Karabiner, und Dante ahnte, woher sie stammten.

Man hatte den zwei Gefangenen zu essen gegeben – Fladenbrot, Salzfleisch und dünnes Bier, das in Kesseln angewärmt wurde – und angekündigt, morgen werde einer ›mit großer Tictan-Kraft‹ sich um sie kümmern.

Beide waren zu erschöpft, um noch viel zu reden. Tremughati äußerte Verwunderung darüber, daß sie nach dem Inferno im Tunnel überhaupt noch etwas hörten. Sie waren nicht gefesselt; wohin sollten sie auch fliehen? Die Wände der Schlucht waren steil, bei Nacht nicht zu nehmen; der Eingang zum halbverschütteten Tunnel wurde bewacht, und man hatte ihnen ein Feuer im Zentrum des Lagers zugewiesen. Sie wickelten sich in grobe Pferdedecken und versuchten zu schlafen, eng aneinander gedrängt, um keine Wärme zu vergeuden.

Am Morgen warteten zwei Überraschungen auf Barakuda. Die kleinere war die Ankunft des Mannes ›mit großer Tictan-Kraft‹. Es war der *supremo* des Klosters Namenloser-Allgott, des ältesten und wichtigsten aller Klöster der *mûnaks.* Dort hatte Dante in seiner Zeit als Sicherheitschef von Cadhras die jährlichen Inspektionsbesuche gemacht, da Banyadir, wie Pasdan und Gashiri, das Shilgat-Abkommen nie akzeptiert und keine Residenten des Gouvernements zugelassen hatte. Aber Namenloser-Allgott war weit entfernt, und selbst wenn Grenzer gleich nach Beginn der Aktionen vor dem südlichen Paß per Semaphor oder Heliograph Alarm gegeben hatten, konnte der Mann noch nicht die Südgrenze erreicht haben. Und diese Schlucht lag im Süden Banyadirs.

Die zweite und weit größere Überraschung war das Wiedersehen beziehungsweise Wiedererkennen einer Tremughati, die er fast vergessen hatte. *Diese* Tremughati hatte er zum letzten Mal in Pasdan gesehen, als die Scharlachprim, die Herrin der mordenden ›Heiligen‹ Mütter, ihr in die Augen sah und niederkniete. In Tag'gashir'dir war es eine andere Tremughati gewesen, die mit ihm zusammen die letzten entscheidenden Aktionen unter Lebensgefahr durchgeführt hatte, nicht gelähmt, aber gedämpft von dem ungeheuren Verhängnis. Es gab weitere: Die in sich gekehrte Tremughati der letzten Tage, die kluge, witzige, immer wieder überraschende ›Schwester‹ und Freundin langer Gespräche in Cadhras und in der Steppe, Gortahorks Frau, so viel klüger wie schöner als Gortahork und Barakuda.

Absurd, dachte er sich in diesem Moment, im schneidenden Morgen der Schlucht, an einen Aphorismus von Ashme Zuvarov Chou zu erinnern: »Wenn du die Frau *deines* Freundes hinreißend findest, bist du nicht mehr *sein* Freund.« Aber Gortahork war tot, eingegangen ins Große Chaos, und dort stand Tremughati, in warmer, pelzbesetzter Lederkleidung, barhäuptig. Das schwarze Haar schien das Morgenlicht aufzusaugen, die blitzenden schwarzen Augen waren viel eisiger als jede Winternacht von Shilgat, die vollen Lippen in den Winkeln herabgezogen, wie erstarrt in einem Lächeln, das nichts Freundliches barg, sondern bodenlose Verachtung. Anmut der Steppe, liebliche Jägerin – tausend Namen hatten die Banyashil ihr gegeben, aber diese Tremughati war wieder die ›Stahlfeder in Samt‹, wie Vito Ataratz sie einmal genannt hatte – die Fürstin. Barakuda beobachtete sich selbst beim Staunen, kam sich sehr klein vor und bemerkte zweierlei Pietätlosigkeit in seiner Wahrnehmung Tremughatis: Er fand sie hinreißend, und Lydia Hsiang schien ihm plötzlich unendlich weit entfernt. Nicht nur, weil sie inzwischen den Planeten verlassen hatte und in einem schnellen Raumer nach Gaia flog.

Der verblüffte und sichtbar verunsicherte *supremo*, der auf seine Frage, was sie denn hier suche, nur diesen Blick und dieses Lächeln zur Antwort bekommen hatte, schaute zwischen ihr und Barakuda hin und her; er lief unter der gebräunten Haut rötlich an.

»Und Sie, Barakuda – so weit von Cadhras? Sie haben doch kein Amt mehr; oder ist das ein Sonderauftrag – unter den Bergen wühlen?«

Dante verschränkte die Arme und wies mit dem Kinn auf die Waffen und Ausrüstungsgegenstände, die man ihnen abgenommen hatte. »Da ist ein Funkgerät. Fragen Sie Cadhras, wenn Sie es wissen wollen.«

»Vermutlich waren Sie beide nicht allein da unten«, sagte der *mûnak*. Er holte tief Luft. »Aber das Tunnelende ist verschüttet. Wer war noch da, und was soll das alles?«

Tremughati sagte nichts; sie schaute an ihm vorbei. Dante hob eine Braue und sah dem *supremo* ins Gesicht.

Ein schlanker älterer Mann trat zu ihnen. »Wir können sie zum Reden bringen«, sagte er gelassen. »Wie wir die Leute aus Gashiri zum Reden gebracht haben.«

»Sie haben also den Fehler gemacht, die Bande ins Land zu lassen«, sagte Barakuda. »Und jetzt können Sie nicht mehr durch den Paß hinaus. Meinen Glückwunsch.«

Der *supremo* machte eine wegwerfende Handbewegung. »Das hat keine Bedeutung. Die Shil können den Paß nicht ewig blockieren. Und sie sind nicht sehr viele.«

Tremughatis Blick kehrte aus der Ferne zurück. »Die Jägerinnen und Jäger der Banyashil«, sagte sie, ohne irgendwen speziell anzureden, »sperren *alle* Wege, die ins Land Banyadir und hinaus führen. Im Norden, im Westen und im Süden. Die Wege nach Osten werden von Jägerinnen und Jägern aus den Namenlosen Sklavendörfern* gehalten.«

Der Mönchsobere kniff die Augen zusammen. »Das ist doch ein Trick. Sie sind unsere Gefangenen, also …«

Barakuda kicherte. »Also sollen wir uns auch so benehmen, wie? Sie irren sich, Bruder Abt. Wir haben alle Vorteile. Ob Sie uns binden oder laufen lassen, die eigentlichen Gefangenen sind Sie und Ihre Leute.«

Der schlanke ältere Mann mischte sich ein. »Vielleicht sollten wir ihnen sagen, *supremo,* daß wir alle nötigen Instrumente bei uns haben, um die Wahrheit zu befördern und die Göttlichkeit zu stärken. Ich bin der Großauditor des Klosters Galadriel.«

Tremughati blickte wieder einen Felsen an. »Rangunterschiede zwischen Wahnsinnigen sind belanglos, ebenso wie die von ihnen eingesetzten Handwerksmittel.«

Barakuda musterte den Großauditor mit einem Ausdruck milden Interesses, vermengt mit Spott. »Galadriel ist ziemlich weit im Süden; Sie sind hier also fast zu Hause, wie? Nett haben Sie es hier.« Er beschrieb mit dem rechten Arm eine vage Kreisbewegung und schaute dabei Tremughati an. Sie nickte.

»Nur schade für Sie, daß bald alles vernichtet sein wird.« Dante tastete nach seinen Zigaretten und versuchte, die Wirkung des letzten Satzes abzuschätzen.

Keiner der Umstehenden reagierte. Der *supremo* blickte sogar gelangweilt. »Wenn Sie auf das Unternehmen dieser Leute aus Gashiri anspielen, Barakuda – wir wissen davon, weil wir einige Leute haben leben lassen, bis wir

---

* Überwiegend von Mischlingen (›Mulis‹) bewohnte Dörfer sudöstlich von Banyadir. Versklavte und zur experimentellen Fortpflanzung verwendete Gebirgs-Shil, ausgestoßene *mûnaks* (z. B. Schwachsinnige oder Aufmüpfige) und ihre Nachkommen konnten bisweilen fliehen und siedelten jenseits der Berge; Jägerinnen aus den Namenlosen Dörfern spielten in der Endphase der Pasdan-Krise eine wichtige Rolle.

von ihnen ein paar Wahrheiten bekommen haben. Und Karabiner.«

Barakuda blieb kühl. »Und es stört Sie nicht? Oder halten Sie alles für Märchen?«

»Was – daß es antike Shil-Maschinen geben soll, irgendwo unter Ba'nzheyadar? Sie sehen, wir kennen sogar den Ort.«

Dante war verblüfft, zeigte es aber nicht. Er hatte bezweifelt, daß Shevshan seinen Leuten so viel gesagt hatte. Aber nicht alle Leute aus Gashiri konnten zurückbleiben oder mit unter die Berge gehen – es wäre den ehemaligen Banditen und den geächteten Shil der Bande aufgefallen, wenn man sie plötzlich allein gelassen hätte. Also mußten AVs mit nach Banyadir reiten, und der Rest – Gefangenschaft, Folterung – war durchaus glaubhaft.

Eine andere Idee kam ihm plötzlich in den Kopf. »Nun ja, ich nehme an, es hat ein kleines Feuerwerk über dem Ba'nzheyadar gegeben.«

Diesmal reagierten die *mûnaks.* »*Das* wissen Sie?« sagte der Obere. »Aha. Dann waren es also Ihre Leute – Gleiter aus Cadhras, wie?«

»Ja. Sie sollten zerstören, was dort noch von alten Antennenanlagen übrig ist.«

Der *supremo* lächelte boshaft. »Ein unwichtiger Nebeneffekt, Barakuda. Haben Sie sich nicht überlegt, daß die alten Sonnenzapfer, wenn es sie denn noch gibt, nicht nur die normale, sondern auch die Hyperstrahlung von Shalga anzapfen? Und die durchdringt auch Berge. Ihre Leute haben also, wenn überhaupt noch etwas existiert, nur Unwichtiges zerstört. Falls diese Maschinen noch funktionieren, gibt es sicher einen weiteren Sonnenzapfer, der Hyperenergie aufnimmt. Oder glauben Sie, die alten Shil hätten bei Schneestürmen auf dem Gipfel des Ba'nzheyadar, wenn die Antennen nicht funktionieren können, jede Energiegewinnung eingestellt?«

Tremughati nickte und blickte Dante von der Seite an. »Er hat recht. Dann ist die Gefahr nicht ausgeräumt.«

Barakuda seufzte. »Ja, Fürstin. Wir sind also nicht viel weiter als am Anfang.«

Der Großauditor und der *supremo* verständigten sich durch Fingerbewegungen, die Dante nicht deuten konnte.

»Setzen wir uns doch«, sagte der Obere von Namenloser-Allgott schließlich. »Ich glaube, wir sollten einen Moment lang trotz aller Feindschaft sachlich reden. Wir sitzen im gleichen Boot, wie es scheint.«

Tremughati zuckte mit den Schultern. Barakuda zögerte; dann nickte er. Ihm war sehr unwohl. Konnte es jemals gemeinsame Interessen oder gar Zweckbündnisse mit den *mûnaks* geben? Immer wieder sagte er sich, daß dies eine Falle sein mußte. Aber wozu? Wenn sie tatsächlich alles wußten, Shevshan richtig einschätzten; wenn der ehemalige AV-Führer tatsächlich mit den alten Maschinen die Welt zerstören wollte, um auf diese Weise zu erreichen, was ihm mit den Seuchenerregern nicht gelungen war – welchen Sinn hätte dann eine Finte oder Falle der *mûnaks?*

Auf dem Weg zum Feuer, um das Sättel und Hocker plaziert wurden, drängte Tremughati sich dicht an ihn. In sehr verwaschenem Taggashilgu, wie es im Hinterland von Bu'ndai gesprochen wurde, flüsterte sie: »Die Oberen freuen sich; mehr kann ich nicht lesen.«

»Ich will Ihnen offen sagen, was wir wissen«, begann der *supremo.* Sie saßen um das größte der Feuer und tranken süßen Tee aus kräftigen Hochlandkräutern. Unübersehbar war der Großauditor nicht einverstanden, aber in der Mystarchie der *mûnaks* gab es niemanden über dem Oberen von Namenloser-Allgott.

Er berichtete knapp und ohne überflüssige Details von den Vorgängen aus der Sicht der Mönche. Grenzer hatten wie üblich kleine Patrouillen ins Land vor den Bergen entsandt und die Annäherung zunächst von Leuten aus Gashiri, Banditen und Shil, dann auch von Banyashil gemeldet. Die Zeit hatte nicht gereicht, größere Grenzereinheiten zum Südpaß zu verlegen, so daß man die etwa 800 Leute starke Bande eindringen lassen mußte. Sie war auf dem nächsten Hochplateau nordöstlich des Passes gestellt und vernichtet worden; einige AVs hatten noch etwas ›aussagen‹ können. So hatten die *mûnaks* von den alten Anlagen erfahren, und davon, daß einer namens Shevshan aus der Führungsschicht der untergegangenen Anarchovegetarischen Union der Ungläubigen Transzendentalisten hoffte, mit Hilfe der Anlagen Shilgat vom Planeten zum Asteroidenschwarm zu machen.

»Seit Tagen suchen wir nach einer Möglichkeit, in diese uns bisher völlig unbekannte Unterwelt einzudringen. Das, na, sagen wir Feuerwerk auf dem Ba'nzheyadar hat uns die grobe Richtung angegeben, und im nahen Kloster Eurydits fanden sich Aufzeichnungen über Vermessungen, wonach diese Schlucht der vermutlich tiefste Punkt von ganz Banyadir ist. Und sie liegt fast genau auf der geraden Linie vom Südpaß zum Ba'nzheyadar. Wir haben also hier ein Tunnelsystem gefunden, nicht wahr? Kann man durch diese Tunnels möglichst schnell unter den Ba'nzheyadar gelangen? Oder sind sie jetzt unpassierbar? Gibt es einen anderen, schnelleren Weg? Die Oberfläche scheidet wohl aus; der Berg ist nach unserem Wissen von außen nicht zu erreichen. Und selbst wenn – es würde Monate dauern, über die umgebenden Massive zu kommen.«

Barakuda zögerte noch immer. Tremughati nickte langsam. Dante holte tief Luft. »Also gut. Da wir im gleichen Boot sitzen, um Ihre Metapher zu verwenden, möchte ich zuerst sicher sein, nicht über Bord zu gehen, sobald ich Ihnen neue Ruder geschnitzt habe.«

»Was wollen Sie hören?«

Dante überlegte. »Eine Zusicherung – einen Schwur – ach was, wenn es Ihnen nicht paßt, brechen Sie ihn ja doch. Unerhellten und Feinden gegenüber ist alles erlaubt, oder?«

Der *supremo* lächelte. »Das stimmt, aber ich bin trotzdem bereit, Ihnen und der Fürstin zuzusichern, daß wir, wenn Sie uns einen Weg zeigen oder verraten können, diesen Weg mit Ihnen bis zum Ende gehen werden. Wir werden Sie nicht vorher ausbooten.«

Barakuda zuckte mit den Achseln. »So gut wie jeder andere Eid. Oder so schlecht. Also schön.« Er erläuterte das Tunnelsystem, soweit es ihm bekannt war. »Es wird aber nicht möglich sein, in die Halle zu kommen; oder wenn, dann nur nach sehr langer und vorsichtiger Schaufelei. Ich nehme aber an, daß es in Abständen weitere Hallen oder Schächte zwischen den Tunnels gibt. Wir sollten im oberen Tunnel nach Nordosten gehen, so schnell wie möglich. Und bei nächster Gelegenheit versuchen, in den mittleren Tunnel zu gelangen. Ich glaube nicht, daß die AVs überall angehalten und alle Wagen zerstört haben.«

Großauditor und *supremo* schauten einander an; dann gab der Obere irgendwem weiter entfernt ein Zeichen. »Sehr schön«, sagte er. »Dann wollen wir aufbrechen. Zuvor will ich Ihnen aber noch eine Frage beantworten, die Sie nicht gestellt haben.«

Barakuda blinzelte. »Welche Frage?«

»Sie haben sich doch sicher gewundert, daß ich hier auftauchte, so weit von Namenloser-Allgott entfernt, oder? Ich befand mich auf einer Rundreise zu den Klöstern und war gerade in Galadriel, als die Ereignisse begannen.«

»Die Rundreise«, sagte Barakuda heiser, »diente sicher einem bestimmten Zweck, sonst würden Sie es mir nicht erzählen.« Er begann sich vor der Antwort zu fürchten und hatte das undeutliche Gefühl, einen Fehler gemacht zu haben.

Tremughati warf plötzlich den Kopf in den Nacken und lachte, aber es war kein fröhliches Lachen. »Das arme Kind«, sagte sie. »In diesem Wetter!«

Der *supremo* zuckte zusammen. »Woher …? Ach, es spielt keine Rolle. Ja, es hat etwas mit einem Kind zu tun. Mit diesem Kind.«

Eine Gruppe von *mûnaks* kam näher, Frauen und Männer. Sie trugen eine Art Sänfte. Als sie das Feuer erreicht hatten, setzten sie sie ab. Der *supremo* zog die schweren

Vorhänge zurück. Im Innern lag ein kleines Kind. Es schlief. Barakuda kannte sich nicht aus, schätzte aber, daß das Kind etwa ein halbes Jahr alt war. Das Gesicht war fiebrig rot.

»Einhundertvierzehn«, sagte der *supremo.* »Das ist die Heilige Zahl, die Zahl der manifest gewordenen Tictans. Alle Menschen terranischer Abstammung sind Gefäße von Tictans, aber die Götter haben sich verkapselt, um nicht alle Schande und allen Makel zu spüren. Wir, die Einzig Wahrhaften Verehrer Allen Gottes, wissen, daß wir Tictans in uns tragen und eines Tages mit ihnen eins werden und zur Göttlichkeit gelangen können. Durch unsere Lebensführung, unser Studium und die Tilgung schädlicher Engramme konnten wir die Verkapselung des Göttlichen in uns öffnen. Und bei jeder Potenz oder Summe von Potenzen, deren Faktor einhundertvierzehn ist, schließen die halbentkapselten Tictans sich neu zusammen und gewinnen Kraft. Wenn die Kraft groß genug ist, wird der Rest der Verkapselung brechen, und wir alle, alle *mûnaks* von Banyadir, alle Einzig Wahrhaften Verehrer, werden befreit von den Fesseln und Teil der Großen Göttlichkeit.«

Es war eine Art liturgischen Rezitativs; die umstehenden *mûnaks* bewegten ihre Oberkörper rhythmisch vor und zurück, während der *supremo* in einem seltsamen Singsang redete. Nun deutete er abermals auf das Kind. »Einhundertvierzehn zum Quadrat mal vier zum Quadrat ist zweihundertsiebentausendneunhundertsechsunddreißig. Dieses Kind hat die Zahl erfüllt. Und nun, durch den Zufall, der kein Zufall ist, durch die Pläne der AVs und die Maschinen der alten Shil, und durch Ihre Auskünfte, Barakuda, können wir die Fesseln der Verkapselung, die Würgeklammer hinfälliger Leiblichkeit sprengen und göttlich werden.«

Dante schloß die Augen. Die Zahl 207 936 – er hatte vor Jahren eine Abhandlung über die hirnrissigen Mythen der Mönche gelesen, in der auch diese Zahl genannt wurde. Angeblich hatten sie bereits bei Erreichen der Heiligen Zahl $114^2 = 12996$ den Weltuntergang erwartet und damals versucht, durch Kindermord, dann durch Aussonderung minder Begabter oder Ächtung nicht vollkommen Angepaßter den Bevölkerungsstand zu halten.

»Wenn durch eine gewaltige Erschütterung sämtliche Kapseln gleichzeitig sterben, ist die Göttlichkeit gewiß. Es ist nun nicht mehr wichtig, das Kind allen Klöstern zu zeigen.«

Tremughati streckte die Hand aus, um das Kind zu berühren; man ließ sie gewähren, wenn auch drei *mûnaks,* mit blanken Dolchen, argwöhnisch jede Bewegung beobachteten. Sie schloß die Augen. Plötzlich seufzte das Kind, lächelte im Schlaf und drehte sich auf die andere Seite.

»Was haben Sie gemacht?« sagte der *supremo* heftig.

Tremughati öffnete die Augen wieder. »Die Kleine hatte Fieber, von der Reise durch den Winter. Ich habe sie geheilt. Sie kann ja nicht dafür.«

»Was geschieht nun mit uns?« Barakuda ahnte die Antwort, noch ehe er die Frage stellte.

»Sie beide werden uns begleiten. Der Zufall, daß dieses Kind und die große Maschine der alten Shil uns gleichzeitig gegeben werden, kann kein Zufall sein. Wir sorgen dafür, daß Shevshan und seine Leute keine Fehler machen. Daß die größtmögliche Sprengkraft erzielt wird.«

Barakuda wiederholte: »Was geschieht mit uns?«

»Sie beide werden dabei sein. Und Sekunden vor der Göttlichen Detonation werden wir Sie töten.«

Aus: Beschreibung von Shilgat, *Fulano van Tal, Atenoa, 388*

(Fortsetzung) »... sowie auch 114 berechnete Möglichkeiten der Allgemeinen Vergöttlichung bzw. Befreiung durch Katastrophen, Massenselbstmord etc.

Ferner wurde sehr früh ein Kartenspiel entwickelt, das zunächst Tictan-Tarock, *später* Tictaró hieß. *Es dient in vielen Varianten auch zur Zerstreuung, vor allem aber für liturgische und sonstwie rituelle Akte – Orakel, Enträtselung der Vergangenheit, Bestimmung variabler Zukünfte, Verteilung wichtiger Aufgaben durch gelenkten Zufall ...*

Es gibt 114 Karten mit symbolischen Darstellungen der Götter, ihrer Eigenschaften, der ihnen geheiligten Zahlen und Farben ... Im Prinzip erlaubt es unendliche Spielmöglichkeiten, da die Kartenwerte variabel sind und von den vorangehenden bzw. nachfolgenden Karten beeinflußt werden. In einer Variante des Zerstreuungsspiels berechtigt z. B. die gezogene Karte Marilyn *zum Ausscheiden aus dem Spiel zwecks Beilagers mit einer beliebigen Person, die sich zu fügen hat; wurde jedoch als letzte vorangegangene Karte* Kennedy *gezogen, muß der Spieler/die Spielerin, der/die* Marilyn *gezogen hat, durch symbolischen Selbstmord ausscheiden und verliert den Einsatz ... Einige Karten, zur Illustration:* Mioritsa: *dunkelhaariges Mädchen mit Lamm, stürzt sich von einem Felsen; naive Zärtlichkeit, Opferbereitschaft; grün-gelb-grün-lila. -/-* Magitatsh: *herbe blonde Frau mit Entenfüßen, zerrt einen räudigen Löwen hinter sich her; Beharrlichkeit; blau-rot-blau-blau. -/-* Mshimba-Mshamba: *transparenter Riese, in der Gabel seines eisernen Atems hängt ein Baum; unaufhaltsame Wucht; weiß-orange-blau-rot. -/-* Kurdaitcha: *Mann mittleren Alters, mit Bauchbeutel und schlagenden Schwingen an den Füßen (die Federn der Schwingen gleichen menschlichen Zungen); Hurtigkeit, allseitiger Einfluß; weiß-azur-schwarz-gelb. -/-* Murx: *bärti-*

ger Greis mit Silberblick, erdrückt humanoide Insekten mit einem monströsen Buch; Überlagerung der unerfreulichen Realität durch gezielte Einbildung; rot-weiß-rot-lila. -/- Filenofa: *dunkle Frau, umgeben von geifernden Hyänen, stickt den Kopf eines Pferdes auf eine Matratze; stetige, objektbezogene Sinnlichkeit; orange-rosa-azur-orange ...«*

XII

Aus einem Grund, den auch Ilahuan nicht kannte, fuhren die drei Boote langsamer als die Strömung. Von allen aufgestellten Mutmaßungen war Kara Kikuyos – »der Kanal schießt dermaßen, daß Bremsen und Anlegen schwierig wäre« – die plausibelste, konnte aber das technische Rätsel nicht lösen.

Zweimal schliefen sie in den Booten. In der Mitte der nächsten Wachperiode – ›Tag‹ und ›Nacht‹ hatten im Dunkel der Unterwelt keine Bedeutung – zeigte der Lichtkegel des Scheinwerfers im ersten Boot eine größere Halle. Sie war markiert: An der Rückwand befand sich eine Scheibe mit einem Kreis und einem Punkt in der Mitte. Ilahuan behauptete, das bedeute ›Großer Mittelpunkt‹ und müsse folglich die Station unter dem Ba'nzheyadar sein.

Durch ein Milchstein-Schott, das Ilahuan öffnete, gelangten sie in eine große Halle, die Ähnlichkeit mit jener hatte, in der sie von Tremughati und Barakuda getrennt worden waren. Auch hier gab es Reste alter Steinartefakte, undurchschaubare Konstruktionen aus Stein und stabilisierter Energie, vor allem aber viele Trümmer.

»Alles, was nicht aus diesem Wandlerprodukt gemacht ist, hat die Zeit nicht überdauert.« Learoyd kniete zwischen intakten Steinkästen ohne erkennbaren Zweck und wühlte im Staub.

Ilahuan machte sie auf eine Übereinstimmung und einen Unterschied aufmerksam, was die beiden großen Hallen am Kanal betraf. Auch hier gab es hängende Hohlsäulen, die jedes Geräusch verstärkten; sie schienen sich in einer Röhre nahe der Decke fortzusetzen, als eine Art Fernsprech-Leitung. Aber es gab keine weiteren Tunnels; nirgendwo auch nur die Andeutung eines ›Bahnanschlusses‹.

»Muß eine Nebenhöhle sein«, murmelte Learoyd. »Aber wo ist die Haupthalle?«

Es gab viele Stellen an den Wänden, die wie versperrte oder verschottete Durchgänge wirkten, aber diesmal half auch die Kunst des Heilers nicht. Sie verloren fast einen halben Tag mit vergeblichen Versuchen, Durchgänge zu öffnen.

»Die Fürstin könnte vielleicht helfen«, sagte Ilahuan müde. »Ich kann nichts ausrichten.«

Bondak hockte auf dem Boden und blinzelte im Goldlicht zum Heiler auf. »Aber wenn das hier wirklich die Zentrale ist...«

Ilahuan ließ sich ebenfalls nieder. »Bedenkt, daß alle Zugänge zu diesen Anlagen versperrt und versiegelt wurden, vor sehr langer Zeit. Nur die Zufälle von Erdbeben, Erosion, Höhlenbildung haben diesen einen Zugang wieder geöffnet, durch den wir gekommen sind. Und wir waren lange unterwegs, bis wir zu den geformten Teilen kamen. Wahrscheinlich haben meine Vorfahren alle wichtigen Stellen noch einmal besonders versperrt.«

»Wieso dann nicht die andere Halle?«

Ilahuan hob die Schultern. »Ich kann mir nur denken, daß es mit dem Fluß zu tun hat. Vielleicht ist man davon ausgegangen, daß der einzige denkbare Zugang, außer den versperrten und versiegelten Pforten, über den Kanal führt. Vielleicht könnte jemand, der allzu sehr auf riskante Abenteuer erpicht ist, den Nebenfluß des Banyuli aufwärts wandern, dann unter den Bergen hindurchschwimmen und in dieses Kreislaufsystem gelangen.«

»Dann könnte er aber auch in die Höhle kommen, aus der wir mit den Booten aufgebrochen sind. Und die war nicht versperrt.«

Ilahuan machte ein ratloses Gesicht. »Ja. Ich weiß es nicht. Die andere Höhle ist nicht wichtig, nicht im Mittelpunkt. Und...«

Toyami, die wie eine Katze an vorspringenden Stellen der Wände hinaufgeklettert, über Simse geturnt und mehrmals fast abgestürzt war, unterbrach ihn durch einen leisen Zuruf. »Hier ist eine Art Windkanal oder so was. Ich sehe nach, wohin er führt.«

Sie verschwand; die anderen warteten und aßen vom restlichen, kargen Proviant.

Nach einer halben Stunde erschien Toyami wieder in der Öffnung. »Es ist eng, aber es geht.« Sie sprach leise, und die Hängesäulen verstärkten ihre Stimme. »Man kommt in eine größere Halle, aus der es, soweit ich das sehen konnte, Ausgänge gibt.«

»Gut, daß der Chef an Schweber gedacht hat«, sagte Learoyd. »Ich würde da nicht raufkommen. – Was die beiden wohl machen?«

Ilahuan schien in sich hineinzulauschen. »Sie leben«, sagte er, wie schon mehrfach während der letzten Tage. »Sie sind nicht besonders fröhlich. Jedenfalls die Fürstin nicht. Mehr kann ich nicht lesen.«

Es war ein zeitraubendes Unternehmen. Ausrüstung und Leute mußten mit den Schwebern aufsteigen und diese, oben angekommen, neu einstellen, so daß sie langsam wieder zum Hallenboden sanken.

Der Gang, den Toyami entdeckt hatte, war wirklich nur eine enge Röhre, in der man nicht aufrecht gehen konnte. Als sie endlich die zweite Halle erreichten, waren alle vollkommen erschöpft. In einem Winkel der großen Halle schlugen sie ihr Nachtlager auf und verbrachten die dritte Schlafperiode seit dem Aufbruch mit den Booten. Bondak und Learoyd schnarchten, aber auch ein paar der Banyashil. Nach mehreren Versuchen, durch Änderung der Lage den Lärm zu beenden, verzogen sich die Schnarcher in einen Nebengang. Die Hängesäulen der Halle, die bereits aus tiefen Atemzügen einen Geräuschvorhang machten, zwangen sie dazu.

Am ›Morgen‹ begann, nach kurzer Erkundung, die schlimmste aller Klettertouren. Es gab drei Gänge, die nicht in Nebenkammern endeten. Einer führte in eine zusammengestürzte Höhle; der zweite zu einem Schott, das

Ilahuan nicht öffnen konnte. Der dritte Gang endete am Fuß einer engen, steilen Wendeltreppe.

»Hinter dem Schott liegt wahrscheinlich ein Schacht, durch den man schweben könnte«, knurrte Learoyd, als sie sich für die Treppe hatten entscheiden müssen. Er knurrte noch mehr, darunter erlesene Flüche, bei denen die Banyashil mehrfach nachfragten.

Irgendwann verloren sie jedes Zeitgefühl; es gab nur noch Keuchen und schmerzende Muskeln. Später stellten sie fest, daß sie viereinhalb Kilometer Höhenunterschied überwunden und sich dabei zehn Kilometer in der Horizontalen bewegt hatten. Die Stufen waren schmal, immer im Kreis, immer im Kreis; die Abstände zwischen den einzelnen Windungen so niedrig, daß selbst die relativ schmächtige Toyami nicht aufrecht gehen konnte. Mehr als einmal glitt jemand auf dem Milchstein aus; nach mehreren Versuchen gaben sie jede Hoffnung auf, die Treppe mit Schwebern hinter sich zu bringen; zu eng, zu niedrig, keine Möglichkeit, die Geräte zurückzuschicken. Shulamit, Bondak und Kara bugsierten die mit Ausrüstung und Waffen beladenen Plattformen halb hängend, halb schiebend treppauf; die anderen krochen oft genug, weil es einfacher war, sich mit den Händen aufzustützen, als die Balance zu halten.

Immer wieder endeten die Wendeltreppen, gingen über in lange, krumme, auf- und abwärts führende, enge Korridore, an deren Schluß die nächste Treppe begann. Immer häufiger wurde Rast eingelegt. Während einer dieser von Ilahuan als ›Keuchlager‹ bezeichneten Pausen sagte Bondak: »Das muß ja wohl ein Notausgang sein. Dieses Treppensystem.«

Toyami kicherte. »Eher Lieferanteneingang, würde ich sagen.«

Learoyd setzte hinzu: »Und wer da unbedingt rein will, ist selber schuld, wenn er nirgends ankommt.«

Ilahuan hob die Hand. »Leise.« Er lauschte mit geschlossenen Augen.

Dann hörten die übrigen es auch. Irgendwo weit über

ihnen und weit voraus hatte ein dumpfes Grollen eingesetzt; für Sekunden schien der Boden zu beben. Dann endeten die Erschütterungen, aber das Grollen – eher ein tiefes Summen – blieb.

»Sie haben es gefunden.« Ilahuan sah die anderen der Reihe nach an. »Sie haben es gefunden, und die alten Maschinen sind angesprungen. Uns bleibt nicht mehr viel Zeit.«

Als sie sich damit abzufinden begannen, daß sie nie im restlichen Leben aus schrägen Korridoren und steilen engen Wendeltreppen hinausfinden würden, endete plötzlich der Gang in einer Halle. Auch sie bestand aus dem milchigen ›gewandelten‹ Stein, und auch hier hatte das Material, wie schon seit Stunden das der Treppen und Gänge, zu glimmen begonnen. Es war, als wäre der Berg plötzlich zu einem halbtransparenten Lebewesen geworden, durch dessen Haut man irisierendes Blut fließen sah. Gleichzeitig erwärmten sich die Wände. Noch war es kaum spürbar; nur wenn man die Hand auf das Material legte. Aber früher oder später würde alles sehr heiß werden, einschließlich der Luft.

»Wir sind Ameisen, die durch eine riesige Batterie zum Transformator krabbeln, den sie ausschalten wollen, ohne zu wissen, wie er funktioniert.« Toyami wunderte sich einen Moment selbst über den druckreifen Satz; dann schlug sie die Hände vor die Ohren, als sie als letzte die Halle betrat.

Die Hängesäulen an der Decke verstärkten das tiefe Summen der rätselhaften Maschinen zu einem unerträglichen Bordun-Ton. Er war durchsetzt von Geräuschen, die immer wieder begannen, endeten, fortgeführt wurden.

Ilahuan winkte Bondak zu sich und schrie ihm ins Ohr: »Wir sind jetzt nahe an der Großen Halle, denke ich. Ich glaube, dieser Zwischenlärm, das sind Stimmen, Gespräche, oder Echos davon, verzerrt, zersplittert und mit viel Hall.«

Von überall mündeten Gänge in die Halle, aber es gab nur einen großen Ausgang, aus dem das Grollen zu kommen schien, soweit das überhaupt noch auszumachen war. Als sie den Korridor betraten, wurde der Geräuschorkan ein wenig erträglicher.

Am Korridor lagen mehrere unverschlossene, leere Kammern. In einer, die keine direkte Verbindung zu den Schallsäulen zu haben schien, machten sie Halt.

»Ab jetzt müssen wir sehr vorsichtig sein«, sagte Bondak. »Die AVs haben bestimmt irgendwo eine Wache aufgestellt. Wir sollten nicht voll in eine Karabinersalve rennen.«

Ilahuan und die Banyashil berieten leise über etwas, das die Cadhrassi nicht verstanden. Learoyd wandte sich an seine Gefährten. »Möchte vielleicht irgendwer umkehren?«

T'unga hob eine Braue. »Bis wir hier rauskommen, fliegt uns der Berg um die Ohren. Wir sind zu tief drin.«

Shulamit as-Sabah hatte sich hingekauert und massierte ihr linkes Knie. »Red keinen Quatsch«, sagte sie zu Learoyd gewandt. »Wenn einer von uns umkehren wollte, wäre er oder sie gar nicht erst mitgekommen.«

Toyami und eine schlanke Banyashil, beide mit Bogen bewaffnet, machten einen Erkundungsvorstoß. Sie gingen geduckt und dicht an den handwarmen Wänden. Sie passierten ein offenes Schott; danach krümmte sich der Korridor. Hinter der Kurve lag ein weiteres Schott, einen Spalt offen.

Plötzlich krachte vor ihnen ein Schuß. Sie ließen sich fallen, krochen zurück zur Biegung. »Mist«, sagte Toyami.

Die Jägerin nickte. »Kein Durchkommen.«

In der Kammer berichteten die Frauen. »Und dann kommt ein weiteres Schott. Es ist fast ganz zu, aber sie haben irgendwas reingeklemmt und einen Spalt offen gelassen. Den benutzen sie als Schießscharte. Nicht ranzukommen. Dieses verdammte Goldlicht wird ja leuchten, bis weder von ihrer noch von unserer Seite anderes Licht kommt, und die machen ihres bestimmt nicht aus. Also auch keine Möglichkeit, sich im Dunkeln ranzuschleichen.«

»Wie breit ist der Spalt?«

Die Jägerin hob ihre Hand. Es war eine schmale, feine Hand.

Bondak kaute auf der Unterlippe, suchte auf einem der Schweber nach etwas und hielt schließlich eine Gasgranate hoch, eine der länglichen mit eigenem Brennsatz.

»Zu breit, fürchte ich.« Toyami nahm sie auf die Handfläche. »Außerdem kommen wir nicht nah genug ran, um genau genug zu zielen.«

»Also letzte Möglichkeit, wenn uns nichts anderes einfällt«, murmelte der alte Sergeant. Er blickte sich ratlos um. »Weiß jemand was?«

Learoyd seufzte. »Ja, aber das geht auch nicht.«

»Was meinst du?«

»Die Flüstertüte.«

Ilahuan kannte das Wort nicht, begriff aber und nickte. »Das stimmt. Wenn man in der Halle da hinter uns die Große Maschine und die Stimmen hören kann, muß es eine Verbindung geben. Aber das ist sicher eine enge Röhre, in der gerade genug Platz für kleine Übermittler-Säulen ist.«

»Und es muß unerträglich laut sein«, sagte Bondak. »Nein, Terence, es geht wirklich nicht. Da stirbt man ja am Lärm, bevor man irgendwo ankommt.«

Learoyd hörte nicht hin, sondern blickte den Heiler an. »Kannst du uns nicht die Ohren versiegeln?«

Ilahuan lächelte. »Es gäbe etwas, aber ich habe nicht genug davon. Sonst hätte ich längst etwas gesagt.«

»Wieviel hast du davon?«

Ilahuan zog einen kleinen Beutel aus einer der zahllosen Taschen seiner Lederjacke. Er öffnete ihn und fuhr mit dem Finger hinein. »Für zwei Ohren könnte es reichen.«

Toyami und die schlanke Jägerin betrachteten einander. Toyami seufzte und stand auf. »Ich sehe schon, es bleibt an mir hängen.«

Learoyd und Toyami verschwanden im Gang, mit einem der Schweber. Nach fast einer halben Stunde kamen sie zurück, mit schmerzverzerrten Gesichtern.

»Ich passe gerade rein«, sagte die frühere Agentin erschöpft. »Es ist furchtbar eng, und ich weiß nicht, ob ich zur anderen Seite durchkomme.« Sie setzte sich auf den milchigen Boden. Dabei stützte sie sich mit der Hand ab. »Oha.« Sie hielt die Hand hoch. »Es wird wärmer.«

Der Heiler nickte. »Wir haben es bemerkt. Langsam, aber immer noch zu schnell. Viel Zeit bleibt nicht.«

Toyami trank einen Schluck Wasser. »Viel Wasser bleibt auch nicht«, sagte sie fast spöttisch. »Und viel Gepäck kann ich nicht durch die Röhre schaffen, da oben. Aber ich will es versuchen. Was ist mit deinem Ohrzauber, Ilahuan?«

»Kein Zauber, nur gewisse Kräuter.« Der Heiler ließ sich neben ihr nieder, nahm Kräuter aus dem Beutel, steckte sie in den Mund und begann zu kauen. Dann spie er klebriges Mus in seine Handfläche. Er formte daraus zwei Pfropfen, die er in Toyamis Ohren drückte. Bondak nahm die Notapotheke vom Schweber, holte Klebestreifen heraus und pflasterte Toyamis Ohrmuscheln zu.

»Sag mal was.« Sie wandte sich an Learoyd.

Er grinste. »Ich wüßte was Besseres, als hier durch die Unterwelt zu kraxeln. Hast du heute abend was vor?«

Toyami hob die Brauen. »Ich verstehe keine Wort, aber dein Gesichtsausdruck sagt mir genug. Lüsterner Greis.« Sie stand auf. »Ich will es versuchen.«

Nach eineinhalb Stunden tauchte sie wieder aus dem engen Gang auf. In der Halle hatten sich Shil und Cadhrassi abgewechselt, da keiner es lange aushalten konnte, ohne daß ihm der Kopf zersprang. Shulamit war unten und nahm Toyami in Empfang, als sie mit dem Schweber landete.

»Warm da drin.« Toyami sah sehr erschöpft aus; ihre Lederkleidung war überall abgerieben und an einigen Stellen aufgerissen. »Und eng.«

In der Kammer, die Learoyd als ›unser HQ‹ bezeichnete, berichtete sie, ohne die Pfropfen aus den Ohren zu nehmen. Sie hatte sich zwischen Hängesäulen und Stehsäulen, Steinvorsprüngen und Steinstiften hindurchgezwängt. In der engen Röhre war die Luft schon unangenehm heiß.

»Am anderen Ende wird die Röhre breiter, fast wie ein Schalltrichter. Ich hab sehr aufpassen müssen, um nicht rauszuflutschen. Aber da ist die große Halle. Ich schätze, ein Quadratkilometer Fläche und sicher vier bis fünfhundert Meter hoch, wie ein Kasten. Darüber befindet sich eine Verjüngung, eine Art Kuppel. Wie hoch sie ist, weiß ich nicht. Oben hängt so was wie eine große Scheibe aus zehntausend Leuchtkristallen – die Hallenbeleuchtung. Unten stehen Maschinen, wenn es Maschinen sind. Sie sind alle aus Milchstein, und die meisten glühen. Es ist da drin wärmer als hier, fast so warm wie in der Röhre.«

Bondak zupfte an seinem Ohrläppchen. »Wie lange haben wir wohl noch?« sagte er halblaut.

Ilahuan legte die flache Hand auf den Boden. Es wurde immer wärmer. »Zehn Stunden.« Er sah Toyami an und hob alle zehn Finger.

»Stunden, wie?« Sie schloß einen Moment die Augen. »Dann muß ich wohl weitermachen. Ich brauche mindestens noch zwei Anläufe, bis ich genug Material auf der anderen Seite hab, um die Leute in der Riesenhalle für ein paar Minuten auszuschalten.«

»Wie viele sind es denn noch?«

Sie hatte Bondaks Frage nicht verstanden, erriet aber den Sinn und lächelte. Es war ein beinahe fröhliches Lächeln. »Ach so, das hab ich vergessen. Ich hab sechs AVs und zwei Shil gesehen. Wahrscheinlich sind zwei da vorn am Schott, mit Karabinern. Schade, daß hier unten keine Hallsäulen sind, sonst könnten sie nicht schießen. Egal. Aber da ist noch was.«

Learoyd runzelte die Stirn und sah sie fragend an.

Toyami stand auf und nahm den kleinen Beutel mit Gasgranaten. »Mindestens fünfzig Mönche aus Banyadir«, sagte sie. »Und keine Spur von Dante und Tremughati.«

Zwei Tage kletterten sie durch das Steingewirr des eiskalten oberen Tunnels; dann erreichten sie eine kleine Verbindungshalle. In einem offenen Hangar fanden sich vier der leichten Wagen aus ›gewandeltem‹ Stein. Sie faßten bequem zehn Leute, unbequem fünfzehn. Der *supremo* wählte schnell die Begleiter aus den fast 300 *mûnaks* aus, die bis hierhin mitgekommen waren. Den übrigen befahl er, zu Fuß weiter vorzudringen und in einem hypothetischen weiteren Hangar nach Wagen zu suchen.

Es folgten zwei Tage Fahrt. Immer wieder rasten die übervollen Wagen mit besorgniserregender Geschwindigkeit Gefällstrecken hinab, um dann steile Steigungen zu nehmen. Einige Male griffen von unten Schleppsysteme ähnlich jenen der Taggabahn* in die Vorrichtungen nahe den Achsen und zogen die Wagen ›bergauf‹.

---

* An Steigungen, die nicht mit dem Restschwung des Wagens genommen werden können, befindet sich unter der Strecke ein gegenläufiges ›Flaschenzug‹-System. An Stahl- oder ›Milchstein‹-Tauen in der Fahrbahn sind senkrechte Schleppstifte befestigt; die Wagen verfügen an Bug und Heck über je einen zur Wagenmitte umklappbaren Bügel. Beim Zurückrollen an der Steigung verhakt sich der Bugbügel an einem Schleppstift und löst eine mechanische Arretierung aus. Ein schwerer, auf Rollen liegender Felsblock zieht den Wagen bergauf. Beim Abrollen jenseits der genommenen Steigung zieht der Wagen seinerseits (mittels Heckbügel und Schleppstift) nacheinander mehrere kleine Felsen im Schrägschacht unter der Strecke hoch. Der letzte löst beim Erreichen seiner höchsten Position eine weitere Arretierung; die kleinen Felsen rollen wieder abwärts und ziehen den großen dabei in seine höchste bzw. ›Warte‹-Position.

Als sie das Ende der Strecke erreichten, hatten sie laut Barakudas Kombigerät, das der *supremo* am Handgelenk trug, 367 Kilometer zurückgelegt und dabei 2413 Meter Höhe gewonnen.

Dante hätte sich vielleicht dumpfem Fatalismus ergeben, aber dagegen sprachen zwei gute Gründe. Zum einen dachte er trotz aussichtsloser Lage und Gefangenschaft nicht daran aufzugeben, solange er noch nicht tot war; dies lag teils an der Flottenausbildung, teils an seiner Veranlagung, teils schließlich an der von ihm gebilligten Lehre des ›aktiven Fatalismus‹*. Zum anderen war Tremughati neben ihm, ganz Fürstin, Heilerin und Jägerin, strahlend, unbeugsam und durch nichts zu beeindrucken.

Kurz vor Ende der Fahrt bebte der Boden; bald darauf begannen die milchigen Wände zu glimmen. Als sie am Schluß der Strecke – die Wagen rollten bergauf in eine Halle, aus der nur ein Fahrstrang in Gegenrichtung führte – ausstiegen, hörten sie das dumpfe Grollen nahe vor ihnen.

»Sie haben begonnen«, sagte Tremughati lächelnd. »Das macht mir die Entscheidung leicht.«

»Welche Entscheidung?« Der Großauditor stand neben ihr, aufmerksam und skeptisch.

---

* Sinn dieser noastoischen Doktrin ist es, bei widrigen Zufällen (›Schicksalsschläge‹ ist ein von Dorji Dyogen Bahadur und seinen Nachfolgern verworfenes Wort, da es Einen oder Etwas voraussetzt, der/das etwas ›schickt‹) lahmende Verzweiflung – *dilemaporía*, Bahadur – und Panik zu vermeiden, um aus fatalistischer Resignation die Kraft zu gewinnen, das ›lethale Paradoxon‹ durchzuführen: sich nicht vom Unabwendbaren lähmen zu lassen, sondern es als unabwendbar hinzunehmen, um es im letzten Augenblick vielleicht doch noch abzuwenden. »Wenn aus dem Himmel ein Fels stürzt, der zu groß ist, als daß du rennend die Aufschlagstelle verlassen könntest, wühl eine Mulde in den Boden. Ist der Boden zu hart, dreh dich auf den Rücken und preise die Treffsicherheit des Zufalls und die Maserung des stürzenden Gesteins. Genau die Maserung über dir könnte eine konkave Wölbung sein.«

»Ob ich Wege öffne oder nicht.«

»Vielleicht brauchen wir Ihre Hilfe gar nicht.«

Tremughati hob die Schultern und schwieg. Die *mûnaks* suchten nach Ausgängen aus der Halle, fanden aber nur verschlossene Schotts, die weder auf Berührung noch auf Gewalt reagierten. Schließlich warf der *supremo* Tremughati einen Blick zu.

»Vielleicht sollten Sie ›bitte bitte‹ sagen«, schlug Dante vor.

Tremughati ging schweigend zu einem Schott. »Es sind wispernde Steine in diesem Tor«, sagte sie über die Schulter. »In den anderen auch. Dahinter gibt es Gänge und Treppen. Und hier einen Korridor, der zu einer Hebeanlage führt.« Sie lehnte die Stirn nacheinander an drei nicht besonders markierte Stellen des Schotts. Langsam fuhr es nach beiden Seiten auf. Zuvor hatte man nicht einmal die Andeutung eines Spalts oder einer Fuge in der Mitte gesehen.

Ein Korridor lag dahinter; er führte zu einer kleineren Halle, an deren Ende eine Kammer ohne Tür war. Tremughati ging voraus und trat in das milchige Gelaß.

»Woher sollen wir wissen, daß Sie uns nicht in eine Falle locken?« Der Großauditor starrte sie unter zusammengezogenen Brauen an.

Sie antwortete nicht. Langsam, zögernd, traten die *mûnaks* zu ihr und Barakuda. Mit Mühe drängten sich alle in die Kammer. Wieder berührte die Fürstin unkenntliche Punkte.

Mit leichtem Knirschen, das lauter war als das dumpfe Grollen des Berges, begann die gesamte Kammer zu steigen, wie ein Aufzugkorb oder das Abteil eines Paternoster. Als sie schließlich hielt, war fast eine Stunde vergangen, und das Kombigerät zeigte 4756 Meter Höhe über NN an.

»Wir sind auf halber Höhe der Großen Halle«, sagte die Fürstin ruhig. »Ich nehme an, es ist Ihnen recht. Von hier haben wir einen Überblick über die Dinge.«

»Woher wissen Sie das alles?«

»Die wispernden Steine.«

Wieder ging sie voraus, öffnete ein Schott, dann noch eines, schließlich ein drittes am Ende eines langen Korridors.

Barakuda berührte eine der gespenstisch leuchtenden, milchigen Wände. Sie war zu warm. Er sagte nichts; Tremughati nickte, ohne ihn anzusehen.

Als das dritte Schott sich halbierte und in den Wänden verschwand, füllte sich der Gang mit dem Dröhnen großer Maschinen. Es blieb knapp unterhalb der Schmerzschwelle.

Sie traten auf eine Galerie. Vor ihnen, unter ihnen, über ihnen war die Große Halle. Alles in ihr, die Wände und Galerien und Treppen ebenso wie die riesigen kubischen Aggregate auf dem Hallenboden bestand aus milchigem Stein, jener Mischung aus ›gewandelter‹ Felsmaterie und stabilisierter Energie. In unterschiedlichen Höhen zogen sich Borde oder Simse mit Hängesäulen um die Halle. Flüchtig überlegte Barakuda, daß sie im tiefen Bereich der hörbaren Wellen eine Aufnahme- oder Wiedergabe-Lücke haben mußten. Sie schienen nur einen Teil, die ›Ränder‹, der Maschinengeräusche zu verstärken und weiterzuleiten; anderenfalls hätte niemals jemand in dieser Halle arbeiten können.

Die Halle war riesig. Und warm. Über einer Grundfläche von vielleicht einem Quadratkilometer ragten die Wände fast 500 Meter senkrecht auf, unterbrochen von Simsen und Galerien. Darüber wölbte sich eine Kuppel, und von diesem sich verjüngenden Dom hing eine gewaltige Scheibe, die alles golden erleuchtete. Sie schien aus unzähligen Leuchtkristallen zusammengesetzt zu sein.

Aber das goldene Leuchten hatte begonnen, sich zu verändern. Es war heller geworden, durchsetzt von dem diffusen Glimmen der milchigen Wände.

Während der *supremo* und der Auditor sich berieten und dabei immer wieder auf die kleinen Gestalten deuteten, die fast 200 Meter unter ihnen um die großen Maschinenblöcke standen und gingen, beschäftigte Barakuda sich mit mehreren Dingen gleichzeitig. Er zählte die Gestalten; es waren acht. Zehn Leute der Gruppe Shevshans mußten eigentlich noch leben, also hielten vermutlich zwei irgendwo Eingänge besetzt oder bewacht. Er fragte sich seltsam nüchtern, ob die Shil und ›seine‹ Leute irgendwo in der Nähe waren, irgendwo in der Nähe sein konnten, oder ob sie noch durch unterirdische Labyrinthe irrten. Um vielleicht niemals anzukommen und von der großen Katastrophe getötet zu werden, ohne je einen Blick in die Halle getan zu haben.

Die Katastrophe mußte kommen; sie schien unausweichlich. In der Halle – er berührte noch einmal die nächste Wand – war es weit wärmer als in den Gängen, durch die sie gekommen waren. Welche Energie die uralten Steinmaschinen auch immer der Sonne abzapften, jedenfalls schien der größte Teil des Ba'nzheyadar als Batterie zu dienen; der Milchstein speicherte das, was die Maschinen aus der Sonne holten und umwandelten, und zwar speicherte er es im Zentrum der Anlage schneller als am Rand. Die fatale Explosion, die vielleicht den Planeten zerfetzen, auf jeden Fall aber Banyadir auslöschen mußte, würde durch eine Art Überdruck ausgelöst, sobald die Speicherkapazität nicht mehr ausreichte. Möglicherweise waren bis dahin alle in der Halle verbrannt. Der Milchstein konnte sicherlich mehr Hitze speichern und ertragen als die Menschen.

Die Steinblöcke am Hallenboden waren von pulsierendem Licht erfüllt. Dante zählte; bei etwa hundert gab er das Zählen auf. Die Kuben unterschiedlicher Größe bedeckten nahezu den gesamten Boden; sie waren durch grell strahlende Steinröhren miteinander verbunden. Neben dem offensichtlichen Hauptaggregat – einem gigantischen Quader von mindestens 100 mal 100 mal 100 Metern – befand sich an der Wand ein transparenter

Halbkreis, in dem ein schwarzer Zeiger vibrierte. Wenn es eine Ladeskala war, und Dante zweifelte nicht daran, dann hatten die Maschinen den Berg etwa zur Hälfte ›aufgeladen‹.

Die Verhandlungen, die sich anbahnten, interessierten ihn nur am Rande. Einer der *mûnaks* hielt ein weißes Tuch und stieg die Treppe zur nächsten Galerie hinunter. Ein Teil von Barakudas Gehirn stellte Kalkulationen an und bedachte Dinge, die in dieser Lage völlig sinnlos waren, wie die Tatsache, daß die alten Shil die Anlage auch drucksicher gemacht hatten; sonst wäre in über viereinhalbtausend Metern Höhe das Atmen problematisch geworden. Ein anderer Teil registrierte die Vorgänge ringsum und beobachtete Tremughati, die scheinbar desinteressiert am Geländer lehnte.

Die AVs unten mußten schweigend an den Maschinen gestanden haben; einer von ihnen rief plötzlich den Hängesäulen etwas zu, und auf der 200 Meter höherliegenden Galerie war alles gut zu vernehmen.

»Wer seid ihr? Was wollt ihr?«

Der *supremo* trat an das Geländer, und Tremughati verließ es. Sie kam zu Dante.

»Uns bleibt vielleicht noch ein Tag.«

Barakuda nickte. »So ungefähr habe ich auch kalkuliert. Sie werden sich einigen, kein Zweifel.« Er wies mit dem Kinn auf den *supremo,* der sich mit einem AV unten in der Halle unterhielt. Wahrscheinlich war der andere Shevshan, aber das war weder optisch noch akustisch zu erkennen. »Was machen sie mit uns?«

Die Fürstin sah ihn an. »Keine Furcht, Bruder?«

Dante hob die Schultern. »Natürlich Furcht, aber sie führt zu nichts.«

Tremughati nickte. »Was sie mit uns machen werden, weiß ich nicht. Ich denke, sie werden uns mit nach unten nehmen und in Nähe der Großen Maschine binden, damit wir nichts tun können. Dann werden sie, bevor es zu Ende geht, das Messer nehmen.«

Barakuda grinste plötzlich. Er legte die Arme um Tremughati und drückte sie an sich. Die umstehenden *mûnaks* griffen nicht ein. »Wir sollten«, hauchte er neben Tremughatis Ohr, »dafür sorgen, daß wir nicht nach unten kommen. Lieber nach oben.«

Sie rieb ihre Wange leicht an seiner, ungeachtet der Bartstoppeln der letzten Tage. »Du denkst an Ilahuan und Bondak?«

»Unter anderem. Wenn sie noch kommen und etwas unternehmen, wäre es besser für alle, wenn wir nicht gleich neben den *mûnaks* und AVs stehen.«

Tremughati löste sich aus seiner Umarmung, drehte sich um und betrachtete den Hinterkopf des *supremo*. Dann schloß sie die Augen.

»Nach unten?« sagte der Oberste des Klosters Namenloser-Allgott eben. Er schien zu zögern. »Ich hätte einen anderen Vorschlag.«

Von unten klang die Stimme des AV. »Sprich. Ich wollte gern mein Messer in Barakudas Bauch umdrehen, du auch, also können wir es beide ebenso gut lassen. Was hast du vor?«

Der *supremo* wies nach oben. »Wir bringen sie unter die Kuppel und lassen sie dort mit Seilen auf die leuchtende Scheibe ab.«

Einen Moment war es still; dann lachte Shevshan. »Ein guter Vorschlag. Ich bin oben gewesen; die Scheibe ist mit Steinketten befestigt. Sie haben messerscharfe Kanten, daran kann keiner klettern. Man braucht also nicht einmal eine Wache oben zu lassen. Und sterben werden sie dort vor uns.«

Der *supremo* beugte sich vor. »Wieso?«

Wieder klang Gelächter herauf. »Wie warm ist es bei euch?«

»Es ist warm, aber es ist auszuhalten.«

»Hitze steigt nach oben, mein Freund und Bruder im Untergang. Die Säulen werden dafür sorgen, daß wir sie schreien und ersticken hören, wenn wir es hier noch aushalten.«

Simse, Treppen und Galerien führten bis zum höchsten Punkt der Kuppel. Man ließ Tremughati und Barakuda mit Seilen auf die Leuchtscheibe hinab. Der Großauditor hatte sie begleitet; ausnahmsweise schien er einverstanden mit dem Beschluß des *supremo*.

»Ein gutes Ende.« Er brauchte nicht laut zu sprechen, obwohl er fast fünfzig Meter über ihnen stand. »Wenn es Ihnen zu heiß wird, können Sie sich in die Tiefe stürzen. Oder die Kehlen an den Kanten der Steinstricke aufreiben. Aber eines können Sie nicht: entkommen.«

Die Scheibe hatte einen Durchmesser von etwa dreißig Metern. Sie bestand aus zahllosen Leuchtkristallen, die durch einen Milchstein-Rahmen zusammengehalten wurden. Die Kristalle lagen dicht gepackt, waren aber nur auf der Unterseite durch Mörtel oder Schmelzglas verbunden. Die Oberfläche, auf der Dante und Tremughati standen, war uneben, und die Kristalle bewegten sich unter ihren Füßen ein wenig.

Die drei Ketten, an denen die Scheibe hing, bestanden aus großen Milchsteingliedern. Und wie Shevshan gesagt hatte, waren die Kanten messerscharf. Barakuda schüttelte langsam den Kopf und trat vom Scheibenrand zurück.

»Sich daran entlangzuhangeln ist unmöglich. Genauso gut könnte man Klimmzüge an der Schneide eines Schwerts machen.«

Tremughati kauerte im Mittelpunkt der Scheibe. Schweiß lief ihr über das Gesicht, und Barakuda bemerkte, wie stickig und heiß es bereits war. Während er sich ihr näherte, zog er die schwere Lederjacke aus.

»Ilahuan ist nicht mehr weit«, sagte Tremughati. »Aber noch ist er nicht da.« Sie blickte zu Dante auf, lächelte und zog ebenfalls die Jacke aus. »Übrigens sollten wir bei wichtigen Dingen flüstern.«

Barakuda setzte sich zu ihr. Dann stand er wieder auf und breitete seine wattierte Jacke aus P'aodhu-Leder aus. Die Kristalle waren unangenehm hart und kantig.

Eine ganze Weile saßen sie nebeneinander, schweigend. Tief unter ihnen grollten die glühenden Maschinen. Weiße Schlieren wanderten durch die Wände. Manchmal, wenn unten jemand lauter redete, drangen Wortfetzen oder Satzstücke zu ihnen empor, aber mit zu viel Hall.

Dante schätzte die Temperatur auf 45°. Dann dachte er an Saunen und daran, daß man zumindest kurze Zeit sehr viel höhere Temperaturen ertragen konnte. Er dachte an die Leute bei Ilahuan und Bondak; dann befaßte er sich mit einem vagen Plan, der noch überlegt und berechnet sein wollte, ehe er beredet werden konnte. Tremughati veränderte ihre Lage, setzte sich auf, rutschte hinter ihn. Sie saßen Rücken an Rücken. Dante empfand ihre Nähe als beruhigend und gleichzeitig beunruhigend. Seufzend zog er die Stiefel aus.

»Für das, was du tun willst«, sagte Tremughati, »brauchst du mehr Kraft, als ich dir mit den Händen einflößen kann.« Sie berührte ihn an der Schulter, und es war, als flösse dunkles Feuer.

»Gibt es eine andere Möglichkeit?«

»Es gibt.« Ihre Stimme war warm und rauh.

Die Zeit schien zu wabern, wie die Wände. Irgendwann kroch Dante zum Rand der Scheibe und warf einen Blick auf den ›Ladeanzeiger‹. Die Nadel zeigte ungefähr drei Fünftel. Schweiß rann ihm in die Augen. Er knöpfte das schwere Lederhemd auf. Vorsichtig, um nicht die bloßen Füße an den Kristallen zu zerschneiden, ging er zum Mittelpunkt zurück.

Tremughati war dabei, sich ganz auszuziehen und ein Lager aus den Kleidungsstücken zu machen. Dante kniete neben ihr nieder und zog das halbnasse Unterhemd aus P'aodhu-Wolle über den Kopf. Tremughati lag auf der Seite und sah ihn an. Das lichte schwarze Feuer ihrer Augen war fordernd.

Barakuda dachte an Gortahork. »Oh, Fürstin«, sagte er leise auf Banyashilgu.

»Er würde lachen und sagen, unter guten Freunden sei

dies die beste Art, die Stunden vor dem Sterben zu verbringen.«

»Kannst du mich – lesen?«

»Nein. Nur die allgemeine Art deiner Gefühle – ob du froh oder traurig bist. Oder lebst, oder nah bist. Aber das eben stand auf deinem Gesicht geschrieben.« Dies sagte sie auf Galaktein.

»Ich habe euch immer geliebt. Beide«, sagte Dante, ebenfalls in der Sprache des Commonwealth.

»Es war uns ein Stern in der Steppennacht«, murmelte Tremughati lächelnd auf Banyashilgu.

Sein Herz klopfte; Schweiß rann ihm zwischen den Schulterblättern herab. Er fühlte sich wie ein Schuljunge vor dem ersten Rendezvous.

»Es ist heiß hier«, sagte er hilflos auf Banyashilgu.

Tremughati lächelte immer noch und streckte die Arme aus. »Red nicht so viel«, sagte sie auf Galaktein.

Dünn und fern hallten zwei Schüsse. Sie mußten in einem Gang oder Nebenraum gefallen sein, da die Hängesäulen kaum mehr als ein müdes Huschen daraus machten.

Tremughati kam vom Rand der Scheibe zurück. »Es ist der Gang rechts vom großen Anzeiger.«

Dante blickte von den Trümmern seines Lederhemds auf. »Wie wollen sie denn reinkommen? Wenn die AVs sich nicht besonders dämlich anstellen, können zwei oder drei Leute einen dieser Korridore gegen eine Armee verteidigen.«

Tremughati kniete sich auf ihre Jacke. »Man wird sie ablenken müssen. – Was tust du da?«

»Ich hatte eine Idee. Du offenbar auch, was ablenken angeht, wie?«

Die Fürstin lächelte; ihre Zähne blitzten. »In angenehmer Gesellschaft ist das Leben ersprießlicher als der Tod.« Sie kicherte. »Was soll das werden?«

»Mein Gürtel ist mit Metallfäden verstärkt. Ich glaube, deiner auch, nicht wahr? Und die Schnallen – meine ist eine Metallplatte. Sie wird nicht so leicht zu durchschneiden sein.«

Tremughati nickte. »Du willst Schlaufen für Arme und Beine machen und wie ein Klettertier zur Galerie?«

»Ja. Sie haben die Seile liegen lassen. Ich versuche es; wenn es gelingt, ziehe ich dich hoch.«

»Und wenn nicht?«

Barakuda runzelte die Stirn. »Was soll passieren?«

»Hast du genug Kraft von mir bekommen?«

Dante legte den Kopf schief. »Ich fühle mich wie neu geboren. Aber es ist heiß.«

»Nicht viel heißer als vor ein paar Stunden. Der große Anzeiger ist gefallen.«

»Was!?«

Sie winkte ab. »Es wird nicht viel bedeuten. Ich glaube, daß nun auch ein paar weiter entfernte Regionen des Bergs aufgeladen werden. Vielleicht gab es da einen kleinen Widerstand – es ist ja alles uralt.«

»Wie steht der Anzeiger jetzt?«

»Wieder knapp unter halb.«

Barakuda atmete tief. »Das gibt uns mehr Zeit. Gut. Aber du hast von Ablenken gesprochen. Was meinst du damit?«

Tremughati schloß die Augen; sie schien zu lauschen. »Ich kann Ilahuan spüren, aber nicht gut lesen. Sie haben etwas vor. Etwas, das schwierig ist und noch einige Zeit dauern wird. Ich werde wissen, wann es beginnt, und dann ...« Sie öffnete die Augen, lächelte, bückte sich und lockerte einen der Leuchtkristalle.

Dante sah sie verständnislos an.

»Du hast gesehen, wie die Kristalle gemacht werden, nicht wahr?«

Dante nickte; überdeutlich erinnerte er sich an die Szenen unter Tag'gashir'dir. Von Luren aufgelöste Felsmaterie war zu Kristallen geformt worden; die goldene Rosette im Zentrum der Gebilde war kein Gold, sondern eine ihm unverständliche Energieform.

»Es ist viel Energie in diesen Kristallen. Was, wenn die

Wand des Kristalls birst? Wird Energie frei? Gibt es einen Blitz? Ich weiß es nicht, aber man sollte es versuchen.«

Barakuda grinste plötzlich. »Was immer geschieht – wenn du eines dieser Dinger aus fünfhundert Meter Höhe fallen läßt, gibt es bestimmt einen bösen Knall. Und damit kann man unsere Gegner auch ablenken.«

Als Toyami zum letzten Mal erschien, um ihren Munitionsbeutel zu füllen, reichte Learoyd ihr einen Zettel. Toyamis Augen waren blutrot unterlaufen; Terence zeigte seine Besorgnis nicht, sondern klopfte ihr nur sanft auf die Schulter. Einen Moment lang legte sie ihre Wange an seine.

Auf dem Zettel stand: *Uhren vergleichen. Zeitpunkt genau absprechen und einhalten. Wir starten Ablenkungsmanöver. Funkgerät mitnehmen. Vielleicht ist Decke über Halle durchlässig. Kann Sarela/Maqari Gleiter schicken? Irgendwie müssen wir sehen, daß wir oben rauskommen. Ilahuan sagt, Tremughati und Dante sind oben in der Halle. Tremughati kann Schotts öffnen.*

Toyami nickte. Heiser sagte sie: »Ich will es versuchen. Aber es ist furchtbar laut da drin, und zum Funken muß ich ein Ohr freimachen.«

Learoyd schaute sie traurig an und hob die Schultern.

Nachdem sie eine Zeit vereinbart hatten, stieg Toyami wieder auf den Schweber und ließ sich zur Rohröffnung tragen. Sie schickte den Schweber zurück, winkte und verschwand.

»Es wird bald losgehen. Und der Zeiger steht wieder über halb.«

Tremughati kehrte vom Rand der Scheibe zurück, wo sie einen Haufen Leuchtkristalle aufgetürmt hatte. Dante überprüfte noch einmal die Bänder und Schlaufen. Er hatte beide Gürtel und sein Hemd verarbeitet. Mühsam; stundenlang hatten er und Tremughati abwechselnd mit den Dornen der Schnallen und scharfen Kristallkanten das dicke Leder bearbeitet.

Er stand auf. »Ich gehe. Wünsch mir Glück, Fürstin.« Er küßte sie.

Tremughati begleitete ihn bis dorthin, wo die ausgesuchte Steinkette an der Scheibe befestigt war. »Was sollte ich dir sonst wünschen? Wir haben noch einiges vor. Wenn das hier vorbei ist.« Leicht berührte sie seine Schulter.

»Du hast also keinen Zweifel, daß wir es überstehen?«

Sie schüttelte den Kopf und lächelte. »Ich habe nie keine Zweifel gehabt. Aber ist es gut, sich der Angst zu überlassen und den Tod würdelos zu erwarten?«

Dante verspürte ein Würgen in der Kehle. Er wandte sich ab.

Sekunden später hing er nackt in Hitze und Höhe unter der Kette aus scharfkantigen Milchstein-Gliedern. Er troff von Schweiß. Die Lederschlaufen schnitten in seine Hand- und Fußgelenke, aber sie hielten. Er zog die Knie an; die Schnalle des Gürtels, an dem seine Füße hingen, knirschte über den Stein und drückte sich ans Oberende des Kettenglieds. Langsam streckte er sich; es kostete ungeheuer viel Kraft, aber dann verhakte sich auch die Schnalle des anderen Gürtels. Weiter. Zusammenziehen, strecken, immer wieder, wie eine Raupe oder eine schlecht temperierte Stahlfeder. Tremughati sagte etwas, aber er verstand es nicht. Seine Ohren rauschten, Blut pochte in seinem Kopf, und er zerbiß sich die Lippen.

Tremughati schaute ihm nach, bis er nach unendlich langer Zeit etwa zwei Drittel der Kette hinter sich gelassen hatte. Dann ging sie zu den aufgehäuften Leuchtkristallen. Es wurde Zeit; sie spürte Ilahuans Erregung und auch die der jungen Frau, die Toyami hieß.

Tremughati nahm einen der Kristalle, wog ihn in der Hand, beugte sich vor, versuchte, die Entfernung zu kalkulieren. Dann schleuderte sie ihn. Er fiel, immer schneller, aber sie sah bald, daß er nicht weit genug fallen würde. Es war völlig unmöglich, von der verjüngten

Kuppel der Halle aus so zu werfen, daß der Kristall unten am Rand der gewaltigen Fläche niederging.

Er erfüllte seinen Zweck aber auch so. Sie sah, wie er auf einer der Steinmaschinen aufschlug; fast gleichzeitig erfolgte eine blitzende, blendende Detonation; Sekundenbruchteile später füllten die Hängesäulen die Halle mit einer Serie betäubender, dröhnender Echos. Als die Fürstin wieder klar sehen konnte, rannten tief unter ihr kleine dunkle Punkte durcheinander.

»In zwei Minuten sollte es losgehen. Was war das für ein Knall?« Bondak blickte auf die Uhr und schüttelte verwirrt den Kopf.

Ilahuan öffnete die Augen. »Die Fürstin. Ich weiß nicht, was sie tut, aber sie wirft wahrscheinlich aus großer Höhe Gegenstände herab, um die Feinde abzulenken.«

»Das ist gut. Dann wollen wir beim Ablenken mitspielen.« Learoyd fletschte die Zähne und ergriff die schwere Pistole. Shulamit as-Sabah legte sich ebenfalls vor der Biegung des Gangs auf den Boden, ein weiteres der schweren Geräte zum Abfeuern von Leuchtmunition in der Hand. Sie hatten lange gebastelt, um die Blendgranaten, die zum Werfen bestimmt waren, halbwegs auf die Läufe setzen zu können. Alles unvorschriftsmäßig und riskant, aber es kam nicht auf Feinheiten an.

Sie robbten nach vorn, eng an die nun fast heißen Wände gedrückt. Hinter ihnen sagte Bondak halblaut: »Fünfzig Sekunden. Neunundvierzig. Achtundvierzig …«

»Schnauze, *sirján.*« Learoyd stieß einen Fluch aus; dann waren er und Shulamit in Position.

Vom Schott kam nichts; offenbar waren die Posten durch die unablässig knallenden Wurfobjekte der Fürstin, was immer diese sein mochten, abgelenkt oder irritiert.

Learoyd und as-Sabah feuerten; gleichzeitig schlossen sie die Augen, preßten das Gesicht auf den Boden und setzten blind die nächsten Granaten auf die Läufe. Dann feuerten sie erneut.

Sekundenlang füllte sich der Gang mit sonnenhellem Gleißen. Selbst durch den schmalen, schießschartenähnlichen Spalt im Schott mußten die Blendgranaten verheerend sein – vor allem wenn man annahm, daß die Posten ihre Augen gerade an den Spalt gedrückt hatten.

Nach der zweiten Detonation zählte Terence halblaut bis fünf; dann sprang er auf, blinzelte in die nachlassende Helligkeit, rannte geduckt an der Wand entlang auf das Schott zu. Neben ihm, an der anderen Wand, nahm er als undeutlich huschenden Schatten Shulamit wahr. Aus dem Schottspalt krachten Schüsse. Die geblendeten Posten zogen nach einigen Schrecksekunden einfach durch. Kugeln jaulten durch den Gang, schrillten an der Decke entlang. Drei Meter vom Schott entfernt warf Learoyd sich zu Boden, rollte seitlich nach vorn, hörte halb hinter sich einen erstickten Schrei, erreichte das Schott, nahm die Handgranate aus der Linken in die Rechte, streckte den Arm aus und rollte den kleinen Sprengkörper durch den Spalt. Fast gleichzeitig zog die Linke die nächste Granate aus der Brusttasche, die Rechte übernahm, drückte wieder den Knopf, ließ das tödliche Ding durchs Schott schlittern. Es war, als wären seine Arme und Hände selbständig operierende, fremde Teile.

Zwei Detonationen. Fragmente wirbelten durch den Spalt, aber das Schott hielt. Die dritte Detonation, die Learoyd erwartet hatte und die sein Tod gewesen wäre, ereignete sich nicht.

Jenseits des Schotts, aus der Großen Halle, waren Schreie und von den Hallsäulen monströs aufgeblähte Detonationen zu hören; ein greller Blitz zuckte durch den Spalt und blendete Learoyd und die anderen, die durch den Gang rannten. Während Ilahuan die Kontaktpunkte des Schotts berührte, ging Terence langsam dorthin, wo Kara Kikuyo bereits kniete.

Shulamit as-Sabah hatte den Knopf ihrer ersten Granate nicht gedrückt. Sie war aus der linken Hand gerollt und lag auf dem heißen Milchsteinboden.

Toyami nahm an, daß die Fürstin und Dante auf der riesigen Leuchtscheibe oben in der Kuppel waren, wenn sie sich auch nicht denken konnte, auf welchem Weg man dorthin gelangte. Die stürzenden Gegenstände, die grell explodierten und die Halle mit furchtbaren Echowogen füllten, mußten Leuchtkristalle sein. Trotz der Kräuterpfropfen des Heilers brachten die Lautwellen ihren Kopf beinahe zum Bersten. Sie wunderte sich, irgendwo im Untergrund ihres Bewußtseins, daß sie noch lebte und nicht mindestens ohnmächtig geworden war. Mit bebenden Fingern richtete sie die mit Treibsätzen versehenen Blend- und Gasgranaten aus.

Dann sagte sie sich, daß dies sinnlos war. Wenn sie den Sammelzünder drückte, würde das Rückfeuer in die Röhre schlagen und sie versengen. Es war schwer, ruhig nachzudenken; ihre Augen tränten, und jedes einzelne Haar schien rotierende Flammenwurzeln in ihren Kopf zu schieben.

Noch eine Minute. Sie riß die Blicke von der Uhr los. Keuchend öffnete sie den Lederbeutel, legte die Granaten mit Treibsatz hinein, bis sie ein Bündel bildeten, das von der Beutelöffnung zusammengehalten wurde. Zu viele blieben übrig, die nicht hineinpaßten. Noch vierzig Sekunden. Sie ließ den Beutel vorsichtig in den Schalltrichter gleiten; das rauhe Leder haftete auf dem Milchstein. Sie kalkulierte, schob mit ausgestrecktem Arm den Beutel weiter zur unteren Trichteröffnung. Die Richtung stimmte ungefähr, und mit ein wenig Glück würden die Flammen der Treibsätze, nachdem sie den Beutel verbrannt hatten, unter der Kante auftreffen, wo der Trichter in die Röhre überging. Zehn Sekunden. Sie hörte Detonationen weit unter sich, in dem Gang, den die AVs bewacht hielten. Mit einer fegenden Armbewegung schob sie alle übrigen Treibsatz-Granaten in den Trichter; sie stürzten auf den Hallenboden. Wohin sie nach der Zündung flogen, entzog sich nun jeder Kontrolle. Toyami hoffte, daß sie alle auf der Längsseite lagen und über den Boden sausen würden.

Sie kroch rückwärts, preßte sich hinter die nächste Schallsäule, schloß die Augen und drückte den Zündknopf.

Als das Schott sich unter Ilahuans Fingern langsam öffnete, schoben zwei auf dem Boden liegende Shil den Block zurück, der in der Mitte des Ganges lag und den Spalt offengehalten hatte. Hinter ihnen knieten die anderen und ließen die Sehnen los. Ein Schwarm ungezielter Pfeile zischte durch den Korridor – für alle Fälle.

»Schnell, schnell!« schrie Bondak; er starrte wie hypnotisiert auf seine Uhr. Ilahuan drückte auf die Kontaktstellen; das Schott schloß sich.

Keine Sekunde zu früh. Noch ehe die beiden Hälften des Schotts sich trafen, krachten in der nicht mehr weit entfernten Halle die dumpfen Detonationen der Gasgranaten.

Bondak lehnte sich an die Wand, sagte »Au!« und zog sich wieder in den Gang zurück. »Heiß. – Drei Minuten sollten wir warten. Vorher können wir nicht rein; das Gas muß erst verfliegen.«

»Hoffentlich reicht es«, knurrte Learoyd. Er dachte an Toyami. »Um die da drin zu betäuben, meine ich. Die Halle ist verdammt hoch.«

Barakuda hing völlig ausgepumpt am oberen Ende der Steinkette. Er sah nur noch Flimmern und Sterne und zitterte am ganzen Körper. Die Schallwellen, die Tremughati mit ihren Kristallabwürfen auslöste, trafen ihn wie Faustschläge.

Die Kette war in der Wand der Kuppel verankert. Zwei Meter unter Barakuda lag eine der höchsten Galerien, für ihn weiter entfernt als das andere Ende der Milchstraße. Er würde die Füße aus den Schlaufen lösen müssen, an den Handgelenken baumeln, Schwung holen, sich im richtigen Moment fallen lassen und hoffen, die Brüstung zu fassen zu bekommen. Nur – mit welcher Energie? Er hatte keine mehr. Er war nicht einmal fähig, den hinunterhängenden Kopf zu heben.

Jeder Atemzug schmerzte, aber er zwang sich, tief und ruhig zu atmen. Die heiße, stickige Luft zu atmen. Von weit, weit unten kamen gedämpfte Echos von Schüssen; ein greller Blitz tobte in die Kuppel hinauf und schlug durch Dantes geschlossene Lider.

Etwas berührte ihn innerlich, wie die Hand eines Heilers. Eine schwache, ferne Berührung, aber die Panik wich und er begann sich zu entspannen. Er dachte an die Meinungsänderung des *supremo.* Ein Moment unter Tag'gashir'dir kam ihm ins Gedächtnis zurück; ein Moment, in dem Tremughati und Saravyi ihn hatten spüren lassen, über welche Möglichkeiten der Suggestion die höchsten aller Heiler und Häupter verfügten. Und er begriff, daß Tremughati ihm ihre letzte Kraft schickte.

Fast schluchzend vor Anstrengung und Konzentration zog er die Füße aus den Schlaufen. Einen halben Meter von der leuchtenden Milchsteinwand entfernt hing er an den Handgelenken, mit dem Rücken zur rettenden Galerie. Er schaukelte vor und zurück. Als seine bloßen Füße die Wand berührten, schrie er auf. Sie war glühend heiß. Er stieß sich ab, schnellte hoch, drehte sich einmal um sich selbst. Nun sah er die Wand, sah die glühenden Lichterscheinungen im Stein, sah unter seinen Füßen, einen halben Meter entfernt, die Kante der Brüstung. Durch die Drehung waren die Schlaufen gekreuzt und fesselten seine Hände. Wieder begann er zu schaukeln, holte Schwung, stieß sich noch einmal von der heißen Wand ab, fühlte, wie sich der Druck auf seine Gelenke verringerte, hing nur noch mit den Fingern an den Lederriemen, schwang zurück, ließ im Vorwärtsschwung los, riß die Arme nach unten und klammerte sich an die Brüstung. Sie war heiß, zu heiß. Er hing am Stein; Bauch, Gesicht, Oberschenkel und Zehen berührten die heiße Fläche. Wieder spürte er die innere Berührung, aber trotzdem wußte er später nie, wie er es geschafft hatte, sich hochzuziehen.

Keuchend und wimmernd lag er einen Moment auf dem Boden der Galerie. Auch hier war der Stein heiß. Mühsam richtete Dante sich auf. In seinen Handflächen, an den Armen und am Bauch bildeten sich Brandblasen. Er rannte die Galerie entlang zur Treppe, die Treppe hinauf, immer bemüht, die Füße so kurz wie möglich auf dem Boden zu lassen. Zwei Galerien höher lagen die beiden Seile, mit denen man ihn und die Fürstin hinabgelassen hatte. Er stieg auf die lose liegenden Windungen des einen Seils, atmete auf, als er feststellte, daß die hornigen Fußsohlen, die nie lange den Stein berührt hatten, nicht verbrannt waren.

Dann wickelte er sich das andere Seil um die Taille und ließ es über die Brüstung hinunter. Er ließ es zu hastig durch die Hände gleiten und heulte auf, als es über die Handflächen schleifte.

Ein Gedanke durchfuhr ihn. Er beugte sich über die Brüstung, um ihn Tremughati zuzuschreien, sah aber, daß die Fürstin den gleichen Einfall gehabt hatte. Sie knotete eine Gleitschlinge ins Ende des Seils und schob das Bündel mit Kleidern und Stiefeln hinein. Dann winkte sie und begann zu klettern.

Barakuda betrachtete die Stelle, an der das Seil über die Kante der Brüstung lief. Aber der Stein, zu heiß für die menschliche Haut, beeinträchtigte die Fasern des Seils noch nicht. Dante lehnte den Oberkörper weit zurück. Er bezweifelte, daß er Tremughati hätte hochziehen können.

Sie schaffte es allein. Als sie über die Brüstung kletterte, biß sie sich auf die Unterlippe. Ihre Augen waren hohl, die Wangen eingefallen von der Konzentration der Kraft-›Sendung‹. Einen Moment standen sie aneinandergepreßt auf der Taurolle. Dann nahm sie Dantes Hände in ihre. Der Schmerz der verbrannten Stellen ließ ein wenig nach, aber mehr konnte ohne weitere Mittel, etwa Heilkräuter, selbst Tremughati nicht tun.

Langsam, Hand über Hand, zog sie das Seil hoch. Immer noch auf der engen Taurolle stehend zogen sie Hosen und Stiefel an.

»Wir müssen uns beeilen.« Tremughati ließ ihr Hemd halb offen und nahm die Jacke unter den Arm. »Die berstenden Kugeln haben die Oberfläche der Maschinen beschädigt. Es gibt da dunkle Stellen.«

Undeutlich unter der Decke seiner Schmerzen hörte Dante die dumpfen Detonationen der Gasgranaten, die sofort von den Säulen zum Klang einer Milliarde Baßpauken verstärkt wurden.

»Es kommt nicht bis hier oben«, murmelte er. »Laß uns gehen.«

Sie mußte einen Moment die Besinnung verloren haben. Ihr rechtes Hosenbein war geschwärzt vom Feuer der Treibsätze. Toyami zog sich weiter in die Röhre zurück. Das Gas wirkte schnell, verflog fast ebenso schnell. Wahrscheinlich würde es in Höhe des Röhrentrichters bereits keine Wirkung mehr haben, aber sie wollte sich verkriechen. Verkriechen, um dem furchtbaren betäubenden, Wahnsinn beschwörenden Lärm zu entgehen. Sie dachte nicht mehr, sie kroch nur noch, wimmernd, mit geschlossenen Augen.

Plötzlich ließ der Krach nach. Sie hörte noch etwas, aber es war weit fort, gedämpft, nicht mehr schmerzhaft. Langsam begann sie wieder zu denken, und ihr erster Gedanke war, daß die gemarterten Hörorgane nicht länger arbeiteten. Immer noch mit geschlossenen Augen tastete sie nach dem linken Ohr, löste den Klebestreifen, zog den Pfropfen heraus. Nun hörte sie sehr viel mehr, aber es war zu ertragen.

Sie öffnete die Augen, sah sich um. In ihrer blinden Kriecherei war sie mit dem Kopf unter eine Hallsäule geraten. Die Lautübermittler endeten vielleicht einen halben Meter über dem Boden der Röhre, und bisher hatte sie sich immer an ihnen vorbeigedrückt.

Versuchsweise hob sie den Kopf, steckte ihn ganz in

die Öffnung der Hohlsäule. Stille. Paradiesische, absolute Stille. Sie seufzte und hörte sich sanft seufzen, mit ein wenig dumpfem Hall.

Sie zog den Kopf zurück, zwinkerte und bewegte sich aus dem Bereich unter der Säule. Sofort brach das Inferno wieder über sie herein. Hastig floh sie zurück in die Stille. Dort saß sie minutenlang staunend und überlegte, fand aber keine Erklärung. Vielleicht mußten die Säulen so beschaffen sein, um nicht beim leisesten Geräusch zu bersten. Vielleicht bestanden sie aus zweierlei Gestein. Das Wort ›Halbleiter‹ kam ihr in den Sinn, half ihr aber nicht. Dunkel erinnerte sie sich, einmal gelesen zu haben, daß im Zentrum eines Wirbelsturms Ruhe herrschte, und daß beim Abfeuern antiker Großgeschütze um die Abschußstelle herum eine Zone der Stille festgestellt worden war. Aber all dies schoß ihr in Fetzen durch den gemarterten Kopf und lieferte keine einleuchtenden Argumente.

Jäh fiel ihr das Funkgerät ein. Sie hatte versuchen wollen, ob so weit oben im Berg, in Nähe der Halle, die Wellen vielleicht wieder nach außen dringen konnten, und sie hatte keine Möglichkeit gesehen, es tatsächlich zu versuchen, ohne sich und einen eventuellen Hörer in Lärm und Chaos zu ertränken. Nun saß sie gewissermaßen auf einer Insel im Inferno. Sie zog das Gerät aus der Tasche, wischte sich den Schweiß aus den Augen, schaltete die übliche ›Kundschafter-Frequenz‹ ein und räusperte sich. Es war seltsam, die eigene Stimme wieder hören zu können.

»Mayday Mayday Mayday. Ex-Agentin Toyami ruft Cadhras. Position: im Innern des Ba'nzheyadar, etwa auf halber Höhe. Hört jemand?«

Sie hatte nicht mit einer Antwort gerechnet und ließ beinahe das Gerät fallen. Sarela McVities Stimme klang nah, kaum gestört, aber sehr besorgt.

»Toyami, hier Sarela. Ich höre.«

Sie stieß einen kleinen Schrei aus, eine Mischung aus Schluchzen und Jauchzen. »Sarela, wo … wo bist du? Du klingst so nah.«

»Seit zwei Tagen fliegen wir Patrouillen über Banyadir. In Cadhras ist das Schlimmste vorbei. Nur das Allerschlimmste, aber Maqari hat ein paar zusätzliche Gleiter und Leute bekommen. Wo steckt ihr genau?«

»Ich weiß es nicht.« Toyami versuchte, sich an Zahlen zu erinnern. »Ich glaube, wir sind etwa viereinhalb Kilometer über Null.«

»Ja. Da gibt es einen Hohlraum. Ich kann ihn anpeilen. Eine große Höhle?«

»Halle. Etwas weniger als ein Kubikkilometer.«

»Das muß es sein. Was macht ihr da? Der Berg speit Flammen, elektrische Entladungen, seit einem halben Tag.«

Toyami versuchte, so schnell wie möglich zu erklären.

Sarela lauschte, unterbrach aber nach nicht einmal einer Minute. »Das ist mir alles zu hoch«, sagte sie. »Es wird mich später mal interessieren. Was können wir hier oben tun?«

»Ich weiß es nicht. Vielleicht weiß der Heiler etwas. Oder Tremughati. Ich melde mich.«

»Soll ich nicht dran bleiben?«

»Lieber nicht. Ich muß gleich zurück in die Hölle.«

Als Ilahuan das Schott wieder öffnete, lagen alle auf dem Bauch. Aber nichts geschah. Geduckt näherten sie sich dem Halleneingang.

Etliche AVs und *mûnaks* lagen in der Nähe der ersten großen Steinmaschine, andere weiter weg. Der Lärm der Detonation war verhallt; nur das Dröhnen der Großen Anlage war noch zu hören, aber auch dies war laut genug.

Learoyd und Kikuyo rannten in die Halle, kauerten neben der ersten Maschine. Der Boden war heiß, aber noch erträglich. Schnell und geduckt kamen die übrigen nach. Plötzlich sah Terence die Läufe hinter einem der nächsten Maschinenblöcke.

»Achtung!«

Der Schrei kam zu spät. Noch während Learoyd rief,

krachten die Schüsse aus Karabinern. Dann brach die Hölle los. Schallwellen rasten durch die Halle. Learoyd sah zwei Shiljäger und Ilahuan zusammenbrechen. Eine Jägerin hüpfte in die Luft, schlug dann lang zu Boden. Bondak öffnete den Mund, aber sein Schmerzensschrei ertrank in den Echos der Schüsse, die aus tausend Säulen peitschten, mit der Wucht schwerer Stahlkeulen. Bondak krümmte sich am Boden, hielt aber die aneinandergebundenen Schweber fest. Banyashil rannten im Zickzack zwischen Wand und Maschinen entlang und schossen Pfeile auf die hinter den Blöcken Hockenden. Dann ließen sie die Bögen fallen und drangen mit Messern auf die erste Gruppe *mûnaks* und AVs ein.

Kikuyo deutete nach oben. Von einem der Simse lösten sich, erhaben in ihrer Langsamkeit, die ersten geborstenen Säulen und stürzten in die Tiefe. Sie zerschmetterten Galerien, Treppen und tiefere Simse.

Terence schoß mit einer Pistole, auch sie zu laut, aber leiser als die Karabiner, wenn das überhaupt einen Unterschied machte. Eine der Gestalten, die sich zwischen den Blöcken erhoben hatten, brach zusammen. Kikuyo feuerte ebenfalls, an der Ecke der Steinmaschine kniend.

Learoyd robbte zu Bondak, packte ihn unter den Armen und zerrte ihn aus dem Schußfeld. Der *sirján* preßte eine Hand auf den Bauch, mit der anderen hielt er das Stahltau, an dem die Schweber hingen. T'unga, der flach auf dem Boden liegend mit der Pistole Dauerfeuer gegeben hatte, wälzte sich zur Seite, blieb neben Ilahuan liegen, kroch dann zu Learoyd. Er schüttelte den Kopf.

Terence kippte die Ladungen von den Schwebern und deutete nach oben. T'unga begriff sofort, hockte sich auf eine der Plattformen, nahm eine zweite, hakte die dritte los, desaktivierte sie und schwebte zum Ende der Röhre, in der Toyami lag. Sie sah ihn, winkte und schloß einen Moment lang die Augen. T'unga fand es seltsam, daß sie mit dem Kopf unter einer der Hallsäulen lag.

Sie landeten neben Learoyd und Bondak. Terence und Toyami wechselten einen Blick. Der lange Terraner beugte sich wieder über Bondak und drückte ihm ein Injektionspflaster in den Nacken; der *sirján* entspannte sich. Toyami gestikulierte; T'unga sprang von seinem Schweber, den Toyami sofort packte, und reichte ihr den dritten Schweber so, daß sie ihn festhalten konnte. Irgendwie schaffte sie es, die beiden leeren Plattformen mit einer Hand zu kontrollieren, während sie mit der anderen die Steuerung ihres Geräts manipulierte. Je höher sie stieg, desto heißer wurde die Luft. Um nicht von berstenden Hallsäulen getroffen zu werden, hielt sie sich von den Wänden fort, geriet dadurch aber bald in Sicht der verschanzten AVs und *mûnaks*. Sie schossen, aber die Entfernung war sehr groß.

Die Geräuschkulisse wurde so gräßlich, daß es ebenso gut ein Albtraum von Stummfilm hätte sein können. Einzelne Töne waren nicht mehr auszumachen. Sie sah einen Teil der Auseinandersetzungen bei den Maschinen, wo sich die Banyashil zurückziehen mußten; Learoyd, Kikuyo und T'unga gaben ihnen, wie es aussah, Feuerschutz. AVs und *mûnaks* näherten sich, von Maschinenblock zu Maschinenblock rennend, wieder dem Eingang. Der große Zeiger an der Wand zeigte etwa drei Viertel. Säulen splitterten, stürzten, rissen Treppen und Geländer in die Tiefe. Einige der glühenden Maschinen wiesen dunkle Stellen an der Oberfläche auf. Aus einem der Flecken stieg grell beleuchteter Rauch, dann leckte eine gewaltige Blitzzunge aufwärts, wurde von der hängenden Leuchtscheibe verstärkt, reflektiert, wie in einem Prisma aufgespalten. Die Wände der Halle glühten, in ihnen wanderten Schlieren und Kreisel wie gestikulierende Geister.

Auf der untersten Galerie der Kuppel, 500 Meter über dem Hallenboden, entdeckte Toyami die Fürstin und Barakuda. Dante wankte, schien sich kaum noch auf den Beinen halten zu können; als Toyami die Brüstung der Galerie berührte, begriff sie, warum seine Hände verfärbt waren. Im oberen Teil war es doppelt so heiß wie unten. Mit Zeichen erklärte Toyami der Fürstin die Handhabung der Kontrollen. Barakuda setzte sich rittlings auf seinen Schweber; er konnte sich nicht mehr mit den Händen anklammern.

Sie sanken in die Tiefe. Wieder zuckte eine Blitzzunge aus einem der Blöcke; Reflektion und Aufspaltung füllten die Halle mit unbeschreiblichen und unerträglichen Lichterscheinungen. Tremughati hielt plötzlich, ließ den Schweber steigen. Dante bedeutete Toyami, ihr zu folgen. Während er den Schweber stürzen ließ, um möglichst schnell außer Schußweite der Gegner zu kommen, steuerten die beiden Frauen die leuchtende Scheibe an und holten vom nicht ganz abgetragenen Kristallhaufen so viel, wie sie eben noch auf den Schwebern halten konnten.

Barakuda landete neben dem umkämpften Eingang, dort, wo gedeckt durch die Kante der nächsten Maschine Bondak lag. Das Pflaster hatte gewirkt; der alte *sirján* schien kaum Schmerzen zu verspüren. Es war ruhiger geworden; die Gruppen belauerten einander, statt zu schießen. Offenbar waren die restlichen *mûnaks* und AVs zunächst zufrieden, ihre Gegner aus dem Bereich zurückgetrieben zu haben, in dem sich die Große Maschine und vermutlich auch die Schalter befanden.

Learoyd, T'unga und Kikuyo sicherten die Ecke, schoben neue Magazine in ihre Pistolen, warteten. Die überlebenden Banyashil kauerten dicht neben ihnen; sie hatten Pfeile auf die Sehnen gesetzt. In dem wirren Haufen von Ausrüstung und Waffen, die von den Schwebern gekippt worden waren, suchte Barakuda nach der Apotheke. Sie stand, für ihn nicht sichtbar, jenseits von Bondak. Ein Banyashil, der aus einer Streifschußwunde an der Brust blutete, schaute ihm einen Moment zu, legte den Bogen beiseite und brachte ihm den flachen Kasten. Barakuda zeigte seine Hände; der Shil nickte und öffnete. Mit dem Finger wies Dante auf eine Spraydose, die ein Wundplasma mit Sedativen enthielt. Der Shil sprühte ihm die

Handflächen voll, richtete dann den Strahl auf seine eigene Wunde.

Dante beugte sich über Bondak. Lugos Hemd war vorn und hinten durchlöchert. Es sah nach einem glatten Durchschuß oberhalb der Leber aus. Barakuda zögerte. Zweifellos befanden sich Stoffteile in der Wunde; die Lunge mochte verletzt sein, wenn Bondak auch normal zu atmen schien; vielleicht war auch die Leber betroffen. Aber wenn sie ihn überhaupt heil herausbekommen sollten – wenn überhaupt einer von ihnen jemals die Halle und den Berg verlassen würde – wenn wenn wenn ... In jedem Fall galt es, weiteren Blutverlust zu verhindern. Der Shil half ihm, den *sirján* auf die Seite zu drehen. Der Boden war längst nicht so heiß wie oben in der Kuppel. Barakuda legte vorsichtig die Wunde offen, sprühte Plasma darüber, wiederholte den Vorgang auf dem Rücken.

Mehrere Detonationen hintereinander, unmittelbar gefolgt von Schallkeulen, rissen ihn hoch. Toyami und Tremughati waren im Sturzflug heruntergekommen und warfen aus geringer Höhe Leuchtkristalle zwischen die kauernden AVs und *mûnaks.* Barakuda nahm eine der Leuchtpistolen aus dem Haufen, lud, die schnell versiegelnde Plasmaschicht in seinen Händen ging in Fetzen. Er wußte, daß er vor Schmerzen brüllte, aber weder er noch sonst jemand konnte es hören. Er feuerte den langen Gang zwischen Maschinen und Wand hinunter. Die Leuchtmunition detonierte irgendwo, blendete vielleicht die Gegner für Sekunden. Eine normale Pistole. Ein Magazin. Der Schweber. Er lag mit dem halbverbrannten Oberkörper auf der Platte, die Beine schleiften. Der Schweber beschleunigte, blieb knapp über dem Boden, raste durch den Gang. Dante gab Dauerfeuer. Aus den Augenwinkeln sah er Toyami mit ihrem Schweber trudeln, kippen, stürzen. In das Durcheinander aus AVs, *mûnaks,* berstenden Leuchtkristallen, Karabinerschüssen, leuchtenden Wänden und glühenden Maschinen stürmten die Banyashil, Kikuyo, Learoyd, T'unga. Barakuda bremste ab, ließ den Schweber wenden, warf die leergefeuerte Pistole fort, flog zurück, bremste wieder, schaltete den Schweber aus und sprang. Tremughati landete eben neben der größten Steinmaschine. Ruhig, als ginge sie alles gar nichts an, näherte sie sich einem wulstförmigen Vorsprung und berührte einige Stellen.

Das dumpfe Grollen endete. Es wurde auch nicht mehr geschossen. Plötzlich waren wieder Stimmen zu hören, Gellen, Keuchen, und über allem ein unheimliches Knirschen, unterbrochen von zischenden Energiezungen, die aus nicht mehr intakten Maschinenblöcken zuckten. Ein Stück weiter lag Toyami, richtete sich langsam auf, benommen vom Sturz, aber unverletzt. AVs und *mûnaks*, links an der Wand ein toter Jäger der Banyashil; daneben kniete Kara Kikuyo. Sie hielt sich den blutüberströmten Kopf. Der Rest war Handgemenge. Dante bückte sich, entriß einem toten *mûnak* das Messer. Er hörte T'unga schreien und sah ihn fallen, zwischen einem *mûnak* und einem AV: Shevshan. Banyashil und *mûnaks* verbissen sich ineinander. Dante wollte zu Tremughati und stolperte über etwas. Es war der Großauditor, mit einem Pfeil im Hals. Ein anderer *mûnak* näherte sich der Fürstin. Dante richtete sich mühsam auf und erkannte den *supremo*. Der Mann hielt ein langes Messer, fast eine Machete, in beiden Händen und holte aus. Tremughati schien es zu spüren, tauchte unter dem von rückwärts kommenden Schlag weg, rollte wie eine Raubkatze zur Seite, stand wieder und duckte sich, um dem nächsten Hieb zu entgehen. Learoyd hatte seinen Gegner niedergekämpft, richtete sich auf und schleuderte ansatzlos sein Messer. Es bohrte sich in die Brust des Obersten vom Kloster Namenloser-Allgott. Barakuda erhielt einen furchtbaren Schlag gegen den Nacken, taumelte und fiel. Als er sich wieder aufrichtete, entriß Shevshan eben dem toten *mûnak* die Machete, wirbelte herum und stürzte sich auf Tremughati. Learoyd wollte ihr zu Hilfe eilen, glitt aber mit einem Wutschrei in einer Blutlache aus. Shevshan war ein glänzender Fechter; die Waffe flirrte in seinen Händen. Tremughati wich aus, duckte sich, tauchte, sprang, fiel, rollte beiseite, kauerte, sprang wieder. Sie blutete aus mehreren leichten Schnittwunden, und es war eine Frage von Sekunden, bis sie fallen würde.

Barakuda kam torkelnd auf die Beine. Entsetzt sah er, daß einige der vom Gas betäubten *mûnaks* und AVs sich zu bewegen begannen. Mit drei Sätzen war er neben Shevshan und der Fürstin. Er sprang den AV von der Seite an, mit ausgestreckten Beinen. Shevshan wurde gegen die glühende Maschine geschleudert, schrie, richtete sich sofort wieder auf und schnellte über den Boden, dorthin, wo die Machete lag. Dante war schneller. Mit der Ferse traf er Shevshans Kinn, bückte sich, riß die Waffe hoch. Der kalte Griff wühlte in seinen wunden Händen. Er kniete auf Shevshans Brust, blickte in die Augen des Mannes, der direkt oder indirekt hunderttausendfachen Tod über Shilgat gebracht hatte. Er dachte an Vlad Oubou, Karuka Katz, Narciso Ping, Gavril Tatuschin, an zahl- und namenlose Taggashil, an Sten Timoara, fragte sich, wo Shulamit as-Sabah sein mochte. Und er dachte an Gortahork. Die Spitze der Klinge ruhte auf Shevshans Hals. Ungläubig sah Dante, wie der AV zu grinsen begann.

»Wir fahren zusammen zur Hölle«, sagte er. »Sie und ich. Und alle anderen. Sie hat abgeschaltet, aber der Berg wird hochgehen. Sie können die Energie nirgends ablassen.«

Dante fühlte, wie Tremughati neben ihn trat. »Sie kommen zu sich«, sagte sie ruhig.

»Stoßen Sie ruhig zu, Barakuda.« Shevshan bewegte sich nicht. »Aber dazu sind Sie zu human.«

Dante biß sich auf die Zähne; die Brandwunden jagten Schmerzwellen durch seinen Körper und ließen einen Moment lang alles vor seinen Augen verschwimmen. In diesem kurzen langen Moment dachte er an das Boot bei Golgit, an René Nardini, Marsila Bodrelur, Saravyi und vor allem an Begheli. Er zwinkerte.

»Sie irren sich«, sagte er heiser.

Tremughatis Hand kam von der Seite und legte sich auf seine beiden Hände, von oben, über den Knauf.

Sie ließen den größten Teil der Ausrüstung zurück, flohen den Gang entlang, den Bondaks und Ilahuans Leute gekommen waren, mit den Verwundeten und den Schwebern. Hinter ihnen taumelten die ersten Betäubten zwischen Maschinen und Wand. Tremughati ließ das Schott zufahren; dann erschütterte eine kleinere Explosion den Boden.

»Die Maschine kriegen sie nicht mehr in Gang«, knurrte Learoyd. Er ließ den Zünder fallen, der ein Klümpchen Sprenggelatine hatte hochgehen lassen, und stützte Toyami und Kara. Vier Jägerinnen der Banyashil, drei Jäger, Bondak auf zwei verbundenen Schwebern, Learoyd, Toyami, Kikuyo, Barakuda und Tremughati; die Toten mußten sie zurücklassen.

In der kleinen Halle wandte sich Tremughati nach rechts, ging auf eine für keinen anderen irgendwie auffällige Stelle der Seitenwand zu und berührte unkenntliche Punkte. Die Wand öffnete sich; eine Kammer, ähnlich der Aufzugskammer, durch die sie mit den *mûnaks* hergekommen waren, lag vor ihnen. Sie schleppten sich hinein; die Fürstin berührte wieder einige Stellen.

Sekunden später, nach einer scharfen Aufwärtsbeschleunigung, bremste die Kammer ab. Eine Wand fuhr zurück; sie traten in einen langen Gang, an dessen Ende ein Schott zu sehen war. Die Wände glühten, schienen zu wabern. Der Boden zitterte.

Tremughati streckte die Hand aus, und Toyami reichte ihr das Funkgerät, eingeschaltet.

Sarela McVitie meldete sich sofort. »Der Berg steht in Flammen«, sagte sie erregt. »Wo immer ihr herauskommt, ich kann nirgends landen.«

Barakuda winkte, so gut er konnte. Tremughati hielt ihm das Gerät an den Mund.

»Sarela, hier Dante. Steig in sieben bis acht Kilometer Höhe. Hast du Bomben?«

»Kleine.«
»Wie klein?«
»Typ S wie Saravyi.«

Es handelte sich um kleine ›saubere‹ Nuklearwaffen für taktische Einsätze; auf Shilgat waren sie niemals gelagert gewesen. Dante verschob Fragen auf später.

»Okay. Dann steig lieber ganz hoch, wirf drei auf den Gipfel. Mit Glück, mit sehr viel Glück öffnet das der gespeicherten Energie einen Abfluß, vorübergehend, und wir können doch raus. Aber mach lieber gleich einen Sturzflug. Und dann such uns.«

Tremughati führte sie in die eisige Nacht hinaus. Die dünne Luft und die Kälte ließen alle nach den Strapazen, dem Entsetzen und den Verletzungen fast zusammenbrechen. Weit über ihnen, hinter Vorsprüngen und Nebengipfeln verborgen und nur als Widerschein zu sehen, flammte der Berg, aber auf dem Plateau, das sie betraten, hatten die Entladungen aufgehört.

Die Gleiter kamen sehr schnell. Es waren drei. Innerhalb weniger Minuten waren alle an Bord.

Sie stiegen höher und höher. Wenn sie nicht gewußt hätten, was dort geschah, wäre es ein faszinierendes Schauspiel gewesen. Aus einer Öffnung nahe dem Gipfel schlugen ungeheure Blitze in die Nacht hinauf, schienen an den Sternen lecken zu wollen. Langsam, aber zunächst kaum sichtbar begannen die Entladungen auch an anderen Stellen wieder. In theoretischen Berechnungen stellten später Wissenschaftler fest, daß eine tatsächliche Überladung des unbegreiflichen Bergs und der Anlage hätte ausreichen können, den Planeten zu zerstören oder zumindest für alle Zeiten unbewohnbar zu machen. Aber es war nicht zu einer Überladung gekommen; die durch Leuchtkristall-Explosionen beschädigten Maschinen wurden zu Schwachstellen, die lange Zeit Energie abgaben, ehe sie endgültig instabil wurden. Was dann geschah, als die noch nicht abgeflossene Energie sich schlagartig entlud, war unheimlich und furchtbar genug, aber es betraf vor allem das Bergland von Banyadir und erschütterte Shilgat nur durch Beben, Flutwellen und Orkane.

Plötzlich begann der ganze riesige Berg mit dem umgebenden Massiv zu glühen, immer greller, erhellte die Nacht über Teilen der Nordhalbkugel. Dann – nichts. Keine Detonation, keine Flammen, einfach nichts. Der Ba'nzheyadar verschwand, löste sich auf, hinterließ einen Krater, in dem später ein See entstand. 2000 Quadratkilometer groß, 500 Meter tief, in 2500 Meter Höhe.

XIII

Nach dem Exodus war Cadhras zur Ruhe gekommen. Zu einer größeren Ruhe als vor dem Chaos allerdings. Immerhin, auch mit dem neuen Status und verringerter Bevölkerung ließen sich Geschäfte machen. Maqari und McVitie hatten Barakuda gebeten, einige der nötigen Schulungen zu leiten – neues Personal mußte mit den Eigenarten des Planeten bekanntgemacht werden, und viele Leute, die bisher in den Ortschaften des aufgelösten Territoriums gearbeitet hatten, sollten andere Posten übernehmen. Tremughati befaßte sich – »zum letzten Mal« – mit der Neuordnung des Nordens; wenn all diese Dinge erledigt waren, würden sie sich an der Südgrenze von Banyadir treffen, in wenigen Zehntagen.

An einem der verregneten Abende wurde Barakuda von einem Boten im *Meeresleuchten* aufgestöbert. Eine Karawane aus dem Süden sei im Serai angekommen, mit einem für Barakuda bestimmten Warenballen. Ein wenig irritiert beendete Dante sein Mahl und wanderte durch die nasse, stille, dunkle Stadt flußaufwärts.

Eine junge Händlerin führte ihn zu einem Verschlag im letzten Innenhof des Serai. »Diese Kiste hier.« Sie trat mit der Fußspitze gegen das schwarze Holz, das mit Eisenbeschlägen gesichert war. »Wir haben sie in Kelgarla übernommen, aber ich weiß nicht, woher sie ursprünglich kommt. Hier ist der Schlüssel.«

Barakuda nahm den unförmigen Gegenstand, steckte ihn ins Schloß und drehte. »Was schulde ich dir, Schwester?« sagte er über die Schulter.

Die Shil grinste. »Die Beförderung wurde bezahlt. Du kannst mich aber zu einem Importschnaps einladen.«

Dante nickte; dann seufzte er. Die Kiste enthielt einen Ballen, oder mehrere Gegenstände, die wie ein Ballen aussahen, zusammengebunden und mit einem Tuch umwickelt. Ein Zettel war daran befestigt. *Ich weiß, daß du derlei suchst, deshalb versuchte ich, derlei zu finden. Erinnere T'unga an die Verabredung. – Kisijian.*

Aber T'unga existierte nicht mehr. Nicht einmal seine Leiche. Aufgelöst, zu einem Teil des Nichts oder des Großen Chaos geworden wie alles, was im Berg geblieben war. Die Stadtsklavin von Golgit würde es inzwischen wissen, aber die Kiste war lange vor Beginn des Dramas in Banyadir abgeschickt worden.

Er löste den Knoten und schlug das Tuch zurück. Die Shil beugte sich vor und pfiff leise durch die Zähne. »Wozu soll das gut sein?«

Dante berührte die Objekte: vielkantige Stifte, rostige Schlüssel, mit Stahlzähnen besetzte Stangen. »In Vagaván«, sagte er halblaut, »gibt es ein Haus, in dem alles auf der Zahl Dreiundzwanzig beruht. Dort gibt es auch einen dreiundzwanzigeckigen Keller mit einer dreiundzwanzigeckigen Tür mit dreiundzwanzig Schlössern. Die Residenten des Gouvernements haben in diesem Haus gewohnt; in Zukunft werden die Gesandten des Kommissars dort leben. Seit Jahrhunderten haben alle Residenten die Schlüssel zu dieser Tür gesucht. Kisijian hat offenbar alle Schrottplätze des Südens geplündert.«

Es war nicht schwer, einen Grund für eine Ausnahmegenehmigung zu finden. Die bisherige Residentin hatte sich dem Exodus nicht sofort angeschlossen; sie wartete noch immer in Vagaván auf ihre Ablösung. Sarela McVitie, die den neuen Gesandten – einen ›umgeschulten‹ Offizier der aufgelösten Gendarmerie des aufgelösten Territoriums – nach Vagaván bringen wollte, beantragte die Genehmigung, Barakuda als diplomatischen Berater mitnehmen zu können; dabei fluchte sie über die neuerdings, zumindest bis auf weiteres nötigen da von Atenoa verhängten Vorschriften. »Früher hätten wir das einfach so gemacht. Jetzt machen wir es auch einfach so, müssen aber Papier vollschmieren. Idiotisch.«

Weiter mit von der Partie war ein Feinmechaniker im Rang eines Sergeanten, für den kein Papier vollgeschmiert werden mußte, da er offiziell als Pilot mitkam. In Vagaván holten sie die Erlaubnis der Blutgräfin Zilguri ein, notfalls ein wenig Gewalt zur Lösung des alten Rätsels anwenden zu können. Zilguri wirkte gesund und gut durchblutet; seit dem Untergang von Gashiri und den folgenden Verhandlungen mit dem Commonwealth hatte sie keine Initiativen mehr entwickeln müssen und war folglich nicht mehr wegen exzessiven Regierens zur Ader gelassen worden.

»Die Erlaubnis will ich gern geben, aber…« Sie musterte zunächst McVitie, dann die bisherige Residentin, den neuen Gesandten, schließlich den Mechaniker. Barakuda war der einzige, der das flüchtige Grinsen sah. »Es ist so, daß ein Rätsel weit interessanter ist als die Lösung. Und oft enthält die Lösung eine neue Frage, die weit hermetischer und unlösbarer ist als die erste. Aber wenn ihr wollt…«

Zilguri begleitete sie in die Residenz, die vor so vielen Jahrhunderten der Steinherr Yanuba errichtet hatte, ein begabter Baumeister, in dessen Werken immer eine Primzahl verwirklicht war.

Die scheidende Residentin hatte im Kellerraum 23 Kerzen entzünden lassen und mehrere Flaschen eines 23 Jahre alten Weins von der Erde bereitgestellt. Die große Amtshandlung wollte zelebriert sein.

Nach und nach, immer abwechselnd, steckten sie die bizarren Stifte und Schlüssel in die Schlösser der mysteriösen Tür. Es war mit Probieren verbunden, da jeder Schlüssel nur in jeweils ein Schloß paßte. Zu Barakudas maßloser Verblüffung enthielt die von Kisijian zusammengestellte Lieferung tatsächlich einige passende Stifte. Als sie schließlich alles zum Teil mehrfach versucht hatten, blieb nur das letzte Schloß, die Nr. 23, ohne Schlüssel.

»Ich frage mich, wie die Dinger so weit in den Süden gekommen sind.« Barakuda hob sein Glas und sah durch die rote Flüssigkeit dem Feinmechaniker zu, der seit einer halben Stunde mit allen Tricks versuchte, das letzte

Schloß zu öffnen. Alle anderen Schlüssel waren gedreht worden, aber die Tür blieb versperrt.

»Yanuba ist weit gewandert«, sagte Zilguri. Sie seufzte. »Wollt ihr nicht endlich sprengen?«

Der Mechaniker knurrte etwas; dann nickte er. McVitie half ihm, eine mikroskopische Gelatineladung abzuwiegen und zu zünden. Mehr als ein leises *Puff* war nicht zu hören. Sie ließen der Blutgräfin den Vortritt.

Zilguri zupfte am 23eckigen Türgriff, zupfte noch einmal, zerrte. Mit einem Knirschen und Ächzen bewegte sich die Steinplatte. Zilguri blickte in die dunkle Öffnung, nickte, klickte mit der Zunge und wandte sich ab.

Die Residentin trat vor; sie hielt den Atem an. Dann keuchte sie leicht. »Aber...« murmelte sie, »wie hat er dann die Tür abgeschlossen?«

Hinter der Platte befand sich eine Vertiefung in der Größe eines Schuhkartons, ansonsten nur Wand. In der Vertiefung lag ein Schlüssel, mit einem Lederplättchen, in das mit alten Shil-Ziffern die Zahl 23 geritzt war.

›Bläser‹ und ›Wandler‹ aus den Bergen von Sa'orq schufen das Monument. Viele Zehntage lang formten sie die Berge vor der ehemaligen Südgrenze von Banyadir um. Manchmal kamen Gruppen verwirrter Überlebender durch den nahen Paß; die *mûnaks* bestaunten das Werk, das jeden Tag mehr Gestalt annahm, und zogen dann weiter, geleitet von Banyashil-Jägern und Heilern. Das große Beben hatte die Klöster, Felder, Bewässerungssysteme vernichtet – und auch die Überzeugung, daß ihre Weitsicht die einzige Wahrheit sei. In den nächsten Monaten sollten viele von ihnen auf einen unbewohnten Planeten an der Peripherie des Commonwealth gebracht werden; die übrigen wurden unter Aufsicht der Häupter und Heiler auf Shilgat verteilt, in kleinen Gruppen.

Schließlich war das Monument vollendet. An der Südwestseite eines hohen, halbkugelförmigen Bergs aus milchigem Wandelstein standen drei stilisierte, in der Abstraktion noch kenntliche Bären. Unter ihnen, auf drei mächtigen Tafeln, wurden Namen und Daten verewigt: Pasdan, Gashiri, Banyadir; Lebende und Tote, soweit Namen und Daten bekannt waren; alles auf Banyashilgu und Galaktein, in beiden Schriften, mit Jahresangaben in Commonwealth-Zeit und nach dem Kalender von Sa'orq.

Älteste und Obleute der Shil-Völker, die ehemalige Königin Varanira von Kelgarla, der neue Stadtsklave von Golgit, Ubba-bul aus Arameq, die Blutgräfin von Vagaván, die Erbgöttin von Sa'orq, zahllose Heiler und Häupter, ehemalige Wehrhafte Jungfrauen von Pasdan, der Sprecher der Neuen Kommunarden von Gashiri, Kommissar Maqari und viele Cadhrassi kamen zur Zeremonie, die keine war. Es war einfach der Tag der Fertigstellung. Zuletzt erschien, von Gaia angereist, Lydia Hsiang. Sie schlug vor, den Gortahork, aber auch allen anderen Beteiligten gewidmeten Berg SARAVYI zu nennen.

An einem warmen Herbstmorgen setzten sie Segel; die *Fimfinella* glitt aus dem Hafen von Tashila, ließ die Fischerboote und die Luxusclipper der Touristen zurück. Learoyd war auf den Namen gekommen. »Irgendwie hat doch alles mit Messern und Spitzenhöschen angefangen, und Terence ist kein guter Schiffsname. – Ist das wirklich schon sechs Jahre her?«

Sie waren von weither gekommen. Der Funkspruch hatte Tremughati und Dante aus der Steppe gelockt; langsam waren sie nach Arameq geritten, von dort mit einem Händler nach Huasiringa gefahren. Terence Learoyd und Toyami kamen aus Pasdan; zuletzt waren sie durch die Pasdantiri-Berge gewandert, wo Terence einen ganz bestimmten nebligen Sonnenaufgang noch einmal hatte erleben wollen. Pa'aira und Yasuhiro Kakoiannis waren der Anlaß für das Treffen im *Grand Hotel;* sie kamen von einem langen, versöhnlichen Aufenthalt auf dem Familienhorst der de Grijalva y Salgado, Neu-Granada, zurück, aber Porfirio Ataúlfo Ramón de Grijalva y Salgado wollte weiterhin Yasuhiro Kakoiannis bleiben. Kommissar Maqari hatte sie von Cadhras nach

Tashila gebracht; im Gleiter saßen neben der Kommandantin der Miliz von Cadhras, Sarela McVitie, dem längst genesenen *sirján* Lugo Bondak und seiner Lebensgefährtin Subhat als – in dieser Kombination überraschende – Dreingabe Kara Kikuyo und Firpo Cabral.

Es folgten drei Tage mit Wiedersehen, Gesprächen, bestem Essen, gutem Wein und Pläneschmieden. Am zweiten Abend hielt Tremughati ihr leeres Glas hoch.

»Dieser terranische Wein ist unvergleichlich. Da ihr nun schon alle überlegt, was ihr mit eurem Geld und eurer Zeit anfangen könnt – warum pflanzt ihr nicht Wein auf Shilgat?«

»Eine der vielen Möglichkeiten.« Barakuda goß nach, behutsam, wie es sich gehörte. »Man könnte auch Diamanten suchen, auf den Pangotik-Inseln, auf denen die Mütter von Pasdan sie gefunden haben.«

»Pangotik-Inseln«, murmelte Subhat. Sie lächelte plötzlich, und die Falten im Gesicht der alten Shil schienen zu verschwinden. »Die Väter meiner Töchter waren Seefahrer und Fischer, meine Töchter sind es, und ich bin immer an Land geblieben. Vielleicht …« Sie warf Bondak einen schrägen Blick zu.

»Warum eigentlich nicht?« Der ehemalige *sirján* nickte. »Wir haben alle genug Geld, um eine Weile nichts zu tun.«

Dante blickte in die Augen der Fürstin. »Die Steppe«, sagte er, »und das alte Apartment neben dem *Meeresleuchten.* Mutter der Banyashil, Herrin meines Herzens – wie gefiele dir ein Schiff als dritte Heimstatt, für eine Weile?«

Der kleine schnelle Segler war einmal ein Aufklärer des Matriarchats gewesen, lag nutzlos im Hafen von Tashila und kostete 10 000 Foldar. Da Geld keine Rolle spielte, bauten die Schiffswerker der Zünfte in Rekordzeit die Quartiere der Besatzung zu Luxuskabinen um. Alle nötigen Dinge wurden an Bord gebracht. Maqari und Sarela waren neidisch nach Cadhras zurückgeflogen. Bei der letzten Besprechung vor dem Auslaufen annektierte Subhat die Kombüse.

»Ich muß was tun. Und ohne gute Köchin gebt ihr die Reise doch nach zwei Tagen auf.«

Am Abend des ersten Reisetages erreichten sie die Südspitze von Huasiringa und gingen auf Westkurs, Richtung Pasdan und Pangotik. Der frische Nordostwind trieb sie rasch voran.

»Er weht vom Berg Saravyi«, sagte Tremughati. Sie lag auf dem breiten Bett in der Kajüte.

Durch das kleine Fenster hörte man Kakoiannis Spottlieder singen, unterbrochen von hellem Lachen und Kommentaren Pa'airas. Die beiden hatten die erste Ruderwache übernommen.

»Vom Berg Saravyi?« Dante lächelte in die Nacht hinaus. »Ein gutes Omen.« Er schloß das Fenster.

»Das stimmt«, sagte die ehemalige Fürstin des Nordens. »Aber warum schließt du das Fenster? Es sind feine Lieder, allesamt ausgezeichnet boshaft.«

»Sie würden uns nur ablenken«, sagte Dante.

Tremughati hob die linke Braue. »Die Fürstin ist immer konzentriert.«

Vagavan
Jhaggo
PANGOTISCHER
Biyang
Golazin
Huasiringa
Tashila
Pasdan
ARCHIPEL
Garidu
OZEAN
Gashir
Kolin
GASHIRI
Jagg
Bu'ndain
Zheziri
Golgit
Segrest
Kiotl
Kap Jagga

Shilgat
N
BANYADIR
BANYUKI
ras
LYSANGRISCHER
(ÄQUATOR)
OZEAN
Langlava
Kelgarla
Salorg
km 0 500 1000 1500 2000 2500